KB116613

기암성

세계문학산책 37
기암성

지은이 모리스 르블랑
옮긴이 붉은 여우
펴낸이 안용백
펴낸곳 (주)넥서스

초판 1쇄 인쇄 2013년 5월 15일
초판 1쇄 발행 2013년 6월 1일

출판신고 1992년 4월 3일 제311-2002-2호
121-840 서울시 마포구 서교동 394-2
Tel (02)330-5500 Fax (02)330-5555

ISBN 978-89-6790-155-4 04800

www.nexusbook.com
지식의 숲은 (주)넥서스의 인문교양 브랜드입니다.

세계문학산책 37

모리스 르블랑

기암성

붉은 여우 옮김 김욱동 해설

지식의숲

차 례

총성

긴장한 레이몽드가 귀를 바짝 곤두세웠다. 또다시 두 번이나 그 소리가 들렸다. 밤의 정적과는 확실히 구별되는 소리였는데 너무나 희미했기 때문에 가까운 곳인지 먼 곳인지, 아니면 이 넓은 저택 안인지 저택 바깥의 어둠이 짙게 깔린 정원 구석인지는 짐작할 수 없었다.

레이몽드는 침대에서 슬그머니 일어나 창가 쪽으로 걸어갔다. 절반쯤 열려 있던 창문을 활짝 열어젖히자 기다렸다는 듯 달빛이 방 안으로 몰려들었다. 달빛은 고요한 뜰의 잔디와 나무숲, 군데군데 허물어져 폐허가 된 옛 수도원, 부서진 기둥, 허물어진 아치, 무너진 회랑의 잔해와 산산이 깨져 버린 발코니를 은은하게 비추며 을씨년스러운 그림자를 만들어 놓고 있었다. 산들바람은 꿈쩍도 않는 나뭇가지 사이를 지나 화단의 잎을 가만히 흔들었다.

그때 갑자기 똑같은 소리가 들려왔다.

이번에는 확실했다. 레이몽드의 방 아래층, 저택 서쪽 별채의 응접실이었다. 순간 레이몽드는 두려움을 느꼈다.

나이트가운을 걸쳐 입은 레이몽드가 불을 켜려고 성냥을 집어 들었다. 그 순간,

"레이몽드……, 레이몽드……."

속삭이는 듯한 작은 소리가 레이몽드의 귓가를 파고들었다. 옆 침실 쪽, 그 방의 문은 약간 열려 있는 상태였다. 레이몽드는 손으로 벽을 더듬으며 목소리가 들린 곳으로 느릿하게 걸어갔다. 이윽고 문 앞에 다다랐을 때, 느닷없이 무엇인가가 불쑥 튀어나와 그녀의 가슴으로 파고들었다. 레이몽드는 미처 비명을 지르지도 못 하고 다급하게 숨을 도로 삼켰다.

"레, 레이몽드? …… 언니였어?"

"…… 그래."

엉겁결에 레이몽드는 대답부터 해 놓고, 자신의 가슴에 안긴 사람을 눈으로 훑었다. 사촌 쉬잔이었다.

"언니, 언니도 들었지?"

"그래. …… 자지 않았어?"

"개 짖는 소리에 깼어. 한참 됐어."

"개?"

"지금은 짖지 않아. …… 몇 시지?"

"네 시쯤 됐을 거야."

"언니, 들어 봐. 응접실에서 발소리가 나고 있어."

"괜찮아, 쉬잔. 아래층엔 네 아버지가 계시잖아."

"아버지가 걱정돼. 아버지는 거실 옆방에서 주무시고 계셔."

"비서 다발 씨도 있잖아."

"하지만 다발 씨 방은 많이 떨어져 있잖아. 이 소리가 들리지
않을지도 몰라."

두 사람은 어떻게 해야 할지 몰라 망설였다. "도와줘요!" 하고
큰 소리를 내는 게 좋을까? 하지만 그럴 용기가 없었다. 자신들
의 목소리조차도 무서웠기 때문이다.

"언니……?"

갑자기 쉬잔의 얼굴이 하얗게 질렸다. 그녀의 시선은 연못가
에 닿아 있었다.

"저기, 저기에 남자가……."

과연 거기에는 한 남자가 있었다. 남자는 꽤 큰 물건을 옆구
리에 낀 채 어딘가를 향해 걸어가고 있었다. 두 여자는 남자가

옆구리에 낀 것이 무엇인지 전혀 짐작조차 할 수 없었다. 다만 그것이 자꾸 남자의 다리에 부딪쳐 남자의 걸음이 무척 부자연스럽게 느껴졌다. 남자는 옛날 예배당이었던 건물 옆을 지나, 담에 몸을 붙인 채 밖으로 나 있는 조그만 문 쪽으로 갔다. 문은 열려 있는 것 같았다. 남자의 모습은 곧 사라졌고, 여느 때와 같이 문이 삐걱거리는 소리는 들리지 않았다.

"거실에서 나온 것 같아."

쉬잔이 중얼거렸다.

"아니. 2층 거실에서 계단을 내려와 현관으로 나갔다면 더 왼쪽으로 나왔을 거야. 어쩌면……?"

두 사람의 머릿속에 똑같은 생각이 떠올랐다. 동시에 창 바깥으로 몸을 내밀고 아래쪽을 내려다보았다. 생각한 대로 정원에서 2층까지 사다리가 놓여 있었다. 희미한 빛이 발코니를 비추는 가운데 이때 또 한 남자의 모습이 눈에 들어왔다. 그 남자 역시 옆구리에 무엇인가를 끼고 있었고, 발코니를 넘어 사다리를 **내려가**더니 조금 전의 남자와 같은 길을 통해 이내 모습을 감추었다.

쉬잔은 너무나 무서워 그 자리에 주저앉고 말았다.

"사람을 불러야 해. 누군가 도와줄 사람을 불러야 해."

"그런데 누구를 부를 수 있겠니. 너의 아버지? 그러다가 다른 일당이 남아 있다면? 너의 아버지가 위험할지도 몰라."

"고용인들을 부르면 돼. 언니 방의 초인종은 고용인들이 자고 있는 4층에 연결돼 있잖아."

"그래, 그게 좋겠다. 빨리 와 주면 좋으련만."

레이몽드는 침대 옆의 초인종을 찾아 버튼을 눌렀다. 위층 쪽에서 요란한 벨 소리가 들려왔다. 또렷한 소리였기 때문에 아래층의 응접실에도 틀림없이 들렸을 것 같았다.

두 사람은 고용인들이 달려오기를 기다렸다. 그러나 주위는 너무나 고요했다. 나뭇잎을 움직이는 바람 소리도 들리지 않았다.

"무서워…… 무서워."

쉬잔이 되풀이하여 중얼거렸다.

그때였다. 바로 아래층에서 몸싸움을 벌이는 소리가 들려왔다. 가구가 뒤집히는 소리, 비명, 그리고 쉬어 터진 신음 소리 등 들려오는 소리가 매우 불길했다.

더는 참지 못하고 레이몽드가 문밖으로 뛰쳐나가려고 했다. 쉬잔은 레이몽드를 놓치지 않으려고 온 힘을 다해 그녀의 팔에 매달렸다.

"안 돼! 나를 두고 가지 마……. 나 무섭단 말이야!"

레이몽드는 거칠게 쉬잔의 손을 뿌리치고 복도로 뛰어나갔다. 더욱 불안해진 쉬잔이 비명을 지르며 레이몽드의 뒤를 쫓았다. 몸이 자꾸 복도 벽에 부딪쳐 고통스러웠으나 혼자 덩그러니 방에 남겨지는 것보다는 나았다.

레이몽드는 쿵쾅거리며 계단 아래로 내려갔다.

그녀는 응접실의 큰 문 앞에 이르러 우뚝 멈춰 섰다. 거의 동시에, 뒤따라온 쉬잔의 몸이 돌연 허물어지듯 바닥에 주저앉았다. 두세 걸음 떨어진 곳에 한 남자가 칸델라를 들고 서 있었기 때문이다.

남자가 칸델라를 앞으로 쭉 내밀었다. 여자들은 눈이 부셨지만, 남자는 아랑곳하지 않고 두 여자의 얼굴을 번갈아 살펴보았다. 여자라는 것에 남자는 안심했던 것일까. 남자는 그다지 서두르지 않는, 매우 침착한 태도로 모자를 쓰더니 바닥에 떨어져 있던 종잇조각과 지푸라기 두 가닥을 주웠고, 여유 있게 융단 위의 발자국까지 지웠다. 그러고 나서 남자는 뒤도 돌아보지 않고 발코니로 걸어갔고, 두 여자에게 잠깐 예의를 표시하더니 홀연히 어둠 속으로 사라졌다.

남자가 사라지고, 두 여자는 잠시 얼빠진 사람처럼 그 자리에 멍하니 서 있었다. 그러다가 쉬잔의 입에서 짧은 비명 소리가 터져 나왔다. 쉬잔은 그제야 생각난 듯 부리나케 옆방으로 뛰어 들어갔다. 그곳은 응접실과 아버지의 침실을 연결하는 작은 거실이었다.

"…… 아버지!"

쉬잔이 문을 열어젖힌 순간, 끔찍한 광경이 눈앞에 펼쳐졌다. 쉬잔은 그만 발이 얼어붙은 듯 움직이지 못했다. 창문으로 달빛이 비스듬히 스며들고 있었다. 달빛 아래 쓰러진 두 남자의 모습이 드러났다.

"아버지…… 아버지! 도대체 이게…… 어찌된……?"

쉬잔은 미친 듯이 소리를 지르며 한 남자의 얼굴을 손으로 끌어안았다. 쉬잔의 아버지인 제브르 백작은 별 탈 없이 무사해 보였다. 제브르 백작이 몸을 움직이며 힘겹게 목소리를 뱉어 냈다.

"괜찮다. 다발은? 죽었어? 아직 살아 있는 게냐? 단도는?"

바로 그때 촛불을 든 고용인들이 우르르 나타났다.

레이몽드는 쓰러져 있는 남자에게로 가까이 다가갔다. 그는 백작의 비서 장 다발이었다. 그의 얼굴은 무척 창백했는데, 언뜻 보아도 이미 죽은 것 같았다.

레이몽드는 응접실로 돌아가, 벽에 걸려 있던 무기 가운데서 탄환이 장전된 총을 들고 발코니로 나갔다. 남자가 사다리 맨 위 단에 발을 걸친 지 50 ~ 60초쯤 지났을까……. 남자는 그다지 멀리 도망가지 못했던 것이다. 게다가 뒤쫓는 사람이 사용하지 못하도록 사다리를 일부러 치워 놓느라고 더욱 지체했다. 레이몽드는 폐허가 된 옛 수도원 옆을 지나 뒷문 쪽으로 달아나는 남자를 쉽게 발견할 수 있었다. 곧바로 남자를 향해 총을 겨냥했다. 레이몽드의 손가락이 살짝 움직인 순간, 요란한 총성이 어둠 속을 꿰뚫었다.

"맞았다! 맞았어!"

고용인 한 명이 큰 소리를 내질렀다.

"저 녀석을 제가 가서 잡아 오겠습니다."

"안 돼요, 빅토르. 남자가 다시 일어났어요. 계단을 내려가 뒷문으로 가서 그곳을 지키도록 하세요. 그곳 외에는 도망갈 길이 없으니까."

빅토르는 서둘러 뛰어갔지만 그가 뜰에 모습을 나타냈을 때 이미 남자는 사라지고 없었다. 레이몽드는 다른 고용인을 불렀다.

"알베르, 저 남자가 보이지요? 큰 아치가 늘어서 있는 곳."

"네, 풀밭을 기어가고 있군요. 녀석은 곧 쓰러질 것입니다, 아가씨."

"이곳에서 저 남자를 잘 지켜보도록 하세요."

"녀석이 더는 달아날 수 없을 겁니다. 폐허 오른쪽은 탁 트인 잔디밭이니까요."

"그래요. 게다가 빅토르가 왼쪽 문을 지키고 있는 상황이니까."

레이몽드가 다시 총을 들며 대꾸했다.

"가면 안 돼요, 아가씨!"

"괜찮아요. 내 걱정은 하지 않아도 돼요. 아직 총알이 한 방 남았어요. 만약 저 남자가 다시 움직이면……."

레이몽드는 밖으로 뛰쳐나갔다.

잠시 뒤, 폐허 쪽으로 걸어가는 레이몽드의 모습이 보였다. 창문 너머로 알베르가 크게 소리쳤다.

"아가씨, 녀석이 아치 뒤로 기어가고 있습니다. 이제 모습이 보이지 않아요. 조심하세요!"

레이몽드는 남자가 도망갈 길을 봉쇄하기 위해, 수도원 뒤를 한 바퀴 돌았다. 그 때문에 알베르가 있는 곳에서는 그녀의 모습이 보이지 않았다.

몇 분이 지나도 레이몽드의 모습이 보이지 않자 알베르는 무척 걱정이 되었다. 그는 계속 폐허 쪽을 주시하다가 직접 폐허 쪽으로 가 보기로 결심했다.

알베르가 남자의 모습을 마지막으로 보았던 폐허 쪽을 향해 곧장 달려가자, 뒷문 쪽으로 갔던 빅토르가 20 ~ 30보 떨어진 곳에 있었다.

"이봐, 어떻게 되었어?"

알베르가 물었다.

"못 잡았어."

"문은?"

"지금 보고 오는 길이야. 열쇠는 빼 가지고 왔어."

"그거 이상한걸?"

"그러게 말이야. 하지만 곧 녀석은 잡힐 거야."

총소리에 깨었는지 소작인과 그 아들이 농장에서 달려왔다. 농장 건물은 오른편으로 상당히 멀리 떨어진 곳에 있었지만, 역시 담 안에 있었다. 두 사람은 아무도 보지 못했다고 말했다.

"제기랄! 놈은 폐허에서 도망가지 못했어. 도대체 어디에 숨어 있는 거야?"

알베르가 신경질적으로 소리쳤다.

그들은 힘을 합해 이곳저곳 샅샅이 뒤지기 시작했다.

모든 풀숲과 폐허 기둥에 감겨 있는 덩굴을 헤쳐 보았으나 녀석의 모습은 보이지 않았다. 예배당의 문이 닫혀 있는지, 스테인드글라스가 깨어져 있는지도 확인해 보았다. 수도원 주위도 꼼꼼하게 모조리 뒤져 보았다. 그러나 별다른 소득은 없었다.

그렇다고 전혀 소득이 없는 건 아니었다. 단 하나이긴 하지만 남자가 레이몽드의 총에 맞아 쓰러졌던 자리에서 운전기사용 황갈색 가죽 모자가 발견되었다. 그 밖에는 정말이지 아무것도 발견된 것이 없었다.

아침 6시, 우빌 라 리비에르 헌병대는 이 사건을 보고받고, 현장으로 곧장 출동하기로 결정했다. 그래도 출발 전에 먼저 디에프 검사국에 지급 전보로 사건 개요를 알렸다.

범인은 곧 체포될 것이며, '범인의 모자와 범행에 쓰인 단도를 발견했다.'라고 보고했다.

오전 10시에는 자동차 두 대가 저택으로 이어진 완만한 언덕길을 따라 내려왔다. 한 대는 고급 차로 검사보, 예심 판사와 서기가 타고 있었다. 다른 한 대의 허름한 소형차에는 젊은 기자가 두 명 타고 있었다. '주르날 드 루앙 신문'의 기자와 파리의 어느 신문사 기자였다.

오래된 저택이 보였다. 예전에는 앙브뤼메지의 수도원장이 거처하던 저택이었는데 혁명 때 수도원 건물이 파괴되었고, 지금은 제브르 백작이 20년 전에 구입하여 수리해서 사용하고 있었다.

저택은 본관과 그 양옆에 있는 건물 두 채로 이루어져 있었다.

본관에는 시계탑이 있었고, 좌우 건물은 돌난간이 있는 계단으로 둘러싸여 있었다. 정원의 담 너머로는 노르망디 해안 절벽까지 언덕이 쭉 이어져 있었다. 그리고 저편 멀리 생트 마르그리트, 바랑주빌 마을 사이로 그린 듯한 바다의 파란 선이 보였다.

제브르 백작은 이 저택에서 금발의 아름답고 늘씬한 딸 쉬잔과 조카딸 레이몽드 드 생 베랑과 함께 살고 있었다. 2년 전 레이몽드가 부모를 동시에 잃고 고아가 되자, 백작 집에서 지내게 된 것이었다.

가끔 이웃 사람들이 찾아왔지만 저택의 생활은 조용하고 규칙적이었다. 여름이면 백작은 두 여자를 거의 날마다 디에프로 데리고 갔다. 머리가 희끗희끗한 백작은 위엄이 엿보이는 사람이었다. 키도 크고 얼굴도 잘생긴 편이었다. 또한 상당한 재산가로 직접 재산을 운용하는 걸 즐겼다. 다만 토지는 비서 장 다발의 도움을 받아 관리하고 있었다.

집 안으로 들어오자마자 예심 판사는 크비용 헌병반장에게 첫 보고를 받았다.

헌병반장은 범인 체포가 시간문제라고 장담했다. 정원에서 나가는 길을 모두 감시하고 있었으므로, 범인이 이곳을 탈출하는 건 사실상 불가능하다고 여기는 것이 당연했다.

그들은 옛날 수도원의 회의실이었던 홀과 식당을 지나 2층으로 올라갔다. 언뜻 보기에 응접실은 원래 상태대로 완벽히 정돈되어 있었다. 가구, 골동품, 장식품 따위가 제자리에 그대로 있었기에, 피해 본 것이 전혀 없는 것처럼 여겨질 정도였다.

오른쪽과 왼쪽 벽에는 인물을 짜 넣은 — 플랑드르 지방에서 생산되는 — 훌륭한 태피스트리가 걸려 있었고, 안쪽의 판자벽에는 신화 장면이 그려진 훌륭한 유화 넉 점이 오래된 액자에 넣어진 채로 걸려 있었다. 이것들은 루벤스(17세기 초 플랑드르 바로크 그림의 대표적 화가)가 그린 유명한 그림으로서, 제브르 백작이 플랑드르 태피스트리와 함께 숙부인 스페인 귀족 보바딜리아 후작에게서 물려받은 것이었다.

퓌이르 예심 판사가 고개를 갸웃거렸다.

"범죄 목적은 도둑질일 텐데, 이곳 응접실은 전혀 피해가 없는 것 같군요."

"글쎄요. 아직은 자신할 수 없을 것 같은데요."

퓌이르 예심 판사의 말에 검사보가 삐딱하게 대꾸했다. 그는 많은 말을 하지 않았지만, 늘 예심 판사의 의견에 반대하는 입장을 취하곤 했다.

"도둑이라면 저 태피스트리나 세계적인 명화들을 들고 갔겠지요."

"시간이 없었나 보지요."

"조사해 보면 알겠지요."

제브르 백작이 의사와 함께 안으로 들어왔다. 백작은 자신이 겪은 끔찍한 일 따윈 이미 잊어버린 듯 두 사법관을 향해 반갑게 인사를 건넸다.

제브르 백작이 침실 문을 열었다.

범행 뒤, 의사만 들어갔을 뿐 다른 사람은 아직 아무도 들어가지 않은 방이었다. 응접실과는 반대로 침실은 어지럽게 흐트러진 상태였다. 의자 두 개가 넘어져 있었고, 탁자는 망가졌으며, 여행용 시계, 서류함, 메모지 등이 바닥에 흩어져 있었다. 흩어진 종이 중엔 피가 묻은 것도 있었다.

　의사는 시체에 씌워 놓은 시트를 벗겼다. 장 다발은 평소에 잘 입던 벨벳 옷에 반장화를 신고, 한쪽 팔이 꺾여 몸 밑에 깔린 채로 누워 있는 모습이었다. 셔츠 단추가 풀어져 있어, 가슴에 있는 커다란 상처가 드러나 보였다.

　"즉사입니다. 단도로 단칼에 죽었는데요."

　의사가 말했다.

　"흉기는……."

　예심 판사가 말했다.

　"응접실 난로 위, 가죽 모자와 함께 있던 단도입니까?"

　"그렇습니다."

　제브르 백작이 증언했다.

　"단도는 여기에 떨어져 있었습니다. 응접실 벽에 장식된 무기 가운데 하나입니다. 조카인 생 베랑도 거기서 총을 집어 들었습니다. 그리고 모자는 범인의 것이 틀림없습니다."

　퓌이르 예심 판사는 방 안을 자세히 조사한 다음 의사에게 두

세 가지 묻고 나서, 다시 제브르 백작에게 목격한 것과 알고 있는 것을 모두 이야기해 달라고 했다.

백작은 다음과 같이 이야기했다.

"장 다발이 나를 깨웠습니다. 눈을 떠 보니, 다발이 침대 발치에서 촛불을 들고 서 있었습니다. 여느 때와 다름없는 차림새로 서 있었죠. 그는 곧잘 밤늦게까지 일하곤 했기에 그의 모습을 별다르게 생각하진 않았습니다. 그런데 다발이 몹시 흥분한 얼굴로 나지막이 속삭이더군요. '응접실에 누가 있습니다.'라고요. 분명히 무슨 소리가 들리긴 들렸습니다. 일어나서 나는 침실 문을 조금 열었지요. 바로 그때, 응접실로 이어진 이쪽 문이 활짝 열리면서 한 남자가 들이닥쳤고, 나는 느닷없이 관자놀이를 가격당했습니다. 그 때문에 그만 정신을 잃고 말았죠. 예심 판사님, 더 자세하게는 말씀드리지 못하겠군요. 자세하게 기억하고 있지 않은 데다가 너무 눈 깜짝할 사이에 벌어진 일이었기 때문입니다."

"그다음에는 어떻게 행동하셨는지요?"

"그 뒤로는 뭐가 뭔지 잘 모르겠습니다. 정신을 차렸을 때 이미 다발은 치명상을 입고 쓰러져 있었으니까요."

"범인으로 마음에 짚이는 사람은 없습니까?"

"전혀 없습니다."

"누군가에게 원한을 산 일은 없습니까?"

"그런 일은 기억에 없습니다."

"다발 씨는 어떻습니까?"

"천만에요. 그에겐 적이 있을 수 없습니다. 다발처럼 좋은 사람은 이 세상에 없을 겁니다. 그는 내 비서로 20년을 일했고, 나는 그를 진심으로 믿었습니다. 주위 사람들도 그에 대해선 늘 좋은 평판을 아끼지 않았습니다."

"그렇지만 저택에 들어와 살인을 한 사람이 있는 이상, 반드시 동기는 있을 겁니다."

"동기요? 그건 도둑질이겠지요."

"그럼, 무얼 도난당했나요?"

"아무것도 없습니다."

"그렇다면?"

"훔쳐 간 것도 없어진 것도 없지만, 범인들이 무엇인가를 갖고 간 것은 틀림없습니다."

"무엇을 가지고 갔을까요?"

"모릅니다. 그러나 딸과 조카의 얘기로는, 두 남자가 잇따라 마당을 지나갔고, 그들이 상당히 큰 짐을 운반했다고 합니다."

"그 아가씨들은……."

"두 아이가 꿈이라도 꾸었다고 말씀하시고 싶으신 겁니까?

나도 그렇게 생각하고 싶지만……, 아무튼 나는 아침부터 집 안을 샅샅이 뒤지고, 이런저런 생각을 하느라 이젠 녹초가 되었습니다. 그러니 두 아이에게 직접 물어보는 게 어떨까요?"

곧 사촌 자매가 응접실로 불려 왔다.

쉬잔은 아직도 창백한 얼굴이었고, 겁에 질려 몸을 떨어 댔다. 반면, 레이몽드는 여유로웠고, 그래서인지 갈색 눈동자가 총명하게 빛났다.

레이몽드는 어젯밤에 일어났던 사건과 자신이 했던 일을 예심 판사에게 숨김없이 털어놓았다.

"아가씨, 지금 말한 것이 모두 틀림없지요?"

"틀림없어요. 마당을 지나간 두 남자는 무엇인가를 갖고 있었어요."

"세 번째 남자는?"

"여기서 빈손으로 나갔어요."

"그 남자의 특징을 말할 수 있습니까?"

"칸델라 불을 우리에게 똑바로 비추었기 때문에 눈이 부셔서 아무것도 볼 수 없었어요. 다만 키가 크고 뚱뚱했던 것 같아요."

"아가씨도 그렇게 보았나요?"

예심 판사는 쉬잔 드 제브르에게 물었다.

"네……. 아니, 틀려요."

쉬잔은 열심히 생각했다.

"저, 보통 키에 마른 것 같았어요."

퓌이르 예심 판사의 입가에 엷은 미소가 그려졌다. 이런 일을 여러 번 겪었는데, 한 가지 사실을 두고도 목격자들의 정황 진술이 상당한 차이를 보이는 일이 종종 있었다. 지금도 마찬가지 경우였다.

"그러니까 이렇게 되는군요. 응접실에 있던 남자는 키가 크면서 보통 키이고, 뚱뚱하면서 말랐다. 그리고 마당에 있던 두 남자는 이 응접실에서 무엇인가를 훔쳤는데, 그 물건은 아직 여기에 있다."

퓌이르 예심 판사는 — 자신도 인정하고 있지만 — 빈정거리기를 즐기기로 이름난 사람이었다. 그렇기에 늘 구경꾼을 환영했고, 자기 솜씨를 펼쳐 보일 기회가 있으면 절대로 놓치지 않는 사람이었다. 지금도 많은 구경꾼이 응접실에 모여 있었다. 신문 기자 두 명의 뒤를 이어 소작인 부자, 정원사 부부, 저택의 고용인들, 그리고 디에프에서 자동차를 몰고 온 운전기사 두 명……. 예심 판사가 뒷말을 이었다.

"세 번째 남자가 사라졌을 때의 상황도 확실히 할 필요가 있겠군요. 아가씨, 이 총으로 저기 저 창문에서 방아쇠를 당겼나요?"

"네. 그때 남자는 수도원 왼쪽에 있는 묘석 부근에 있었어요. 가시덤불로 덮여 있는 묘석이오."

"쓰러졌다가 다시 일어났나요?"

"완전히 일어난 것은 아니에요. 곧바로 빅토르가 마당으로 달려 나갔고, 뒷문을 단단히 잠갔어요. 저는 알베르에게 여기에서 망을 보게 한 다음 빅토르의 뒤를 쫓아갔어요."

이번에는 알베르가 증언했고, 예심 판사는 다음과 같은 결론을 내렸다.

"당신 말에 따르면, 부상을 입은 범인은 고용인이 문을 지키고 있어서 왼쪽으로는 도망칠 수 없었을 것이다. 또한 잔디밭을 가로질러 달아났다면 당신이 보았을 테니까 오른쪽으로도 달아나지 못했을 것이라는 거로군요. 그럼 논리적으로 생각하면, 그 남자는 비교적 좁은 범위 안에 숨어 있는 셈이군요."

"그렇게 생각하고 있어요."

"아가씨도 그렇게 생각하십니까?"

예심 판사가 쉬잔을 쳐다보았다.

"네."

"저도 그렇게 생각합니다."

묻지도 않았는데 빅토르가 대답했다.

검사보가 끼어들며 비웃듯이 말했다.

"수사 범위는 한정되어 있고, 그렇다면 4시간 전부터 시작한 수색을 계속하는 수밖에 없다고 말하는 것이겠군요."

"틀림없이 범인은 잡힙니다."

빅토르가 강한 어조로 대답했다.

퓌이르 예심 판사는 난로 위에 있는 가죽 모자를 들고 이리저리 살펴보더니, 형사부장을 불러 나지막한 목소리로 명령했다.

"부하 한 명을 디에프의 메그레 모자 가게로 보내서 이 모자를 어떤 사람에게 팔았는지 조사해 보라고 하게."

검사보가 말한 '수사 범위'는 저택과 오른쪽 잔디밭, 왼쪽 담, 저택 반대쪽 담이 만들고 있는 공간을 의미했다. 다시 말해서 한 변이 백 미터 정도 되는 네모꼴 땅이었는데, 그 가운데는 중세 이후로 너무나도 유명했던 수도원인 앙브뤼메지의 폐허였다.

수사를 시작한 지, 얼마 지나지 않아 어지럽게 짓밟힌 풀 속에서 범인 발자국이 발견되었다. 거의 말라서 검게 보이는 핏자국도 두 군데서 확인되었다. 그러나 수도원 끝, 아치가 있는 곳을 지나자 아무런 흔적을 찾을 수가 없었다. 더욱이 지면에 솔잎이 깔려 있어 사람이 지나갔다고 해도 발자국을 찾는 건 결코 쉬운 일이 아니었다. 그렇다면 부상자는 어떻게 레이몽드와 빅토르와 알베르의 눈에서 도망칠 수 있었던 것일까? 고용인이나 경찰이 그 부근의 풀숲을 수색하고 묘석 밑을 뒤지기도 했으나,

이상한 점은 아무것도 발견되지 않았다.

예심 판사는 열쇠를 가지고 있던 정원사에게 성당 문을 열게 했다. 세월이 지났고, 혁명을 거쳤음에도 소중하게 보존되어 온 그곳은 마치 조각의 보고와도 같았다. 또한 포치의 섬세한 부조와 귀여운 작은 입상 때문에, 노르망디 고딕 양식의 걸작에 들기도 했다. 성당 내부는 매우 간소하여 대리석 제단 말고는 아무런 장식이 없어 숨을 만한 곳이라고는 전혀 없었다. 게다가 자물쇠까지 채워져 있었는데 어떻게 이곳으로 숨어들 수 있었겠는가?

수사가 끝나가면서, 조사하던 사람들은 폐허를 구경하러 오는 사람들이 드나드는 문에까지 왔다. 이 문밖은 지금은 쓰지 않는 채석장이 보이는 숲과 저택 사이로 나 있는 좁은 길이었다. 뤼이르 예심 판사는 몸을 굽혔다. 길에 깔린 흙먼지에 자동차 타이어 자국이 남아 있었다. 레이몽드와 빅토르는 총을 쏜 뒤, 자동차 엔진 소리를 들은 것 같다고 했다.

예심 판사는 다음과 같이 추측했다.

"부상한 범인도 다른 두 사람과 함께 도망을 갔을지 몰라."

"그럴 리가 없어요!"

빅토르가 소리쳤다.

"내가 이 문에 도착했을 때, 아가씨와 알베르는 그 남자를 지켜보고 있었으니까요."

"그렇다면 범인은 어딘가에 있다는 말이군. 저택 안이나 밖에……."

"아직 이곳에 있습니다."

고용인들은 자신들의 주장을 굽히지 않았다.

예심 판사는 어깨를 으쓱해 보이고 나서 우울한 표정으로 저택을 향해 돌아섰다.

아무것도 도둑맞지 않은 도난 사건, 체포한 것과 마찬가지인 상황인데도 그림자조차 보이지 않는 범인. 정말 묘한 사건이었다.

정오가 지났다.

제브르 백작은 사법관들과 두 신문 기자에게 점심 식사를 대접했다. 모두 묵묵히 식사를 했고, 퓌이르 예심 판사는 응접실로 돌아와 고용인들을 심문했다.

얼마 뒤, 안마당에서 말발굽 소리가 났다. 곧 디에프로 파견되었던 헌병이 들어왔다.

"모자를 사 간 사람은 운전기사였답니다."

"운전기사라고?"

"네, 운전기사가 가게 앞에 차를 세우고, 손님 부탁으로 가죽 모자가 필요하다고 했답니다. 하나 남아 있는 것을, 사이즈도 살펴보지 않고 사 갔다고 하더군요. 퍽 서두르는 눈치였답니다."

"어떤 차였나?"

"4인승 쿠페였답니다."

"언제였지?"

"오늘 아침이랍니다."

"뭐, 오늘 아침이라고? 대체 자네는 무슨 말을 하고 있는 건가?"

"모자는 오늘 아침에 사 간 것이라고 말했습니다."

"그럴 리가 없어. 이 모자는 어젯밤 저택 마당에서 발견되었어. 그렇다면 훨씬 이전에 모자를 샀어야 할 게 아닌가?"

"모자 가게 주인은 분명히 오늘 아침이라고 했는데요."

그 순간, 예심 판사는 몹시 혼란스러웠다. 상식적으로 납득이 가지 않는 보고 내용이었기 때문이다. 예심 판사는 의자에 앉아 골똘히 생각에 잠겼다.

그러다가 갑자기 벌떡 의자에서 일어났는데, 몹시 놀란 얼굴이었다.

"오늘 아침에 우리를 태우고 온 운전기사를 데려와! 어서!"

당황한 헌병반장과 부하들이 오두막 쪽으로 뛰어갔다. 하지만 운전기사는 그들과 함께 오지 않았다.

"운전기사는?"

"부엌에서 식사를 하고, 그리고……."

"그리고?"

"사라졌습니다."

"차를 타고?"

"아닙니다. 우빌의 친척을 만나러 간다고 하면서 마부의 자전거를 빌려 타고 갔답니다. 이것이 운전기사의 모자와 외투입니다."

"그렇다면 모자도 없이 갔을 리는 없지 않은가?"

"주머니에서 모자를 꺼내 쓰고 가더랍니다."

"모자라고?"

"네, 노란 가죽 모자였답니다."

"노란 가죽 모자? 그럴 리가 없어. 그것은 여기에 있어."

"말씀하신 대로입니다, 예심 판사님. 그러나 녀석도 비슷한 것을 갖고 있었습니다."

검사보가 희미하게 웃으며 빈정거렸다.

"정말 이상한데요. 아니, 정말 재미있군요. 모자가 두 개라……. 하나는 진짜이고, 하나는 가짜겠죠. 물론 진짜가 유일한 증거물일 겁니다. 운전기사는 진짜를 태연하게 머리에 썼을 테고, 누군가가 지금 가짜를 들고 있을 테죠."

"잡아! 당장 이리로 끌고 와야 해!"

퓌이르 예심 판사가 미친 듯이 소리쳤다.

"크비용 헌병반장! 부하를 둘 데려가. 말을 타고 얼른 쫓아가!"

"벌써 멀리 도망쳤을 텐데요."

검사보가 여전히 빈정거렸다.

"아무리 멀리 도망쳤더라도, 무슨 수를 써서라도 꼭 잡아야 해!"

"그렇게 되면 좋겠지만……. 예심 판사님, 제 생각으론, 우린 이곳에서 전력을 다해야 할 것 같은데요. 망토 주머니에 이런 종이가 들어 있었습니다. 한번 읽어 보시지요."

"누구의 망토인가?"

"운전기사 것입니다."

검사보는 네 번 접혀진 종이를 퓌이르 예심 판사에게 건네주었다.

종이에는 일부러 삐뚤삐뚤하고 서툴게 휘갈겨 쓴 글씨체로 이렇게 적혀 있었다.

두목을 죽이면, 여자는 무사하지 못할 것이다.

이것을 보고 일행은 동요했다.

"똑똑한 사람이라면 한마디만 들어도 알 수 있어요. 경고입니다."

검사보가 중얼거렸다.

"백작님, 염려하실 것 없습니다. 아가씨들도 마찬가지입니다. 이런 협박 같은 건 별것 아닙니다. 어쨌든 사법 당국에 있는 저희가 이렇게 현장에 있으니까요. 모든 경계 수단을 준비하겠습니다. 제가 여러분의 안전을 전적으로 책임지겠습니다. 그리고 당신들은……."

예심 판사는 두 신문 기자 쪽을 바라보았다.

"비밀을 지켜줄 수 있겠지요? 당신들이 이번 수사에 참가할 수 있었던 건 순전히 내 호의였소. 그러니 나의 신뢰를 배반하는 일은 없었으면 합니다."

예심 판사는 무엇인가 생각난 듯 말을 멈추고는 두 젊은이를 번갈아 바라보았다. 그러더니, 곧 한 사람의 옆으로 갔다.

"당신은 어느 신문사 기자요?"

"주르날 드 루앙 신문사에 있습니다."

"신분증명서를 가지고 있겠지요?"

"여기 있습니다."

증명서는 틀림없었다.

퓌이르 예심 판사는 다른 기자에게 물었다.

"당신은?"

"저 말씀이십니까?"

"그렇소. 당신은 어느 신문사 기자요?"

"곤란하군요, 예심 판사님. 저는 여러 신문에 기사를 내고 있는 자유 기고가입니다."

"증명서는?"

"없습니다."

"이유가 뭐요?"

"신문사에서 신분증을 받으려면, 정기적으로 그 신문에 기사를 내야 하는데 전 그렇게 할 수 없습니다."

"그게 무슨 소리요?"

"저는 쓰고 싶을 때만 펜을 듭니다. 그리고 여러 신문사에 기사를 보냅니다. 그것이 신문에 실릴 때도 있지만 때로는 휴지통 속으로 직행하기도 하지요."

"이름은 뭐요? 신분을 증명할 서류는?"

"이름 따위를 알아서 뭣하시겠습니까. 신분을 증명할 만한 것은 아무것도 없습니다."

"직업을 증명할 서류가 전혀 없단 말이오?"

"직업이 없으니까요."

"그런데 당신은."

예심 판사의 말투가 퉁명스럽게 바뀌었다.

"신분을 속이고 여기에 잠입해서 사법 당국의 비밀을 알아 버렸소. 이름을 밝히지 않아도 된다고 생각하는 건 아니시겠지?"

"예심 판사님, 제가 왔을 때 판사님은 아무것도 묻지 않으셨습니다. 따라서 저 역시 아무 말도 하지 않았습니다. 게다가 수사가 비밀이라고는 생각하지 않았습니다. 모두의 눈앞에서 일어났기 때문입니다."

그는 매우 공손한 말투로 점잖게 말했다. 키가 크고 마른 남자였는데 아직 어려 보였으며, 조금은 짧은 듯한 바지에 너무 꼭 끼는 웃옷을 입고 있었다. 뺨은 마치 소녀처럼 장밋빛이었고, 이마는 넓었으며, 짧게 깎은 머리에 텁수룩한 갈색 수염을 기르고 있었다. 눈에는 지성이 깃들어 있었다. 그는 조금도 당황하거나 이성을 잃은 듯한 모습을 내보이지 않았는데, 그렇다고 그다지 빈정거리는 말투도 아니었다. 그는 여전히 보기 좋은 미소를 얼굴에 띠고 있었다.

퓌이르 예심 판사는 반감 섞인 경계심을 품고 이 젊은이를 살펴보았다. 두 헌병이 앞으로 나왔다. 젊은이는 유쾌한 듯 큰 소리로 말했다.

"예심 판사님, 저를 공범이라고 의심하시는군요. 하지만 제가 공범이라면 진작 달아났을 겁니다."

"자네에게는 뭔가 그럴 만한⋯⋯."

"그런 일을 생각하시다니, 어이가 없군요. 생각을 좀 해 보십시오. 논리적으로 말해⋯⋯."

퓌이르 예심 판사는 젊은이의 눈을 뚫어지게 보더니, 퉁명스럽게 말했다.

"쓸데없는 말은 그만해! 이름이 뭐야?"

"이지도르 보트를레."

"직업은?"

"장송 드 사이이 고등학교 3학년 학생입니다."

퓌이르 예심 판사의 고개가 옆으로 설레설레 저었다.

"무슨 소리야? 고등학교 3학년이라고?"

"장송 고등학교입니다. 파리 퐁프 가에 위치한 학교로, 주소는⋯⋯."

"그만해!"

퓌이르 예심 판사는 몹시 화가 나서 소리를 버럭 내질렀다.

"사람을 아주 우습게 아는군. 그런 몹쓸 장난은 이제 그만둬!"

"예심 판사님, 솔직히 말해서 왜 그렇게 화를 내시는지 저는 잘 모르겠습니다. 제가 고등학생이어서 안 된다는 건 도무지 이

해가 되지 않습니다. 이 수염 때문이신가요? 마음 놓으십시오. 가짜 수염이니까요."

이지도르 보트를레는 턱에 붙였던 가짜 수염을 손으로 잡아 뗐다. 수염이 없는 얼굴은 한층 더 앳되어 보였으며 한층 더 장밋빛이 되어, 정말 고등학생다운 얼굴이 되었다. 그리고 하얀 이를 드러내 보이며 어린아이처럼 웃으면서 말했다.

"이제 아시겠습니까? 그래도 증거가 필요하십니까? 그렇다면 아버지께서 보내신 편지 봉투에 주소가 있으니 읽어 주십시오. '장송 드 사이이 고등학교 기숙생 이지도르 보트를레'라고 씌어 있습니다."

이 말을 믿었는지 안 믿었는지는 별 문제로 치더라도, 퓌이르 예심 판사는 이 일로 기분이 몹시 상한 것 같았다.

"여기에 무엇하러 왔나?"

"물론…… 공부하러 왔습니다."

"공부라면 학교에서 해야지. 왜 여기지?"

"오늘이 어떤 날인지 모르고 계시는군요. 오늘은 4월 23일, 부활절입니다. 그러니 학교를 안 가죠."

"그래서?"

"그래서라뇨? 저는 제가 하고 싶은 일에 제 시간을 쓰고 싶을 뿐입니다."

"자네 아버지는 뭐라시던가?"

"아버지께서는 아주 멀리 떨어진 곳에서 살고 계시죠. 사부아의 산속에서요. 아버지는 늘 자주 여행을 하라고 말씀하셨어요. 영불 해협의 바닷가를 한번 들러 보라고 권하신 적도 있습니다."

"가짜 수염도 아버지의 아이디어인가?"

"천만에요. 이건 순전히 제가 생각해 낸 것입니다. 저는 변장하는 장면이 나오는 추리 소설을 자주 읽습니다. 복잡하게 얽힌 무시무시한 사건도 많이 상상하죠. 그래서 장난삼아 수염을 달아 보았습니다. 게다가 어른으로 보이는 것이 남들 보기에도 좋고요. 예심 판사님도 파리의 신문 기자로 행세하려면 이렇게 하는 것이 좋다고 생각하실 테니까요."

"어떻게 루앙의 신문 기자와 동행하게 된 것이지?"

"루앙의 신문 기자와는 어젯밤 알게 됐습니다. 오늘 아침, 앙브뤼메지 사건을 알게 된 저분이 친절하게도 저를 함께 데리고 가 주시겠다고 말씀하시더군요."

이지도르 보트를레는 이런 이야기를 아무렇지 않게 늘어놓았다. 아무튼 듣는 사람의 입장에서 그의 이야기는 무척 흥미로운 이야기였다. 퓌이르 예심 판사도 아직은 완전히 경계를 풀지 않은 얼굴빛이었지만 그래도 드문드문 어느 정도 호감을 느끼는 모양이었다.

　예심 판사가 화난 말투를 약간 누그러뜨리며 이지도르 보트를레에게 물었다.

　"그래, 여기에 와 본 소감은 어떤가? 만족스러운가?"

　"네, 그럭저럭 만족합니다. 이런 사건은 처음 접하는 것이기에 더욱 흥미진진합니다."

　"그것도 자네가 무척 좋아 하는, 복잡하고 기괴한 사건이니 더욱 그렇겠군."

　"네. 사건은 앞으로 더욱더 흥미진진해질 것이고, 따라서 저는 더욱 재미있어지겠죠."

　"자네 생각은 어떤가? 진상이 밝혀질 것이라고 생각하나?"

　"결론을 내리기엔 아직……. 도움이 될 만한 특별한 단서도 아직은 없고요."

　보트를레가 웃으면서 대답했다.

　"점점 재미있어지는군. 그래도 난 자네가 뭔가 알고 있다는 생각이 드는데……. 어디 내게 얘기해 줄 수 있겠나? 사실 부끄러운 고백이지만, 난 아무것도 모르겠거든."

　"그야 차분하게 사건을 생각할 시간이 없으셨기 때문일 겁니다. 예심 판사님, 중요한 건 생각하는 일입니다. 특별한 경우를 제외하고, 대부분 문제의 답은 의외로 단순한 곳에서 발견되는

법이죠. 예심 판사님은 그렇게 생각하지 않으십니까? 어쨌든 제가 알고 있는 사실은 조서에 있는 것뿐입니다."

"굉장한 자신감이군. 좋아. 그럼 한 가지 묻겠는데, 도둑맞은 물건이 무엇인지 자넨 알고 있나?"

"알고 있다고 말할 수 있습니다."

"그래? 정말 훌륭하군! 피해를 당한 당사자도 아닌데 그것을 알고 있다? 제브르 백작은 재산 목록을 가지고 있지만, 보트를 레 자네는 그런 것이 있을 리도 만무하지 않나? …… 목록과 대조한 결과, 책 상자와 등신대 입상이 하나 없어졌어. 하지만 누구도 본 기억이 없는 물건이지. 혹시나 해서 다시 묻겠는데, 혹시 범인 이름도 알고 있는 것이 아닌가?"

"그것도 알고 있다고 대답할 수 있지요."

모여 있던 사람들 사이에 동요가 일었다. 검사보와 신문 기자가 보트를레의 곁으로 다가왔다.

"정말로 범인 이름을 알고 있다는 건가?"

"네."

"그럼, 범인이 있는 곳도 알고 있나?"

"네, 그렇습니다."

퓌이르 예심 판사는 보트를레의 거침없는 대답에 그저 기가 막힌다는 표정을 지을 뿐이었다.

"범인을 체포하게 되면 난 생애 최고의 명예로 생각할 걸세. 자, 이제 자네 마음속에 들어 있는 엄청난 비밀을 내게 말해 주겠나?"

"지금 말입니까?"

"그래, 지금 당장."

"괜찮다면, 한두 시간 뒤에 말씀드렸으면 하는데요. 예심 판사님의 수사가 끝날 때까지 기다리고 싶습니다."

"아니, 지금 당장 나는 범인을 알아야겠네."

그때, 아까부터 이지도르 보트를레를 뚫어지게 바라보고 있던 레이몽드가 퓌이르 예심 판사 앞으로 다가서며 나섰다.

"예심 판사님!"

"왜, 무슨 문제가 있습니까, 아가씨?"

잠시 레이몽드는 망설였다. 그러다가 이윽고 결심했다는 듯 보트를레를 정면으로 바라보며 자신의 말을 이었다.

"이 사람, 이지도르 보트를레 씨에게 묻고 싶은 게 있어요."

"뭐죠? 어쨌든 물어보세요."

"이지도르 보트를레 씨, 어제 이곳에 왔었죠? 어제 뒷문 밖 작은 길을 빈둥빈둥 걸어 다녔잖아요?"

퓌이르 예심 판사는 물론 주위에 있던 모든 사람이 레이몽드의 말에 화들짝 놀랐다. 그 누구도 생각지 못했던 말이 레이몽드의 입에서 흘러나왔던 것이다.

"제가요? 아가씨가 어제 저를 보았단 말인가요?"

이지도르 보트를레는 조금도 당황하지 않고 여전히 여유 있는 얼굴로 레이몽드에게 반문했다.

레이몽드는 보트를레를 향한 시선을 떼지 않은 채 차분한 어조로 뒷말을 이었다.

"어제, 오후 4시쯤 숲 속을 지나다가 이 사람과 키가 비슷한 젊은이를 뒷문 밖 길에서 만났어요. 복장도 같고, 똑같은 모양의 수염을 기르고 있었어요. 어쩐지 다른 사람 눈에 띄기를 싫어하는 눈치였어요."

"아가씨 말은 그 사람이 바로 저라는 겁니까?"

"분명하게 그렇다고는 말할 수 없어요. 기억이 조금 흐릿한 게 사실이니까요. 하지만……, 역시 그렇게 짐작되는군요. 신기할 정도로 모습이 비슷하거든요."

퓌이르 예심 판사는 도무지 갈피를 잡을 수가 없었다. 이미 범인 한 사람에게 보기 좋게 당한 처지였다. 그런데 이제 겨우 고등학생에 불과한 젊은이가 자신을 농락하려는 것이라면……? 예심 판사는 갑자기 화가 치밀었다. 그래서 이지도르 보트를레를 향해 다짜고짜 짜증이 덧난 목소리로 소리쳤다.

"이봐, 얼른 대답을 해!"

"아, 너무 신경질적으로 받아들이지 마세요. 아가씨의 착각이라는 것을 저는 아주 간단히 증명할 수 있습니다. 어제 그 시각에 저는 부르에 있었습니다."

"그러니까 알리바이가 있다는 말이로군. 아무튼 자네 사정은 조금 전하고 완전히 달라졌네. 반장, 부하를 시켜 이 젊은이를 감시하도록 하게."

이지도르는 난처한 표정을 지었다.

"언제까지 감시하실 거죠?"

"범인이 잡힐 때까지."

"예심 판사님, 되도록 빨리 범인을 잡아 주시길 부탁드립니다."

"왜 감시받는 것이 싫은가?"

"제 아버지는 나이 드신 노인입니다. 괜한 일로 제 아버지께 걱정 끼쳐 드리고 싶지 않거든요."

순간 보트를레의 눈가에 살짝 이슬이 맺혔다. 퓌이르 예심 판사는 보트를레의 눈물이 마음에 들지 않았다. 어쩐지 보트를레는 연극을 하고 있는 것 같았다. 그렇다고 함부로 자기 속내를 드러낼 수도 없는 노릇이었다.

예심 판사는 보트를레에게 이렇게 약속했다.

"오늘 밤, 늦어도 내일이면 자네에 대한 감시는 풀릴 걸세."

오후도 아주 늦었다. 예심 판사는 수도원의 폐허로 돌아가, 구경꾼들을 가까이 오지 못하게 하고, 참을성 있게 구역 안을 조직적으로 잘라 차례로 하나씩 조사하게 한 뒤, 자기가 직접 지휘했다. 그러나 저녁때가 다 되어도 아무런 단서를 찾지 못했다.

그러자 예심 판사는 저택 안으로 밀려든 많은 기자에게 이렇게 말했다.

"여러분, 모든 상황으로 보아 부상당한 범인은 이 부근에 있다고 추정했습니다만 사실은 그렇지 않았습니다. 따라서 범인은 이미 도주했다고 판단합니다. 범인은 저택 밖에서 체포될 것입니다."

그래도 확실하게 하기 위해 예심 판사는 반장에게 협력을 구해 저택 안에 감시원을 세웠다. 다시 한 번, 응접실과 거실을 조사하고 저택 안을 구석구석 살펴서 필요한 정보를 모두 수집한 뒤 검사보와 함께 디에프로 돌아갔다.

밤이 되었다. 범행이 있었던 거실은 출입 금지가 되었기 때문에, 장 다발의 시체는 다른 방으로 옮겨졌다. 이웃에 사는 두 여자가 쉬잔과 레이몽드와 함께 밤을 지샜다. 아래층에서는 이지도르 보트를레가 감시원의 경계를 받으며, 옛날 기도실이었던 방의 벤치 위에서 잠을 잤다. 밖에서는 헌병들, 소작인, 그리고 농부 여남은 명이 폐허 군데군데에 서서 망을 보았다.

11시까지는 아무 일도 없이 지나갔다. 그런데 11시 10분이 지났을 때 저택 반대쪽에서 총소리가 울렸다.

"주의하라!"

반장이 소리쳤다.

"두 명은 여기에 남아! 포세와 르카뉴……, 그리고 나머지는 날 따라와."

그들은 밖으로 뛰쳐나와 왼쪽에서 저택 뒤로 돌았다. 어둠 속에서 그림자가 도망가고 있었다. 그리고 이어서 두 번째 총소리가, 아득히 멀리 떨어진 밭 저쪽에서 들렸다. 사람들은 그쪽으로 달려갔다. 그들이 과수원 울타리까지 달려갔을 때 소작인의 집 오른쪽에서 불길이 환하게 타올랐다. 천장까지 짚으로 덮은 창고였다. 창고는 곧 굵은 불기둥으로 변했다.

"제기랄! 불을 지른 것은 놈들이다. 모두 뒤를 쫓아라! 아직 멀리 가지 못했을 것이다!"

그러나 바람이 불어와 저택 쪽으로 불길의 방향이 바뀌었기 때문에 무엇보다도 우선 이 위험 상황에 대비해야만 했다. 그들은 열심히 불을 껐다. 제브르 백작이 달려와 충분히 사례할 테니 수고해 달라고 격려하여 모두 열심히 불을 끄느라고 애를 썼다. 하지만 새벽 2시가 다 되어서야 불을 끌 수 있었다. 이제부터 범인을 쫓는다 해도 소용없는 일이었다.

"날이 밝거든 조사해 보기로 하세. 틀림없이 발자국을 남겼을 거야."

반장이 말했다.

"가능하다면…… 이 공격의 동기를 알고 싶군. 짚 더미에 불을 붙이다니 전혀 무의미한 일처럼 여겨지는데."

제브르 백작이 말했다.

"백작, 저와 함께 가시지요. 그 동기를 알 수 있을지도 모르니까요."

두 사람은 폐허가 된 수도원으로 갔다.

반장이 부하들의 이름을 불렀다.

"르카뉘! 포세!"

그러나 두 사람은 어디에서도 나타나지 않았다.

다른 헌병들도 자기 동료들을 찾았다.

두 사람은 뒷문 입구에서 발견되었다. 눈이 가려진 채 입에는 재갈이 물려 있었으며, 손발이 묶인 상태로 땅바닥을 뒹굴고 있었다.

"백작. 보기 좋게 놈들의 농간에 말려들었군요."

부하들이 두 사람의 손발을 풀어 주고 있을 때 반장이 중얼거렸다.

"어째서요?"

"총소리…… 공격…… 화재…… 이 모든 것은 우리 신경을 그쪽으로 쏠리게 하려는 함정이었습니다. 말하자면 양동 작전이었던 셈입니다. 그 사이에 이 두 사람을 묶어 놓고, 그들은 일을 마친 것입니다."

"일이라니?"

"부상자를 구출하는 일 말입니다."

"설마? 과연 그럴까요?"

"그렇고말고요. 틀림없을 겁니다. 10분 전에야 그것을 깨달았습니다. 더 빨리 생각하지 못하다니 저도 어지간한 멍청이였습니다. 세 놈 모두 체포할 수 있었는데 말입니다."

크비용 반장은 너무나도 분한 나머지 발을 동동 굴렀다.

"하지만 도대체 어디지? 그들은 어디로 들어왔고, 또 부상자를 데리고 어디로 나간 것일까? 그리고 그 부상당한 악당은 어디에 숨어 있었던 것이고? 하루 종일 저택 안을 샅샅이 뒤졌고, 땅바닥까지 살펴보았는데……. 풀숲 같은 데 숨었을 리는 없을 테고, 게다가 놈은 상처까지 입고 있었는데 말이야. 마치 요술이라도 부린 것 같군."

크비용 반장이 놀랄 일은 그것만이 아니었다.

날이 훤하게 밝은 뒤, 그들은 보트를레를 가둬 둔 기도실로 가 보았다. 그제야 그들은 보트를레가 감쪽같이 사라진 것을 알

왔다. 감시원은 의자에 몸이 묶인 채로 깊이 잠들어 있었다. 그 옆에는 물병과 컵이 두 개 있었는데, 한 컵의 밑바닥에 하얀 가루가 조금 묻어 있었다.

검사해 본 결과, 보트를레가 감시원에게 수면제를 먹이고, 창으로 도망쳤다고밖에 생각할 수 없었다. 그런데 이 창은 바닥에서 무려 2미터 50센티미터나 떨어져 있었다. 창으로 나가는 방법은, 감시하던 감시원의 등을 발판으로 삼는 방법밖에 없었다.

고등학교 3학년 이지도르 보트를레

'그랑 주르날'지의 기사에서 발췌.

들라트르 박사 납치되다! 대담한 범행!

다음 뉴스는 마감 시간에 들어온 것으로, 진위를 알 수 없지만 너무나 황당하기 때문에 보도하기로 한다.

어젯밤, 유명한 외과 의사 들라트르 박사는 부인, 딸과 함께 코메디 프랑세즈에서 상연 중인 빅토르 위고의 '에르나니'를 관람하고 있었다. 3막이 시작되었을 때, 즉 10시쯤 관람석 문이 열렸다. 세 남자가 들어왔고, 그중 한 명이 박사에게 다가와 부인에게도 들릴 만한 소리로 말했다.

"선생님, 사실 저는 아주 곤란한 임무를 맡고 있는데, 좀 도와 주십시오."

"누구시지요?"

"데자르 경감입니다. 경찰청의 뒤두이 씨가 계신 곳까지 선생님을 안내하라는 명령을 받고 왔습니다."

"하지만……."

"아무 말씀도 하지 마시고, 또 모든 행동을 은밀하게 하시라는 말씀이 있었습니다. 사실은 엄청난 실수를 했기 때문에, 우리는 아무도 눈치채지 못하게 은밀히 일을 진행해야 합니다. 연극이 끝나기 전까지는 틀림없이 돌아오실 수 있습니다."

박사는 일어나 경감을 따라갔다. 그러나 연극이 끝나도 극장으로 돌아오지 않았다.

들라트르 부인은 걱정이 되어 경찰서로 갔다. 그곳에는 진짜 데자르 경감이 있었고, 박사를 데리고 간 남자는 가짜였다. 수사가 시작되었고, 박사를 태운 자동차는 콩코르드 광장 쪽으로 향한 것으로 드러났다. 이 기괴한 사건의 진행에 관해서는 2판에 보도할 예정이다.

정말 믿을 수 없는 이야기였지만 이 사건은 사실이었다.

사건의 전말은 곧 밝혀졌다. '그랑 주르날'지는 정오판에서 이 사건을 확인함과 동시에 결말의 반전에 관해서도 다음과 같이 실었다.

납치 사건의 결말 — 진상 규명의 실마리!

오늘 오전 9시, 들라트르 박사는 뒤레 가 78번지 문 앞으로 돌아왔다. 박사를 태운 자동차는 박사를 내려놓자마자 곧바로 떠났다. 뒤레 가 78번지는 들라트르 박사의 진료소로, 그는 매일 아침 이 시각에 출근한다. 기자가 찾아갔을 때 박사는 경찰청에서 나온 국가 경찰 부장과 대담 중이었는데, 흔쾌히 만나 주었다.

"말할 수 있는 것은, 범인들에게 매우 정중하게 대접받은 것뿐입니다. 나를 데리고 간 세 남자는 예의 바르고, 기지가 풍부한 재미있는 이야기 상대였습니다. 덕분에 오랜 시간 차를 타고 가는데 조금도 심심하지 않았습니다."

"얼마나 걸렸습니까?"

"네 시간 정도 걸렸습니다."

"박사님을 모셔 간 목적은?"

"급하게 외과 수술을 해야 하는 환자가 있었습니다."

"수술은 성공했습니까?"

"네, 하지만 수술 경과가 걱정입니다. 여기라면 그 환자는 도움을 받을 수 있겠지만, 그곳에서는…… 어쨌든 시설이……."

"시설이 나쁘던가요?"

"형편없었소. 여관방이었는데, 거기서 좋은 치료를 받는다는 것은 무리입니다."

"그럼, 환자를 도울 수 있는 방법은?"

"기적밖에 없습니다. 원래 아주 체질이 건강한 남자입니다."

"그 기묘한 환자에 대해 조금 더 말씀해 주실 수 없을까요?"

"할 수 없습니다. 나는 그렇게 하기로 굳게 약속을 했고, 게다가 내 진료소로 1만 프랑의 기부를 받았기 때문입니다. 비밀을 지키지 않으면 그 돈을 도로 빼앗기게 될 겁니다."

"설마! 진심으로 그렇게 믿고 계시는 건 아니겠죠?"

"아니요. 전 그렇게 믿고 있습니다. 그들은 말한 것은 꼭 실행하는 것 같았습니다."

박사가 기자에게 이야기한 것은 이상과 같았다.

게다가 기자가 얻은 정보에 따르면, 경찰 당국도 박사에게서 더는 자세한 정보를 들을 수 없었다고 한다. 수술 내용에 관해서도 환자에 관해서도 자동차가 지나간 지역에 관해서도 박사는 더 상세한 정보를 제공해 주지 않았다. 따라서 사건의 진상을 알아내기는 곤란할 것으로 예상된다.

인터뷰를 마친 기자는 진상을 알아내기는 곤란할 것으로 단정했지만, 조금 통찰력이 있는 사람이라면 사건의 진상을 용이하게 파악할 수 있었을 것이다. 즉 이 사건과 전날 앙브뤼메지의 저택에서 발생해 그날 각 신문에 자세히 보도되었던 일련의 사건을 연결하면 되는 것이었다. 부상한 강도 살인범의 도망과 유명한 외과 의사의 납치 사이에는 분명히 무시할 수 없는, 서로 딱 들어맞는 부분이 있었다.

이 추측이 옳다는 것은 수사 결과로도 증명되었다. 자전거로 도망간 가짜 운전기사가 지나간 길을 더듬어 보니, 15킬로미터쯤 떨어진 아르크의 숲까지 이어졌다는 것을 알게 되었다. 거기서 자전거를 도랑에 버리고 생 니콜라 마을로 가서 다음과 같은 전보를 쳤다는 사실이 뒤에 밝혀졌다.

파리 제45 우체국 A L N
중태, 급히 수술 요함. 14번 국도 경유, 의사 보내라.

증거는 확실한 것이었다. 이 전보를 받은 파리의 공범들이 즉시 의사를 수배한 것이었다. 밤 10시, 아르크 숲을 따라 디에프로 이르는 14번 국도가 지나가는 곳으로 외과 의사를 보냈다. 그 사이에 범인들은 창고에 불을 질렀고, 그 불로 주의를 분산

해 부상한 두목을 구출한 뒤 여관으로 옮겼고, 의사가 오기를 기다려 새벽 2시에 수술을 한 것이었다.

이런 점에 관해서는 의문의 여지가 없다.

수사를 위해 파리에서 특별히 파견된 가니마르 경감은 포랑 팡 형사와 함께 퐁투아즈, 구르네이, 포르주에서 밤에 자동차가 지나간 흔적을 확인했다. 또 디에프에서 앙브뤼메지에 이르는 길에서도 타이어 흔적을 찾았다.

차의 흔적은 저택에서 2킬로미터쯤 되는 지점에서부터 갑자기 없어지기는 했지만, 수도원과 정원 뒷문 사이에서 발자국을 여러 개 발견할 수 있었다. 그리고 가니마르 경감은 뒷문의 자물쇠가 망가져 있는 것도 발견했다.

이것으로 모든 것이 설명되었다.

남은 것은 의사가 이야기한 여관을 알아내는 일뿐이었다. 이 것은 가니마르 경감처럼 깊이 파고들어 가 밝혀내기를 좋아하며 참을성이 강한 베테랑 수사관에게는 아주 쉬운 일이었다. 여관의 수는 한정되어 있었고, 부상자의 상태를 생각하면 앙브뤼메지 가까운 곳에 있는 게 틀림없었다.

가니마르 경감과 헌병대의 반장은 수사를 시작했다.

반경 5백 미터 이내, 1천 미터 이내, 5천 미터 이내. 이런 식으로 여관이라고 이름 붙인 곳을 모두 샅샅이 조사했다. 그러나

기대했던 것과는 달리, 죽음 직전에 있을 중상자의 행방은 전혀 알 수 없었다.

가니마르는 끈질기게 버텼다. 토요일 밤, 저택에 묵으려고 돌아왔을 때는 일요일에는 혼자서 수사하려고까지 생각했다. 그런데 다음 날 아침, 어젯밤 순찰을 하던 헌병이, 한 남자가 담 밖의 우묵한 길을 서성거리는 것을 보았다는 말을 했다. 공범이 정보를 캐내려고 돌아온 것일까? 그들의 두목은 아직 폐허나 그 부근에 있다는 것일까?

그날 밤 가니마르 경감은 농장에 헌병들을 배치했고, 자신과 포랑팡 형사는 정원 뒷문 옆의 담 밖에서 기다렸다.

12시 조금 전에 한 남자가 숲 속에서 나오더니, 두 사람 사이를 지나 뒷문을 통해 정원으로 몰래 숨어들었다. 그 남자는 3시간 동안이나 폐허 사이를 왔다 갔다 하기도 하고, 웅크려 앉기도 하고, 낡은 기둥에 기어오르기도 하고, 때로는 오랫동안 가만히 머물러 있기도 했다. 그런 다음 다시 뒷문을 지나 두 사람사이를 지나가려고 했다.

가니마르는 그의 뒷덜미를 움켜쥐었고, 포랑팡은 그의 몸을 붙잡았다. 남자는 저항하지 않았고 아주 얌전하게 손목이 묶인상태로 저택으로 끌려왔다. 그런데 정작 심문하려고 하자, 나는 당신들에게 말하고 싶지 않다, 예심 판사가 오면 그때 모든 걸

밝히겠다고 버텼다. 하는 수 없이 두 수사관은 남자를 그들이 묵고 있는 방의 옆방 침대 다리에 단단히 묶어 놓았다.

월요일 아침 9시, 퓌이르 예심 판사가 도착했다.

가니마르는 곧바로 남자를 체포한 경위를 보고했다. 그리고 체포한 남자를 데려오라고 부하에게 명령했다.

남자는 다름 아닌 이지도르 보트를레였다.

"이지도르 보트를레!"

퓌이르 예심 판사는 손을 내밀며 반갑게 소리쳤다.

"이것 참, 뜻하지 않은 기쁨이로군. 우리의 뛰어난 아마추어 명탐정께서 이곳으로 오시다니! 나에겐 더할 나위 없는 행운이야. 가니마르 경감, 장송 고등학교 3학년 보트를레를 소개하겠소."

가니마르는 적잖게 당황했다. 하지만 보트를레는 존경하는 동료에게 하듯이 아주 정중히 경감에게 인사한 다음, 퓌이르 예심 판사를 향해 말문을 열었다.

"저에 대해 비교적 좋은 보고가 들어온 모양이로군요, 예심 판사님."

"그래, 나쁘지는 않았어. 생 베랑 양이 자네를 담 밖에서 보았다는 시간에 자네는 분명히 부르 레 로즈에 있었더군. 자네를 닮은 남자의 정체는 금방 밝혀질 것이네. 그리고 자네는 분명히 이지도르 보트를레이고, 고등학교 3학년인 게 맞더군. 품행도 단정하고 공부도 잘한다고 하더군. 아버지가 지방에서 사는 것도 맞고, 자네 보증인인 베르노 씨의 집에 한 달에 한 번 들러 그곳에서 지내는 것도 좋은 행동이야. 물론 베르노 씨도 자네에 대해 칭찬을 아끼지 않더군."

"그럼……?"

"그래. 자네에 대한 혐의는 풀렸다고 해야겠지."

"완전한 자유입니까?"

"완전한 자유? 글쎄……, 아주 작은 조건이 있네. 자네도 알겠지만 다른 사람에게 수면제를 먹이고, 창문으로 탈출하고, 사유지에 불법 침입해서 현행범으로 체포된 사람을, 그냥 석방할 수는 없지."

"조건을 들어 보겠습니다."

"도중에서 끊어졌던 이야기를 계속해 주게. 자네 조사가 어디까지 진행되었는지 말해 주게. 이틀 동안 자유로웠으니 많이 조사했겠지?"

이때, 가니마르 경감은 이런 문답을 주고받는 것을 듣고 싶지 않은 듯이 밖으로 나가려고 했다. 예심 판사가 그런 그를 큰 소리로 제지했다.

"안 돼요, 경감. 여기에 있어야 하오. 이지도르 보트를레의 이야기는 들어 볼 가치가 있다는 것을 내가 보증하리다. 내가 수집한 정보에 따르면, 이지도르 보트를레는 장송 고등학교에서 어떠한 것도 그냥 지나치는 일이 없는, 꼼꼼한 관찰자라고 평판이 자자하더군. 더구나 동급생들에게는 가니마르 경감 당신이나 셜록 홈스의 라이벌로 일컬어진다는군요. 어때요, 관심이 가지 않소, 경감?"

"호오, 그래요!"

그러나 가니마르의 대답에는 빈정거림이 섞여 있었다.

"모두 사실이오. 한 학생은 나에게 이렇게 써 보냈소. '만약 보트를레가 알고 있다고 하면, 그 말을 믿어야 합니다. 그의 말은 반드시 진실이라는 것을 의심해서는 안 됩니다.' 자, 이지도르 보트를레, 지금이야말로 친구들의 신뢰에 보답할 기회일세. 부탁이네. 진상을 알려 주게."

보트를레가 얼굴에 미소를 띠었다.

"예심 판사님, 당신은 가혹한 분이시군요. 나이가 어리다고 함부로 놀려도 되는 것인지요? 전 더는 놀림거리를 제공하고 싶지 않습니다."

"이지도르 보트를레, 자네는 아무것도 모르고 있는 것인가?"

"네, 부끄럽지만 아무것도 모릅니다. '무언가 알고 있다.'라고 말하기에는, 구체적인 두세 가지 사실을 발견한 것만으로는 불

충분하기 때문입니다. 그리고 그런 사실 정도는 예심 판사님도 알고 계실 겁니다."

"이를테면?"

"도둑맞은 물건입니다."

"호오? 도둑맞은 물건을 알고 있다?"

"예심 판사님도 알고 계시지 않나요?"

"아무튼 계속해 보게."

"이 문제는 비교적 간단합니다."

"그래?"

"네. 조금만 추리해 보면 금방 알 수 있습니다."

"그것뿐인가?"

"그것뿐입니다."

"그 추리 과정을 알고 싶군."

"간단히 말하면 이렇습니다. 그들은 물건을 훔쳐 갔습니다. 두 여자 모두 물건을 들고 달아나는 두 남자를 정말로 보았다고 하니까요."

"그래, 분명히 훔쳐 갔어."

"그러나 아무것도 없어지지 않았습니다. 그것에 관해서는 누구보다도 잘 알고 있는 제브르 백작이 그렇게 단언했으니까요."

"분명히 아무것도 없어지지 않았지."

"이 두 사실에서 당연히 다음과 같은 결론이 나옵니다. 도난은 사실이고, 아무것도 없어지지 않았다는 것은, 도둑맞은 물건이 똑같은 물건으로 바뀌었다는 말이 됩니다. 물론 이 추리가 맞는지 아닌지는 확인해 보지 않으면 알 수 없습니다. 그러나 어쨌든 이것이 가장 먼저 머리에 떠오른 추리이고, 충분히 검토하지 않은 채 부정할 수 없다고 생각합니다."

"과연!"

예심 판사가 고개를 끄덕였다.

"응접실에 있는 물건 중에서 도둑이 눈독을 들일 만한 건 두 개더군요. 먼저 태피스트리인데 이것은 아닌 것이 분명합니다. 쉽게 탄로 날 가능성이 너무 높거든요. 오래된 태피스트리의 모조품은 누가 봐도 쉽게 구별하니까요. 그렇다면 남은 물건은 루벤스의 유화 넉 점입니다."

"뭐라고?"

"벽에 걸려 있는 루벤스의 그림은 가짜입니다."

"그럴 수가!"

"가짜일 것이 분명합니다."

"그런 일은 있을 수 없어."

"예심 판사님, 1년 전에 샤르푸네라는 젊은이가 앙브뤼메지 저택에 와서 루벤스의 그림을 모사(模寫)하게 해 달라고 부탁한 일이 있었습니다. 제브르 백작은 허락했습니다. 샤르푸네는 다섯 달 동안, 아침부터 밤까지 이 응접실에서 그림을 그렸습니다. 지금 여기 걸려 있는 그림들은 그가 그린 가짜로, 제브르 백작이 숙부 보바딜리아 후작에게서 물려받은 루벤스의 그림 넉 점이 아닙니다."

"증거가 있나?"

"증거는 없습니다. 하지만 그림은 가짜입니다. 조사할 필요조차도 없습니다."

퓌이르 예심 판사와 가니마르는 놀란 표정을 숨기지 않고 서로를 마주 보았다. 지금은 가니마르 경감도, 자리를 떠날 생각 같은 것은 아예 잊고 있었다.

잠시 뒤, 예심 판사가 중얼거렸다.

"제브르 백작의 생각을 들어 봐야겠네."

가니마르도 같은 생각이었다.

"그게 좋겠습니다."

두 사람은 백작에게 응접실로 와 달라고 청했다.

보트를레가 보통 학생이었다면 퓌이르 예심 판사나 가니마르 같은 수사 전문가에게 자기 추리를 인정받았기에 매우 의기양양해 했을 것이다. 그러나 보트를레는 이런 일에 만족할 수 없는지 표정 변화라곤 조금도 없었다.

제브르 백작이 들어왔다.

"백작, 조사 결과 정말 생각지도 못 한, 뜻밖의 일을 알게 되었소. 강도들이 이곳에 들어온 건 루벤스의 그림을 훔치기 위해서였소. 좀 더 정확히 말하면, 루벤스의 그림 넉 점을 모사품과 바꿔치기하는 것이었소. 아마도 1년 전 샤르푸네라는 남자가 이곳에 방문했을 겁니다. 벽에 걸린 그림은 그때 그려진 모사품일 가능성이 매우 높습니다. 백작께서 직접 그림을 감정해 주셨으면 합니다. 그리고 저희에게 그림이 진짜인지 가짜인지를 말씀해 주십시오."

순간, 백작은 얼굴을 찌푸렸지만 곧 보트를레를 보고, 퓌이르 예심 판사를 보더니, 그림 쪽으로는 가까이 가지도 않고 간단히 대답했다.

"예심 판사님, 사실 저는 진상이 알려지기를 바라지 않고 있습니다. 그러나 일이 이렇게 된 이상, 솔직하게 말씀드리도록 하겠습니다. 그렇습니다……. 이 그림들은 모두 가짜입니다."

"알고 계셨습니까?"

"처음부터 알고 있었습니다."

"어째서 말씀하지 않으셨지요?"

"미술품 소유자들은, 자신이 갖고 있는 것이 진짜가 아니라는 것을 좀처럼 말하고 싶지 않은 법입니다."

"그러나 그것을 말하지 않으면 진짜를 찾을 수도 없습니다."

"제겐 더 좋은 방법이 있습니다."

"어떤?"

"우선 범인들을 안심시켜야 합니다. 그러자면 비밀을 밝히지 않아야 합니다. 그다음, 돈을 주고 그림을 찾아오면 되는 것입니다. 범인들 역시 장물 처리가 매우 곤란할 테니까요."

"범인과 어떻게 연락을 하지요?"

백작은 대답하지 않았다. 대신 보트를레가 말했다.

"신문 광고를 내는 겁니다. '주르날'지나 '마탱'지에 그림을 다시 사고 싶다고 광고를 내면 됩니다. 조그맣게요."

백작은 고개를 끄덕였다. 이번에도 젊은이는 어른보다 한 수 위라는 것을 보여 주었다.

퓌이르 예심 판사는 억지를 부리지 않았다.

"보트를레, 자넨 정말 뛰어난 탐정이로군. 정말이지 날카로운 통찰력과 대단한 직관력을 지녔어! 이렇게 되면 가니마르 경감이나 나는 할 일이 없어지겠는걸."

"지금까지는 그래도 비교적 간단했습니다."

"자네 말은 지금부터는 그리 간단하지 않다는 의미인가? 그래, 자네를 처음 만났을 때 자네는 이 사건에 관해 꽤 많은 것을 알고 있다고 장담했지. 내가 기억하기로는 자넨 살인범의 이름까지 안다고 했는데……, 사실인가?"

"네."

"대체 누가 장 다발을 죽였지? 범인은 아직 살아 있는 건가? 살아 있다면 어디에 숨어 있지?"

"예심 판사님, 아무래도 제 말을 오해하신 것 같습니다. 아니, 사실을 오인하고 계시다고 말해야 할 것 같군요. 다발을 죽인 범인과 도망간 남자는 다른 사람입니다."

"뭐라고?"

퓌이르 예심 판사는 깜짝 놀란 것 같았다.

"제브르 백작이 침실에서 발견하고 맞붙어 싸웠던 남자, 응접실에서 여자들이 봤고 생 베랑이 총을 쏘아 마당에 쓰러뜨렸던 남자, 우리가 찾는 그 남자가 장 다발을 죽인 것이 아니란 말인가?"

"그렇습니다."

"여자들이 응접실에 오기 전에 사라진 제3의 공범이 도망간 경로라도 찾아냈다는 말인가?"

"아닙니다."

"도대체 무슨 말인지 모르겠군. 도대체 누가 장 다발을 죽였다는 건가?"

"장 다발을 죽인 사람은……."

보트를레는 말을 끊고 잠깐 생각에 잠겨 있다가 다시 입을 열었다.

"그것을 말씀드리기 전에, 제가 이렇게 확신하게 된 경위와 살해 동기를 말씀드려야 할 것 같습니다. 그렇지 않으면 제 추리가 이상해지게 되니까요. 하지만 그것은 절대로 이상하지 않습니다. 그렇습니다, 조금도 이상하지 않습니다. 사실 우리는 아주 중요한 것을 놓쳤습니다. 장 다발이 습격당했을 때, 말쑥하게 옷을 입고 반장화까지 신고 있었다는 점입니다. 이것은 낮에 입었던 것과 똑같은 차림이었다는 의미겠죠. 그런데 범행은 새벽 4시에 일어났습니다."

"나도 그건 이상하다고 생각했네."

예심 판사가 말했다.

"제브르 백작에게 물었을 때, 다발이 가끔 밤늦게까지 일을 했다고 하지 않았나. 일하는 사람이 잠옷을 입지는 않을 것 아닌가?"

"그런데 고용인들은 이와 반대로, 다발은 언제나 일찍 잔다고 말했습니다. 어쨌든 그날 피해자가 일어나 있었다고 가정해 보겠습니다. 그렇다면 어째서 일부러 침대를 흩뜨려 잠자고 있었던 것처럼 꾸몄던 것일까요? 만약 정말로 자고 있었다면, 무슨 소리를 들었을 때 간편한 옷차림이었을 겁니다. 첫날 저는 다발의 방에 가 보았습니다. 침대 밑에 슬리퍼가 있더군요. 슬리퍼를 신으면 좋았을 텐데, 왜 다발은 징을 박은 반장화를 신었던 것일까요?"

"글쎄……."

"샤르푸네라는 화가, 루벤스의 그림을 모사한 남자 말입니다. 이 사람을 백작에게 소개한 사람은 다름 아닌 장 다발이었습니다."

"그래서?"

"이것은 장 다발과 샤르푸네가 한패였다는 결론에 이르게 합니다. 아주 쉬운 결론입니다. 처음에 이야기를 들었을 때부터 저는 줄곧 그렇게 생각했습니다."

"조금 성급한 판단이 아닐까?"

"사실 구체적인 증거가 필요했습니다. 저는 다발의 방에서 그가 글을 쓸 때 사용한 압지에 주소가 찍혀 있는 것을 발견했습니다. 지금도 남아 있을 거라고 생각하는데……, '파리 제45 우체국, ＡＬＮ'이 반대로 찍힌 자국이더군요. 다음 날 아침, 생 니콜라에서 가짜 운전기사가 보낸 전보에도 이와 똑같은 '파리 제45 우체국 ＡＬＮ'이라는 주소가 있는 것을 알게 되었습니다. 제가 찾던 구체적인 증거가 나온 것입니다. 장 다발은 그림을 훔칠 계획을 세운 사람들과 연락하고 있었던 것입니다."

퓌이르 예심 판사는 더는 이의를 제기하지 않았다.

"좋아, 공범 관계는 그렇다고 하세. 그래, 자네의 결론은?"

"첫째, 장 다발을 죽인 사람은 도망간 남자가 아닙니다. 장 다발은 공범이었으니까요."

"그래서?"

"예심 판사님, 제브르 백작이 정신을 차려 맨 처음 한 말을 생각해 보십시오. 그 말은 제브르 양의 증언을 기초로 만든 조서에도 적혀 있습니다. '괜찮다. 다발은? 죽었어? 아직 살아 있는 게냐? 단도는?' …… 제브르 백작은 습격을 받았을 때의 일을 이렇게 말했습니다. '그 남자가 나에게 덤벼들어 관자놀이를 치는 바람에 정신을 잃었습니다.'라고요. 대체 정신을 잃었던 백작이 정신을 차려 일어났을 때, 다발이 단도에 찔렸다는 것을 어떻게 알 수 있었겠습니까?"

보트를레는 이 질문에 대한 대답 같은 것은 기대하지 않았다. 그는 서둘러 자신이 직접 그 대답을 하여, 모든 설명을 생략하려고 하는 것 같았다. 그의 이야기가 이어졌다.

"다시 말해서 장 다발은 강도 세 명을 응접실로 안내한 것입니다. 다발이 두목이라고 불리는 남자와 함께 여기에 있을 때, 침실에서 인기척이 났습니다. 다발이 문을 열었습니다. 거기서 제브르 백작을 보았기 때문에 다발은 단도를 휘두르며 덤벼들었습니다. 그러나 제브르 백작은 용케 단도를 빼앗아 다발을 찔렀지요. 그때 자기도 누군가에게 얻어맞고 쓰러졌습니다. 때린 사람은 몇 분 뒤에 두 아가씨가 본 그 남자입니다.”

또다시 퓌이르 예심 판사와 가니마르 경감은 얼굴을 마주 보았다. 가니마르는 당황한 듯이 머리를 저었다.

예심 판사가 말했다.

“백작, 이 설명이 정확하다고 믿어도 괜찮을까요?”

제브르 백작은 대답하지 않았다.

“괜찮으시겠습니까, 백작? 아무 말씀도 없으시면 불리하게 됩니다.”

잠시 뒤 제브르 백작이 분명한 어조로 말했다.

“보트를레 군의 설명은 모두 사실입니다.”

백작의 말에 예심 판사의 두 눈이 동그랗게 커졌다.

“한데 왜 당신은 사법 당국이 오해할 만한 그런 연극을 하셨던 것입니까? 저는 도무지 그 이유를 짐작하기 어려운데…… 정당방위라면 죄가 되지 않는다는 걸 설마 모르지는 않으셨을 테고…… 왜 그러셨죠?”

제브르 백작이 대답했다.

“다발은 20년이나 내 곁에서 일했습니다. 나는 그를 믿었습니다. 그도 나를 잘 받들었지요. 어쩌다가 나쁜 유혹에 빠져 나를 배신했다고 해도 과거의 공적을 보아 용서하고, 그 배신행위가 세상에 알려지지 않기를 바랐던 것입니다."

"기분은 알겠지만 마땅히……."

"나는 당신과는 다른 의견입니다, 예심 판사님. 이 범죄의 용의자가 누구라고 결정되지 않는 한 범인인 동시에 희생자이기도 했던 남자를 고발하지 않는 것은 내 절대적인 권리이기도 합니다. 다발은 죽었습니다. 죽음은 충분한 형벌이라고 생각합니다."

"그러나 지금은 진상이 알려졌으니까 말씀하셔도 되지 않겠습니까?"

"네, 그렇습니다. 여기에 다발이 공범에게 보낸 편지의 초안이 있습니다. 두 개입니다. 그가 죽은 뒤 주머니에서 찾아냈습니다."

"그럼 범행 동기는?"

"디에프의 바르 가 18번지로 가 보십시오. 그곳에 베르디에 부인이 살고 있습니다. 다발이 2년 전 알게 된 여자인데, 그 여자 때문에 돈이 필요해서 도둑질을 하려고 했던 것입니다."

모든 것이 밝혀졌다. 어둠에 싸여 있던 사건의 진상이 점차로 모습을 드러내기 시작한 것이었다.

"자, 계속합시다."

백작이 나가고 퓌이르 예심 판사가 모두를 향해 소리쳤다. 보트를레가 유쾌한 목소리로 되받았다.

"그렇지만 저는 더 이야기할 것이 없습니다."

"그러나 도망친 사람은? 부상한 사람은?"

"그에 관해서는 예심 판사님도 저와 마찬가지로 잘 알고 계실 줄로 아는데요. 폐허의 풀에 남은 흔적도 보았고……."

"그래, 알고 있어. 하지만 다음 날, 한패가 부상자를 여관으로 데려갔지. 그래서 여관을 찾을 단서도 필요하고……."

이지도르 보트를레는 큰 소리로 웃었다.

"여관이라고요? 그런 건 없습니다. 당국을 속이려는 속임수입니다. 성공했으니 아주 훌륭한 속임수이지요."

"하지만 들라트르 박사가 분명히 그렇게 말하지 않았나?"

"네, 그러니까 말입니다."

보트를레는 확신에 찬 목소리로 대답했다.

"들라트르 박사가 여관이라고 했지요. 하지만 믿으면 안 되는 거짓말입니다. 들라트르 박사는 사건에 관해서 아주 애매모호한 말만을 계속했습니다. 수술한 환자의 안전을 위태롭게 할 만한 말은 아무것도 하지 않았지요. 그런데 갑자기 여관이라고 경찰의 주의를 끄는 말을 했습니다. 그러나 박사가 이런 말을 한 것은 강제로 그렇게 하라고 시켰기 때문일 것입니다. 박사의 증언은 모두 범인들이 시키는 대로 한 것입니다. 그렇게 하지 않으면 끔찍한 보복을 하겠다고 협박한 것이 틀림없습니다. 박사에게는 부인과 딸이 있으니까요. 그 두 사람을 매우 사랑하고 있는 이상, 그들의 말을 거역하긴 쉽지 않죠. 그런 까닭으로 그들은 수사 당국의 주의를 완전히 다른 쪽으로 따돌릴 수 있었던 것입니다."

"자신하는 것인가?"

"아직 경찰은 여관을 찾는 일을 그만두지 않았습니다. 그래서 수사의 초점은 범인이 있음 직한 유일한 장소에서 다른 곳으로 돌려지고 있습니다. 범인이 아직 떠나지 못한 알 수 없는 장소, 범인이 생 베랑 때문에 상처를 입고 짐승이 구멍 속으로 기어들어 가듯 그곳에 기어들어 간 뒤로 떠날 수 없어서 계속 머물고 있는 바로 그 장소 말입니다."

"대체 그곳이 어디지?"

"수도원 폐허 가운데일 것입니다."

"그런데 폐허라고 해도 벽이 조금, 기둥이 몇 개 남아 있을 뿐이잖나?"

"확신하건대 그곳에 숨어 있습니다, 예심 판사님."

보트를레는 목소리에 더욱 힘을 주어 대답했다.

"수색은 그곳만 하면 됩니다. 그곳을 찾으면 아르센 뤼팽을 발견할 수 있을 겁니다."

"뭐라고? 아르센 뤼팽!"

보트를레의 말에 퓌이르 예심 판사는 의자에서 벌떡 일어나며 소리쳤다. 예심 판사는 아르센 뤼팽이라는 말에 몹시 놀란 것이 분명했다. 그러나 놀란 것은 예심 판사만이 아니었다. 경감 역시 말을 잃은 채 한쪽 손을 부들부들 떨고 있었다. 아르센 뤼팽! 그 유명한 이름이 던져 주는 긴 여운이었다.

아르센 뤼팽.

그는 모험가이며 도둑의 왕이었다. 지난 며칠 동안 정신없이 쫓았던 인물, 그러나 아직 흔적조차 찾지 못한 인물이 그라는 사실에 예심 판사와 경감은 아연 긴장하지 않을 수 없었다. 그러나 아르센 뤼팽을 체포하면, 예심 판사는 물론 경감도 그 즉시 승진하게 될 것이었다. 부와 명예 역시 함께 얻을 수 있을 것이었다.

보트를레가 가니마르 경감에게 물었다.

"경감님은 이미 짐작하고 계셨던 것 같은데……, 그렇죠?"

"물론. 하지만 자네가 그렇게 생각하리라곤 전혀 생각하지 못했네. 대단한 추리력이야. 말했듯이, 난 이번 사건의 주모자가 뤼팽이라고 처음부터 확신했어. 사실상 이번 사건에서는 그의 흔적이 여러 군데에서 보이거든. 뤼팽의 수법은 정말 개성이 있어. 한 번 보면 금방 알 수 있지."

"정말로 그렇게 생각하나?"

퓌이르 예심 판사가 보트를레에게 물었다.

"그렇게 생각하고말고요! 간단한 것이지만 범인들이 연락할 때 사용한 머리글자만 보아도 알 수 있습니다. A L N, 즉 아르센과 뤼팽의 첫 글자, 그리고 마지막 글자입니다."

"자네는 정말 빈틈이 없군." 가니마르 경감이 말했다.

"자네는 정말 솜씨가 뛰어나네. 이 늙은 가니마르도 두 손 바짝 들었어."

경감이 손을 내밀었다.

보트를레는 기쁜 얼굴을 감추지 않은 채, 경감이 내민 손을 덥석 잡았다.

세 사람은 발코니로 갔다. 그들의 시선은 폐허 쪽에 머물렀다.

퓌이르 예심 판사가 중얼거렸다.

"그렇다면……, 뤼팽이 저곳에 있을지도 모른다는 것이로군."

"뤼팽은 분명히 저곳에 있습니다. 부상을 입고 쓰러졌을 때부터 줄곧 그는 저곳에 있었습니다. 이론적으로나 실제로도 레이몽드 양과 두 고용인의 눈에 띄지 않고 달아나는 일은 불가능합니다."

"증거는?"

"증거는 공범들이 한 행동입니다. 다음 날 아침, 그들 가운데 한 명이 운전기사로 변장하여 당신들을 이곳까지 모시고 왔습니다."

"그래, 증거품인 모자를 되찾기 위해서였지."

"그런데 그보다 더 중요한 목적은 두목의 상태를 직접 확인하는 일이었을 겁니다. 어쨌든 공범은 두목이 숨은 장소를 알고 있었습니다. 그리고 두목이 중태라는 것도요. 그 때문에 너무 걱정이 된 나머지 경솔하게도 '두목을 죽이면, 여자는 무사하지 못할 것이다.'라고 협박했던 것입니다."

"그렇지만 그들이 나중에 두목을 옮겨 가지 않았을까?"

"언제요? 헌병들은 폐허를 잠시도 떠나지 않았습니다. 게다가 어디로 옮겨 갈 수 있겠습니까? 총에 맞은 환자를 옮길 수 있다 해도 겨우 몇 백 미터가 고작일 겁니다. 그렇다면 벌써 발견됐겠지요. 아니, 누가 뭐라고 해도 그 남자는 반드시 저기에 숨어 있습니다. 공범들은 가장 안전한 장소라고 판단했기에 그 남자, 뤼팽을 데려가지 않은 것입니다. 의사가 끌려간 곳도 아마 그곳일 겁니다. 헌병들이 어린아이들처럼 불을 끄느라고 난리를 치는 동안에 의사는 치료를 했겠죠."

"하지만 뤼팽에게는 음식과 물이 필요할 텐데?"

"지금으로서는 아무 말도 할 수 없습니다. 하지만 그는 지금 저기 저곳에 있는 게 확실합니다. 저곳에 없을 리가 없기 때문에, 저기에 있는 것이 틀림없습니다. 이 눈으로 보고, 손으로 만진 것처럼 자신할 수 있습니다."

보트를레는 폐허 쪽으로 손을 뻗어, 손끝으로 작은 원을 그렸다. 원은 점점 작아져 마침내는 하나의 점이 되었다. 예심 판사와 가니마르도 그 점의 위치를 필사적으로 찾았다. 둘 다 보트를레와 똑같은 확신으로 가슴이 뜨거워졌다.

아르센 뤼팽은 저곳에 있다! 분명히!

두 사람도 그것을 믿었고, 전혀 의심하지 않았다.

저 어두운 곳에, 그 유명한 모험가인 아르센 뤼팽이 구원의 손길을 기다리며 초췌한 모습으로 숨어 있는 것이었다.

"만약에 그가 죽는다면?"

퓌이르 예심 판사가 낮은 목소리로 물었다.

"만약 그가 죽고 일당이 그 사실을 알게 된다면, 예심 판사님, 레이몽드 양을 보호해야 할 겁니다. 반드시 무서운 복수가 뒤따를 테니까요."

보트를레가 말했다.

몇 분 뒤, 이런 훌륭한 조수라면 기꺼이 고용하고 싶다고 생각한 퓌이르 예심 판사가 남아 있어 달라고 부탁했으나, 보트를레는 오늘로 봄 방학이 끝난다며 거절하고 디에프로 돌아갔다. 그는 5시에 파리에 도착하여 8시에 동급생들과 함께 장송 고등학교 교문을 들어섰다.

가니마르는 앙브뤼메지의 폐허를 샅샅이 뒤졌으나 끝내 은신처를 찾아내지 못했고, 밤 급행 편으로 파리로 돌아왔다.

집에 돌아오니 그의 앞으로 속달 우편 하나가 도착해 있었다.

가니마르 경감님.

저녁때 시간이 조금 있어서, 도움이 될 만한 정보를 모을 수 있었습니다. 아르센 뤼팽은 1년 전부터 에티엔느 드 보드레라는 이름으로, 파리에서 생활하고 있었습니다. 이 이름은 신문의 사교계 소식란이나 스포츠 소식란에서 자주 볼 수 있습니다. 이 남자는 여행가로서 인도로 호랑이 사냥을 간다거나 시베리아로 여우 사냥을 간다면서 곧잘 오랫동안 집을 비우곤 합니다. 사업을 한다고 말하지만 어떤 사업인지는 확실하지 않습니다. 현재 주소는 마르부프 가 36번지입니다. 마르부프 가는 45 우체국과 가까운 곳에 있습니다. 4월 23일, 즉 앙브뤼메지 사건 전날인 목요일부터 그의 행방은 알려져 있지 않습니다.

경감님께서 저에게 베풀어 주신 후의에 감사드리며, 이에 깊은 경의를 보냅니다.

— 이지도르 보트를레

추신: 이 정보를 얻기 위해 고생했으리라고 생각하지는 마십시오. 사건이 있던 이튿날 아침 퓌이르 예심 판사가 관계자를 조사할 때, 저는 도망자의 모자를 조사하려고 생각했습니다. 다행히 가짜 운전기사가 모자를 바꿔치기하러 오기 전이었죠. 모자에 붙어 있던 모자 가게의 이름을 단서로 모자를 산 사람의 주소와 이름을 알아낼 수 있었습니다.

이튿날 아침, 가니마르는 마르부프 가 36번지로 갔다. 그는 관리인에게서 자세한 이야기를 들은 다음, 1층 오른쪽에 있는 방 하나를 열도록 했다. 방 안에는 난로의 재 말고는 아무것도 없었다. 나흘 전에 공범 두 명이 와서, 불리한 증거가 될 것 같은 서류를 말끔히 태운 것이었다. 그런데 가니마르가 방에서 나가려고 했을 때, 집배원이 보드레 씨 앞으로 온 편지 한 통을 가지고 왔다. 그날 오후, 사건을 담당하게 된 검사가 그 편지를 압수했다. 그 봉투에는 미국 소인이 찍혀 있고, 영어로 이렇게 적혀 있었다.

먼저 귀하의 대리인에게 말한 것을 다시 확인하십시오. 제 브르 백작의 그림 넉 점은 미리 약속한 방법으로 보내십시오. 나머지 물건도 손에 넣을 수 있으면 함께 보내 주시기 바랍니다. 급한 일이 있어 출국하고, 이 편지가 도착할 때와 같은 때에 그곳에 도착할 예정입니다. 연락은 그랑 호텔로 하십시오.

그날 가니마르는 체포 영장을 들고 가서, 미국인 해링턴을 장물 은닉 및 강도 공범의 용의로 유치했다.

이렇게 하여, 17세 소년이 준 뜻밖의 단서 덕분에 사건의 수수께끼는 하루 동안에 모두 밝혀졌다. 두목을 구출하려고 했던 공범들의 계획을 저지했고, 중상을 입은 아르센 뤼팽의 체포는 의심할 나위 없게 되었으며, 파리에 있는 조직의 거점을 비롯하여 괴도의 가면도 곧 벗겨질 가능성이 높아졌다.

세상은 놀라움과 감탄과 호기심에 찬 떠들썩한 외침 소리로 들끓었다. 이미 루앙지의 신문 기자는 어린 고등학생과의 맨 처음 인터뷰를 기사로 멋지게 정리하여, 그 고등학생의 좋은 성격과 꾸밈없고 말이 적으며 침착한 태도를 보도하는 데 성공했다. 가니마르 경감과 퓌이르 예심 판사는 직업적인 자존심도 잊은 채 이 사건에서 보트를레가 한 역할에 대해 칭찬을 아끼지 않았다. 사실상 보트를레 혼자서 모든 일을 해결한 셈이었다. 승리의 모든 공적이 오직 그 어린 학생에게로 돌아가도 전혀 이상할 것이 없었다.

사람들은 열광했다. 하루아침에 이지도르 보트를레는 영웅이 되었다. 대중은 갑자기 열중하여 이 새로운 스타에 대해 뭐든지 알고 싶어 했다. 기자들이 몰려들었다. 그들은 장송 드 사이이 고등학교로 몰려와 학교에서 돌아가는 학생들을 붙잡고, 보트를레 소년과 관계있는 것이라면 무엇이든 알고자 했다. 이렇게 해서 친구들이 보트를레를 셜록 홈스의 좋은 라이벌로 생각한다는 것이 일반 대중에게 널리 알려지게 되었다.

보트를레는 신문 보도만을 읽고서 수사 당국보다 훨씬 먼저 복잡한 사건을 해결한 적이 여러 번 있었다. 장송 고등학교에서는 이따금 아주 어려운 질문이나 해결 불가능한 문제를 내서, 보트를레가 정말로 정확한 분석과 빈틈없는 추리로 문제를 해결하는지를 확인하곤 했다. 일종의 오락이었다. 식품점 주인 조리스가 체포되기 열흘 전, 보트를레는 이미 문제의 우산이 중요한 단서가 된다는 것을 지적했다. 또 생 클루의 비극적인 사건에서도 그는 처음부터 아파트 관리인이 유일한 살인 용의자라고 단언했다.

그런데 무엇보다도 신묘했던 것은, 장송 고등학교 학생들 사이에 읽히고 있는 팸플릿이었다. 그 팸플릿은 필자가 보트를레로 타이프 인쇄, 10부 한정판이었다. 제목은 '아르센 뤼팽의 방법, 그 전설적 측면과 독창성에 관하여'였다. 그 뒤에는 영국인의 유머와 프랑스인의 풍자를 비교한 글이 붙어 있었다.

이 팸플릿은 뤼팽의 범죄를 하나하나 상세히 연구한 것으로서, 유명한 괴도의 수법이 매우 자세하게 묘사되었으며, 그 범행 방법과 독특한 전술, 신문사에 투서 · 협박 · 범행 예고를 하는 방법 따위에 관해 열거되어 있었다. 즉 뤼팽이 노린 상대를 어떻게 요리하여, 피해자가 스스로 함정에 빠져들게 하는가, 즉 속임수에 관한 종합적인 연구를 독자들에게 제시해 줬던 것이다.

이 뤼팽 연구는 정곡을 찌르는 비평이었는데, 신랄하면서도 활기가 있었고 솔직함과 함께 잔혹한 빈정거림을 담고 있었다. 그리하여 비웃던 사람도 곧 그의 편이 되는 형편이어서 대중의 마음은 단숨에 뤼팽에게서 이지도르 보트를레에게로 향했다. 또 이 두 사람의 대결에 대해서 사람들은 미리부터 고등학생의 승리를 점치곤 했다.

한편, 검찰청의 수사는 벽에 가로막혀 있었다. 해링턴의 신원을 확인하기도 쉽지 않았고 그가 뤼팽 일당과 공모했다는 증거도 나타나지 않았다. 해링턴은 자신이 공범인지 아닌지, 완강하게 입을 다문 상태였다. 게다가 필적 감정 결과, 검찰이 압수한 편지를 쓴 바로 그 남자인지 어떤지도 단정할 수 없게 되었다. 해링턴이 여행 가방과 지폐가 가득 든 지갑을 가지고 그랑 호텔에 묵으러 왔다는 것, 확인할 수 있는 건 오로지 그것뿐이었다.

디에프의 퓌이르 예심 판사는 범행 전날 레이몽드 생 베랑 양이 보트를레로 잘못 보았던 남자의 정체를 아직 파악하지 못하고 있었다. 그 남자는 수수께끼 속의 인물이었다. 루벤스의 그림 넉 점을 도둑맞은 일에 관해서도 지금껏 갈피조차 잡지 못하고 있었다. 그림은 어떻게 되었을까? 그림을 운반한 자동차는 어느 방향으로 도주했을까? 물론 이 점도 마찬가지였다.

뤼느레, 예르빌, 이브토에서 그 자동차가 지나갔다는 증거가 나왔다. 또 코드벡 앙코에서는 자동차가 아침 일찍 증기선으로 센 강을 건너갔다는 사실도 새로이 밝혀졌다. 그런데 철저하게 조사한 결과 그 자동차는 오픈카였음이 드러났다. 따라서 큰 그림을 넉 점이나 실었다면 뱃사람들의 눈에 띄지 않았을 리가 없었다. 차를 범행에 사용했더라도 루벤스의 그림 넉 점은 그 차에 실리지 않았다는 결론이 난 것이었다. 그럼 도대체 그림은 어떻게 된 것일까?

퓌이르 예심 판사는 여러 가지 문제를 미해결 상태로 남겨 두고 있었다. 예심 판사의 부하들은 날마다 수도원의 폐허를 조사했고, 예심 판사는 거의 매일같이 수사를 진두지휘했다. 그러나 뤼팽이 중상을 입고 숨어 있는 은신처를 찾는 것은 ― 물론 보트를레의 추리가 옳다고 믿고 ― 도저히 불가능한 일이어서, 이 유능한 예심 판사도 무척 힘에 겨워했다. 그러므로 사람들이 이지도르 보트를레를 주목하는 것은 당연했다. 왜냐하면 사건의 수수께끼를 푼 유일한 사람이었고, 그가 없었다면 수수께끼는 더욱더 깊어졌을 것이 분명했다. 보트를레는 왜 사건을 더 깊게 파고들지 않는 것일까? 그만큼 해결했으니 조금만 더 노력하면 해결할 수도 있지 않을까?

이 의문을 보트를레에게 던진 것은 '그랑 주르날'지의 기자였다. 그 기자는 보트를레의 보증인 베르노라고 속여 장송 고등학교에 몰래 들어갔다. 그리고 이런 질문을 보트를레에게 던졌다. 보트를레는 현명하게 대답했다.

"세상에는 뤼팽 같은 도둑을 잡는 탐정 일 이외에도 중요한 일이 많이 있기 때문입니다. 지금은 5월입니다. 7월에는 대학 입시 수능 시험이 있습니다. 저는 낙제하고 싶지 않습니다. 그렇게 되면 아버지께서 제게 뭐라고 하시겠습니까?"

"만일 자네가 아르센 뤼팽을 잡아 당국에 넘겨준다면, 아버지께서 뭐라고 하시겠나?"

"무슨 일이든 때가 있습니다. 저는 다음 휴가 때……."

"그러니까, 강림절 휴가 때 그곳에 갈 생각인가?"

"네, 그렇습니다. 6월 6일 토요일 첫 열차로 그곳에 갈 겁니다."

"그럼 그날 밤에는 아르센 뤼팽이 잡히겠군."

"일요일까지 기다려 주실 수 없을까요?"

보트를레는 웃으면서 말했다.

"왜 일요일까지 기다려야 하지?"

기자는 진지하게 물었다.

이런 식으로 세상은 이 소년에 대해 하루아침에 절대적인 신뢰감을 갖게 되었다. 실제로 이 사건은 어느 정도까지밖에 밝혀지지 않았지만, 그런 것은 조금도 문제가 되지 않았다. 사람들은 모두 그를 믿었다. 보트를레라면 어떠한 일도 어렵지 않게 풀어낼 것이었다. 세상은 이 소년이 초인적인 통찰력, 직감, 경험, 능력을 갖춘 괴물 같은 역할을 하기를 기대했다. 6월 6일! 이 날짜가 모든 신문의 헤드라인을 장식했다. 6월 6일에 이지도르 보트를레는 디에프로 가는 급행열차를 타고 가서, 그날 밤 아르센 뤼팽을 체포할 것이다.

"그 전에 뤼팽이 탈출하면 얘기는 달라지지……."

괴도를 지지하는 사람들이 반박했다.

"그런 일은 있을 수 없어. 탈출로는 모두 철저하게 감시당하고 있어."

"상처가 악화돼 죽었다면?"

다시 지지자들이 질문했다. 그들은 그들의 영웅이 체포되는 것보다 차라리 죽는 것이 더 낫다고 생각했다.

그러자 곧 반론이 나왔다.

"글쎄, 만약 뤼팽이 죽었다면 공범들이 알았을 것이고 복수를 했을 텐데, 현재까진 그렇지 않았잖아. 보트를레가 그렇게 말했다고."

드디어 6월 6일. 생 라자르 역에서 신문 기자 대여섯 명이 이지도르를 기다리고 있었다. 그 가운데 두 사람은 동행을 원했다. 그러나 보트를레는 제발 그렇게 하지 말라고 간곡하게 부탁했다.

결국 소년은 혼자 떠났다. 기차 안은 텅 비어 있었다. 여러 날 밤 시험 공부를 하느라 지쳐 있어서 보트를레는 깊은 잠에 곯아떨어졌다. 꿈속에서 그는 여러 역을 지났으며, 사람들이 오르내리는 것도 어렴풋이 느꼈을 뿐이었다.

잠에서 깨어난 그의 눈에 루앙이 보였을 때에, 기차 안은 텅 비어 있었다. 그런데 맞은편 좌석 등받이 회색 천 위에 핀으로 꽂혀 있는 종이가 보였다. 종이에는 이렇게 쓰여 있었다.

누구나 저마다에게 맞는 일이 있다. 너의 일만 생각해라.

그렇지 않으면 혼쭐날 줄 알아라.

"좋았어!"

보트를레는 손을 비볐다.

"적의 사정이 더욱 나빠진 모양이로군. 이 협박장은 가짜 운전기사의 협박처럼 유치해. 이 문장은 또 뭐야? 글을 쓴 사람이 뤼팽이 아닌 것은 분명해."

기차는 노르망디의 옛 도시, 루앙으로 들어가기 전에 터널로 들어갔다.

역에 도착하자, 보트를레는 저린 다리를 풀기 위해 플랫폼을 두서너 바퀴 돌았다.

기차 객실 안으로 돌아오려 하던 그는 무엇인가를 보고 갑자기 비명을 질러야만 했다.

신문 판매대의 신문이었다. 주르날 드 루앙 특별판 1면 기사가 눈에 띄었다.

디에프에서 온 전보에 따르면, 어젯밤 앙브뤼메지 저택에 괴한 몇 명이 침입하여 제브르 양을 묶은 다음 재갈을 물리고 레이몽드 드 생 베랑 양을 납치해 갔다. 저택에서 5백 미터 떨어진 곳에서 핏자국을 발견했으며, 그 옆에서 피투성이

가 된 스카프도 발견했다. 레이몽드 양은 살해된 것으로 추정하고 있다.

디에프에 닿을 때까지 이지도르 보트를레는 꼼짝도 하지 않았다. 몸을 앞으로 굽히고 두 팔꿈치를 무릎 위에 세우고서 두 손을 얼굴에 댄 채 골똘히 생각에 잠겼다.

디에프에 도착하고 나서 그는 자동차를 불렀다.

앙브뤼메지 입구에서 예심 판사를 만났다. 그는 예심 판사에게서 '무서운 뉴스'가 사실이라는 것을 확인할 수 있었다.

"그 이상은 모르십니까?"

보트를레가 물었다.

"전혀 알 수 없어."

이때 헌병반장이 퓌이르 예심 판사 옆으로 다가오더니, 꾸깃꾸깃해진 누런 종잇조각을 건네주었다. 피투성이 스카프가 발견된 장소 가까이에 떨어져 있었다는 보고와 함께였다.

퓌이르 예심 판사는 일단 그것을 살펴본 다음 이지도르 보트를레에게 건네주었다.

"이런 것은 수사에 그다지 도움이 되지 않겠지?"

보트를레는 그 종잇조각을 몇 번이나 뒤집어 보았다.

종잇조각은 숫자와 점과 기호가 가득 쓰여 있는 다음 그림과 같은 것이었다.

```
2 . 1 . 1 . . 2 . . 2 . 1 .
. 1 . . 1 . . . 2 . 2 .    . 2 . 4 3 . 2 . . 2 .
. 4 5 . . 2 . 4 . . . 2 . . 2 . 4 . . 2
D $\overline{\text{DF}}$ ⬜ 19 F + 44 ◹ 357 ◁
1 3 . 5 3 . . 2    . . 2 5 . 2
```

시체

오후 6시쯤, 수사를 마친 퓌이르 예심 판사는 브레두 서기와 함께 디에프로 돌아가는 차를 기다리고 있었다. 예심 판사는 신경이 날카롭게 곤두서 있는 모양인지 똑같은 질문을 두 번이나 했다.

"보트를레를 보지 못했나?"

"보지 못했는데요, 예심 판사님."

"어디에 갔을까? 하루 종일 보이지 않으니."

그때, 예심 판사는 문득 생각난 듯이 브레두에게 가방을 맡기고, 급히 저택을 한 바퀴 돌아 폐허 쪽으로 걸어갔다. 그곳 큰 아치 옆에 보트를레가 있었다. 보트를레는 솔잎이 깔린 땅바닥에 배를 깔고 엎드려 있었는데, 한 팔은 마치 잠을 자는 사람처럼 머리를 받치고 있었다.

"어떻게 된 건가? 자나?"

"자는 게 아닙니다. 생각하는 겁니다."

퓌이르 예심 판사는 이지도르의 팔을 움켜쥐고 잡아당겼다.

"생각한다고? 우선 눈으로 확인해야 해. 사실을 잘 조사하고, 단서를 찾아서 수사의 실마리를 발견하는 거야. 그리고 잘 생각해서 진상을 밝히는 것이 기본이야."

"네, 알고 있습니다. 하지만 그것은 일반적인 방법이지요. 물론 좋은 방법입니다만……, 저는 다른 방법을 씁니다. 먼저 생각하는데, 무엇보다도 먼저, 사건의 전체 모습을 그려 봅니다. 그리고 그 전체 모습과 일치하도록 합리적이며 논리적인 가설을 세우지요. 그러고 나서 사실이 제 가설과 잘 맞는가 어떤가를 확인해 봅니다."

"복잡하고 이상한 방법이군."

"하지만 확실한 방법입니다. 예심 판사님 방법과는 다르겠지만요."

"그러나 역시 내겐 복잡하고 이상한 방법이야."

"상대가 평범한 적이라면 예심 판사님의 방법은 괜찮은 방법입니다. 그러나 상대가 교활한 자라면 얘기가 달라집니다. 그런

자들은 '진실'을 얼마든지 조작할 수 있습니다. 예심 판사님이 믿고자 하는 수사의 기초 역시 그들은 자유자재로 만들어 낼 수 있습니다. 그래서 뤼팽 같은 사람과 맞서면 수사가 자꾸 터무니없는 방향으로 빠져드는 것입니다. 셜록 홈스 같은 명탐정도 때때로 그런 함정에 걸려들곤 하죠."

"그러나 아르센 뤼팽은 죽었어."

"그럴지도 모릅니다. 하지만 그의 부하들이 있습니다. 훌륭한 스승의 제자들이니 그들도 뛰어난 자들일 겁니다."

"좀 걸을까?"

두 사람은 어깨를 나란히 하고 걷기 시작했다.

"쓸데없는 이야기는 그만하지. 그것보다 더 중요한 이야기가 있네. 가니마르가 지금 파리에 볼일이 있어서 갔네. 아마 사오 일이 지나야 돌아올 걸세. 제브르 백작이 급했던 모양이야. 셜록 홈스에게 전보를 쳐 사건을 의뢰했더군. 셜록 홈스는 다음 주에 오겠다고 약속했다는 거야. 어때, 이 두 사람이 도착했을 때, '정말 죄송하지만, 기다릴 수 없었습니다. 사건은 모두 해결됐습니다.'라고 말하는 것이 유쾌하지 않을까?"

퓌이르 예심 판사는 사실상 자신의 무력함을 고백한 셈이었다. 그렇다고 예심 판사의 면전에서 보트를레가 웃을 수는 없는 일이었다.

"예심 판사님, 제가 수사에 참여하지 않았던 것은 예심 판사님께서 제게 결과를 알려 주시리라고 생각했기 때문입니다. 무언가 알아낸 것이 있는지요?"

"어젯밤 11시, 크비용 반장에게서 저택을 지키라는 명령을 받았던 세 헌병에게 새로운 명령이 전해졌네. 우빌의 헌병대로 오라는 반장의 명령을 지급 전보로 받았다는군. 그래서 세 명은 말을 타고, 우빌에 갔어. 그런데……."

"보기 좋게 속았군요. 명령은 거짓이었고요. 그래서 앙브뤼메지로 다시 되돌아왔겠군요."

"그래. 세 명은 반장에게 이끌려 다시 저택으로 돌아왔지. 그런데 자리를 비웠던 시간이 한 시간 반이나 되었고, 그 사이에 범행이 일어났던 거야."

"범행 상황은요?"

"아주 간단해. 농장에서 사다리를 가져와 저택 3층으로 올라갔어. 유리창을 깨고 창문을 열었지. 칸델라를 든 두 남자가 제브르 양의 방으로 들어갔고, 소리를 지르지 못하게 재갈을 물렸어. 그러고는 밧줄로 꽁꽁 묶은 다음, 이번에는 생 베랑 양이 자고 있는 방으로 들어갔네. 제브르 양은 신음 소리와 몸부림치는 듯한 소리를 들었다고 하더군. 잠시 뒤에 두 남자가 꽁꽁 묶인 레이몽드를 데려가는 것을 보았고, 범인들은 제브르 양 앞을 지나, 창문으로 나갔다는군. 공포로 제브르 양은 곧 정신을 잃고 쓰러졌고."

"그럼, 개는요? 제브르 백작은 사나운 개 두 마리를 샀다고 들었는데요?"

"개들은 독살되었네."

"누가 죽였을까요? 아무도 그 개에게 가까이 갈 수 없었을 텐데요."

"그건 아직 몰라. 아무튼 두 남자는 어렵지 않게 폐허를 지나 뒷문으로 나갔지. 그리고 옛 채석장을 돌아 잡목 숲을 빠져나갔고, 저택에서 5백 미터쯤 떨어진 큰 떡갈나무 밑에서 걸음을 멈추고……, 곧 계획을 실행한 걸세."

"레이몽드 양을 죽일 목적으로 왔다면, 어째서 침실에서 죽이지 않았을까요?"

"그건 알 수 없네. 저택을 나간 뒤에 예상치 못했던 일이 생겨 죽이려고 했거나 묶었던 밧줄을 풀고 피해자가 도망치려고 했기 때문에 죽인 것인지도……. 내 생각으로는, 떨어져 있던 스카프는 피해자의 손을 묶는 데 사용됐을 거야. 아무튼 그녀는 큰 떡갈나무 밑에서 피살된 것 같아. 확실한 증거가 있기 때문에 더더욱 그렇게 생각할 수밖에 없네."

"그럼 시체는요?"

"시체는 발견되지 않았지만 그다지 놀라운 일은 아니네. 범인들의 발자국은 바랑주빌 교회, 절벽 위 옛 묘지까지 이어져 있었네. 그곳은 백 미터가량 되는 깎아지른 듯한 절벽이지. 그 밑은 파도가 부딪치는 바다야. 하루 이틀이면 밀물에 시체가 떠오를 걸세."

"너무 간단하군요."

"그렇지. 정말 간단해서 오히려 문제라니까. 뤼팽이 죽고, 일당은 협박했던 대로 레이몽드 양에게 복수를 했다. 이건 조사할 필요조차 없을 만큼 확실한 사실이야. 그런데 뤼팽은 어찌됐을까?"

"뤼팽이라니요?"

"시체 말이야. 그들 일당은 레이몽드 양을 데려가면서 뤼팽의 시체도 함께 옮겨 갔을 텐데, 그 증거가 어디에도 없어. 폐허에 잠복했다는 증거도, 살아 있다는 증거도, 그가 죽었다는 증거도 우린 찾을 수 없었어. 수수께끼야. 보트를레, 레이몽드 양이 살해되었어도 사건이 해결된 것은 아닐세. 오히려 사건은 더욱 복잡해졌어. 지난 두 달 동안 앙브뤼메지 저택에서 일어난 일련의 사건들을 우린 해결해야만 해. 그렇지 않으면 다른 사람들이 와서 해결하려고 할 테지."

"그들은 언제 옵니까?"

"수요일. 어쩌면 화요일······."

"예심 판사님, 오늘이 토요일이지요? 전 월요일 밤에는 학교로 돌아가야만 합니다. 그러니 월요일 아침 10시에 여기로 오십시오. 수수께끼를 풀 열쇠를 드리겠습니다."

"정말인가, 보트를레? 틀림없이 할 수 있겠나?"

"할 수 있다고 생각합니다."

"이제부터 어디로 갈 생각이지?"

"제 가설이 제 눈앞에 모습을 드러내기 시작한 사건의 윤곽과 일치하는지 확인하러 갈 겁니다."

"만약 일치하지 않으면?"

"예심 판사님, 그 경우에는 제가 틀렸다고 판단해야겠죠. 그때는 정보를 좀 더 찾아야 합니다. 그럼, 월요일에 뵙겠습니다."

"월요일에 만나세."

몇 분 뒤, 퓌이르 예심 판사는 디에프로 갔고, 보트를레는 제브르 백작에게서 빌린 자전거를 타고 예르빌에서 코드벡 앙코로 가는 큰길로 나섰다.

보트를레는 어느 한 가지 사실에 관해서 명확히 해 두고 싶었다. 그것이야말로 틀림없는 적의 약점이라고 그는 생각하고 있었다. 루벤스의 그림처럼 큰 물건을 감추기란 쉽지 않은 일이었다. 그림은 틀림없이 어딘가에 숨겨져 있을 것이었다. 지금 당장 그림을 되찾을 수 없다고 하더라도, 그림이 어떻게 운반되었는가 하는 것은 알아낼 수 있을 것도 같았다.

보트를레의 가설은 이러했다.

범인들은 확실히 그림 넉 점을 운반했다. 그러나 코드벡에 닿기 전 다른 자동차에 그림을 옮겨 실었고, 그 차는 상류나 하류를 통해 센 강을 건너갔을 것이다. 강 하류에서 가장 가까운 나루터는 킬뵈프였다. 이곳은 사람들의 왕래가 많아 안전하지 않은 곳이었다. 상류에는 마이유레 나루터가 있었다. 여기라면 교통이 불편하긴 해도 외따로 떨어진 곳이라 사람들의 눈을 피하기에 안성맞춤이었다.

자정이 가까웠을 무렵, 보트를레는 18킬로미터나 되는 길을 걸어서 마이유레까지 갔다. 강가에 있는 여관 문을 두드려 주인을 깨웠다. 그는 거기에서 하룻밤을 묵고 이튿날 아침에 나루터의 뱃사람들을 찾아가 몇 가지를 질문했다. 승객 명부도 일일이 조사했다. 그리하여 그는 한 가지 사실을 밝혀냈다. '4월 23일 목요일에는 자동차가 한 대도 지나가지 않았다'는 사실이었다.

"그럼, 마차는요? 짐차나 짐마차는요?"

보트를레는 빈틈없이 물었다.

"배를 이용한 것은 아무것도 없소."

오전 내내 이지도르는 조사를 벌였다.

킬뵈프에 가 봐야겠다고 생각하고 있는데, 그가 묵었던 여관의 소년이 그에게 이렇게 말했다.

"그날 아침, 짐차를 보았어요."

"뭐라고? 짐차를 보았다고?"

"기슭에 매어 놓았던 바닥이 평평한 배에 짐차를 옮겨 싣던걸요."

"그 짐차는 어디서 왔지?"

"아, 그건 잘 알아요. 바티넬 씨의 짐차였어요."

"주소는?"

"루브토 마을이오."

보트를레는 5만분의 1 지도를 펼쳤다. 루브토 마을은, 이브토에서 코드벡으로 가는 큰길과 마이유레로 통하는 숲 속의 구불구불한 오솔길이 마주치는 네거리에 자리 잡고 있었다.

저녁 6시쯤, 보트를레는 술집에서 바티넬을 발견했다. 그는 노르망디에 흔히 있을 법한 보기에도 교활하고 약아빠져 보이는 늙은이였다. 다른 사람을 경계하는 듯한 눈빛이지만 금화의 유혹을 이겨 내지는 못할, 술을 한잔 사 주기라도 하면 곧바로 유혹에 넘어가 버릴 바로 그런 인물이었다.

"그날 아침, 자동차를 타고 온 사람들이 5시에 네거리에서 기다리라고 하더군. 가니까 커다란 물건을 네 개 실어다 달라고 부탁했어. 이 정도 높이가 되는 꽤 큰 물건이었지. 한 사람이 나를 따라왔고 두 사람이 물건을 배에 옮겨 실었어."

"잘 아는 사이 같군요."

"잘 아는 사이라고? 뭐 그렇다고 말할 수 있지. 그들의 일을 한 건 이번까지 여섯 번째니까."

보트를레의 몸이 부르르 떨렸다.

"여섯 번이나요? 대체 언제부터였습니까?"

"그날까지 거의 매일. 물건은 그전과는 조금 달랐어. 큰 돌…… 아니면 좀 더 작고 가늘고 길쭉한 것인데, 보물처럼 소중하게 싸서 운반하더군. 내게는 손가락 하나 대지 못하게 했어. 아니, 왜 그래? 얼굴이 무척 창백하군."

"아무것도 아닙니다. 너무 더워서 그런가 봅니다."

보트를레는 비틀거리면서 술집을 나왔다. 뜻밖의 큰 소득을 얻은 것이었다.

보트를레는 그날 밤 바랑주빌 마을에서 묵었다.

이튿날 아침, 보트를레는 초등학교 교사와 함께 마을 사무소에서 한 시간쯤 시간을 보낸 다음 저택으로 돌아왔다. 제브르 백작 저택에는 보트를레 앞으로 온 편지 한 통이 그를 기다리고 있었다.

다음과 같은 내용이었다.

두 번째 경고. 침묵을 지켜라. 그렇지 않으면……

'음……, 이제부턴 내 안전을 위해 조심해야겠는걸. 그렇지 않으면 그들 말대로 큰 봉변을 당할 수도 있겠어.'

9시. 그는 폐허 안을 돌아다니다가, 아치 옆에 길게 몸을 뉘고 눈을 감았다.

"이봐, 어때! 일은 잘 되어 가나?"

이렇게 말한 사람은 약속 시간에 맞춰 그를 찾아온 퓌이르 예심 판사였다.

"네, 만족합니다."

"그렇다면……?"

"그것은 제가 예심 판사님과의 약속을 지킬 준비가 되었다는 의미지요. 이런 편지가 제게 왔습니다."

보트를레는 퓌이르 예심 판사에게 편지를 보여 주었다.

"난 또 뭐라고. 시시하군. 이런 일로 자네가 주저앉지 않기를 바라네."

"제가 알고 있는 것을 얘기해 달라는 뜻이시군요. 걱정하지 마세요, 예심 판사님. 저는 약속한 것은 반드시 지킵니다. 십 분도 되기 전에 진상의 일부를 아시게 될 겁니다."

"일부를?"

"네. 제 생각으로는 뤼팽이 숨어 있는 장소를 알았다고 해서 문제가 완전히 해결되는 것은 아닙니다. 그러니 세세한 내용에 관해서는 나중에 말씀드리겠습니다."

"보트를레, 이제 말해 줄 수 있겠나?"

"자연히 아시게 된 겁니다. 해링턴이 에티엔느 드 보드레라는, 즉 뤼팽에게 보낸 편지……."

"당국이 압수한 그 편지 말인가?"

"그렇습니다. 그 편지엔 제 흥미를 끄는 문장이 있더군요. 바로 이런 것이었습니다. '나머지 물건도 손에 넣을 수 있으면 함께 보내 주시기 바랍니다.'라는."

"음, 기억하고 있네."

"나머지 물건이란 무엇이겠습니까? 미술품? 골동품? 이 저택에는 귀중한 물건이라고는 루벤스의 그림과 태피스트리 말고는 별다른 것이 없습니다. 보석일까요? 그런데 뤼팽과 같은 천재적인 대도둑이 몇 푼 되지 않는 보석을 탐냈을까요? 또 편지 속에서 말한 나머지 물건을 발송하는 데 성공하지 못했을까요? 어쩌면 어려운 일이었는지도 모릅니다. 그러나 불가능한 일도 아니었을 겁니다. 뤼팽이 그렇게 하려고 마음만 먹는다면 충분히 가능한 일이었을 테니까요."

"하지만 그는 실패하지 않았나? 아무것도 없어지지 않았으니까."

"실패하지 않았습니다. 없어진 물건이 있으니까요."

"그렇지, 루벤스의 그림이…… 하나 그건…….'

"뤼팽은 루벤스의 그림과 마찬가지로 모조품과 진품을 바꿔치기한 겁니다. 루벤스의 그림보다도 훨씬 특별하고 귀중한 물건을요."

"대체 그게 무엇이란 말인가? 허, 그거 참 답답하군."

이야기하면서 두 사람은 예배당을 따라 뒷문 쪽으로 걸어갔다.

한순간 보트를레가 우뚝 걸음을 멈추었다.

"무엇이 없어졌는지 알고 싶으신가요, 예심 판사님?"

"알고 싶고말고!"

보트를레가 아까부터 들고 있던 지팡이로 ― 튼튼하고 마디가 있는 막대기 ― 예배당 정면 입구를 장식한 상(像) 하나를 힘껏 내리쳤다. 당연히 상은 산산이 부서졌다.

"보트를레? 자네, 정신 나갔어?"

퓌이르 예심 판사가 당황하여 소리쳤다.

"이럴 수가……. 정신 나갔군, 정신 나갔어. 이 성인상은 걸작이란 말일세. 자네, 설마 그걸 모르지는 않았겠지?"

"기막히게 훌륭한 작품이죠. 안 그렇습니까, 예심 판사님?"

이렇게 말하고, 보트를레는 퓌이르 예심 판사가 말릴 새도 없이 이번에는 지팡이를 휘둘러 성모 마리아상을 부수고 말았다.

퓌이르 예심 판사가 보트를레의 손을 얼른 낚아챘다. 그의 두 눈이 보트를레에게 애원하고 있었다.

"이봐, 제발 그만하게. 이게 무슨 정신 나간 짓이야!"

그러나 이번에는 보트를레에 의해 세 동방박사상 가운데 하나가 부서졌고, 뒤이어 어린 예수와 함께 구유도 부서졌다.

"보트를레, 당장 그만두지 못해! 그렇지 않으면 널 이 총으로 쏘아 버리겠다!"

어느 틈에 왔는지 제브르 백작이 보트를레를 향해 권총을 겨누고 있었다.

보트를레는 소리 내어 웃었다.

"백작님, 정히 총을 쏘고 싶으시다면 저 대신 저것을 쏘십시오. 과녁은 많습니다. 어느 것이 좋을까요? 그래, 저기, 두 손으로 머리를 감싸 안고 있는 것이 좋겠군요!"

미처 백작이 어찌할 새도 없이 세례 요한상이 무참하게 부서졌다.

백작이 보트를레에게 권총을 겨눈 채로 내뱉었다.

"이런 모독을 더 참는다는 건 수치다. 참을 수 없어! 걸작을 무참히 부숴 버리다니!"

"걸작이오? 백작님, 잘 보십시오. 이것들은 모조리 가짜입니다."

"뭐라고? 그런…… 터무니없는……."

예심 판사가 부서진 조각상들을 살펴보더니 재빨리 백작에게서 총을 빼앗았다. 조각상들은 속이 텅 비어 있었다. 가짜였다.

"이럴 수가!"

"속이 빈 가짜입니다. 한 푼의 가치도 없는 조각상입니다."

백작은 떨리는 손으로 조각상의 파편 조각을 하나 집어 들었다.

"이것들은 그냥 석고일 뿐입니다. 오래된 것처럼 보이기 위해, 녹총처럼 파랗게 착색한 석고 복제품입니다. 중세 미술의 걸작들은 이미 사라졌습니다. 그들이 며칠 동안 해치운 일이 바로 이것이었습니다. 정말 대단합니다. 루벤스의 그림을 모사한 샤르푸네가 1년 전에 이 일도 이미 염두에 두었을 겁니다."

보트를레가 퓌이르 예심 판사에게 말했다.

"예심 판사님, 훌륭하지 않습니까? 그들은 예배당 전체를 도둑질해 간 것입니다. 고딕 양식인 예배당의 돌을 하나도 남김없이 가져간 것입니다. 그들이 아니라면 절대로 가능하지 못했을 것입니다. 예심 판사님, 전 뤼팽을 다시 생각하게 됐습니다. 이건 도둑질이 아니라 예술입니다. 그는 천재인 게 분명합니다."

"보트를레, 자네 흥분했어!"

"흥분하는 게 당연합니다. 어쨌든 대단한 상대이니까요. 어떠한 것이라도 비범한 것에는 놀랄 만한 가치가 있으니까요. 그 남자는 모든 사람의 상식에서 벗어나 있는 자입니다. 이 도난 사건은 풍부한 구상과 결단력, 실행력을 겸비한 사람만이 벌일 수 있는 일입니다. 교묘하면서도 대담합니다. 그 때문에 저는 전율을 느끼지 않을 수 없습니다."

"그런 자가 죽었다니, 안타까운 일이로군. 살아 있었다면 노트르담의 탑까지도 훔쳤을 위인인 것을."

비꼬는 듯 퓌이르 예심 판사가 싸늘하게 미소 지으면서 말했다.

"결코 비꼴 일이 아닙니다, 예심 판사님. 뤼팽은 죽어서까지도 판사님을 쩔쩔매게 하고 있지 않습니까."

"그렇게 말하지 않아도 나 역시 잘 알고 있네, 보트를레. 하지만 잠시 뒤, 그를 보게 된다고 생각하니 감동스럽군. 물론 일당들이 그의 시체를 가져가지 않았다면 말일세."

"특히, 조카 레이몽드가 총을 쏘아 쓰러뜨린 사람이 정말로 그 남자라면 더욱 그렇겠지요."

제브르 백작이 끼어들었다.

"백작님, 레이몽드 아가씨가 겨냥한 사람은 분명 그 사람, 뤼팽일 겁니다."

보트를레가 자신 있게 대꾸했다.

"지금부터 그것을 증명해 드리겠습니다. 레이몽드 양의 총에 맞아 폐허에 쓰러진 사람은 바로 그가 맞습니다. 그는 다시 일어났지만 곧 다시 쓰러졌고, 아치 쪽으로 기어갔습니다. 그곳에서 다시 쓰러졌고, 물론 다시 일어섰죠. 다시 몸을 일으켜 세운 건 정말 기적입니다만, 그것은 나중에 설명을 드리도록 하겠습니다. 그 뒤 그는 이 돌로 만든 땅속 은신처에 이르렀고, 안타깝게도 결국 그곳이 그의 무덤이 된 것입니다."

보트를레는 지팡이 끝으로 가볍게 예배당 바닥을 두드렸다.

"뭐라고? 무덤이라고? 이런 데에 숨어 있었다고…… 어떻게……?"

퓌이르 예심 판사가 깜짝 놀라 소리쳤다.

그러나 보트를레는 확신에 찬 목소리로 강조하며 말했다.

"여깁니다. 바로 이 아래가 확실합니다."

"그렇지만 이곳은 조사하지 않았나?"

"충분하지 못했습니다."

"이런 데에 숨을 곳이 어디 있다고? 나는 이 예배당에 관해 누구보다도 잘 알고 있네."

제브르 백작이 단언했다. 제브르 백작은 소작인에게 예배당의 열쇠를 가져오라고 지시했다.

"아닙니다. 은신처가 있습니다. 바랑주빌 시청에 가 보십시오. 시청에는 앙브뤼메지 옛 교회에 있던 문서가 모두 보관되어 있습니다. 18세기부터 있었던 그 서류를 보면, 예배당 지하에 납골당이 있었다는 것을 알 수 있습니다. 이 납골당은 로마 시대 때부터 존재했던 것으로, 그 부지 위에 지금의 예배당이 지어진 것입니다."

"그렇지만 뤼팽이 어떻게 그런 자세한 것까지 알 수 있었을까?

예심 판사가 의심스럽게 물었다.

"사실 간단합니다. 예배당의 물건을 훔쳐 가는 동안에 알아냈을 겁니다."

"잠깐, 보트를레. 그렇게 과장된 말은 하지 말게. 그가 예배당을 몽땅 가져간 건 아니지 않은가? 보게, 초석은 그대로 남아 있어."

"물론입니다. 그가 석고 모조품으로 바꿔치기한 것은 예술적으로 가치가 있는 것들뿐입니다. 조각한 돌, 입상, 귀중한 작은 원기둥, 세공한 아치, 이러한 것들만 가져갔습니다. 건물의 초석 따위에는 손을 대지 않았습니다. 기초는 틀림없이 남아 있습니다."

"그렇다면 보트를레, 뤼팽은 지하 납골당에는 들어가지 않았다는 말이 되지 않는가?"

소작인이 열쇠로 예배당 문을 열었다.

세 사람은 안으로 들어갔다.

보트를레는 잠시 안을 살펴보고 나서 이렇게 말했다.

"당연하겠지만 바닥에 깔린 돌은 전혀 손을 대지 않았습니다. 그렇지만 제단은 석고로 만든 가짜입니다. 일반적으로 지하 납골당으로 내려가는 계단은, 제단 앞에 입구가 있고, 제단 밑을 지나게 됩니다."

"결론을 말해 보게."

"그러니까 뤼팽은 제단 부근에서 일을 하다가 지하 납골당을 발견했을 겁니다."

보트를레는 백작이 가져오게 한 곡괭이로 제단을 두드렸다. 석고 파편이 사방으로 튀었다.

"허어 참, 빨리 알고 싶군. 궁금해."

뤼이르 예심 판사가 중얼거렸다.

"저도 마찬가지입니다."

보트를레가 대답했다. 긴장한 탓인지 그의 얼굴도 창백했다.

소작인이 더욱 부지런히 곡괭이를 내리쳤다. 잠시 뒤 곡괭이 끝이 딱딱한 물건에 부딪쳐 튕겨 나왔다. 뒤이어 와르르 허물어지는 소리가 들렸다. 곡괭이로 깬 돌덩이들과 제단의 나머지 부분이 구멍 속으로 떨어졌다. 보트를레가 안을 들여다보았다. 성냥을 그어 구멍 위에서 흔들었다.

"계단은 제가 생각한 것보다 훨씬 앞쪽으로, 거의 입구의 초석 위에서부터 시작되고 있군요. 여기서는 맨 밑의 계단이 보입니다."

"깊은가?"

"3, 4미터 정도 됩니다. 단은 높고, 여기저기 허물어져 있어요."

"그렇다면……."

퓌이르 예심 판사가 말했다.

"그의 부하들이 이 지하실에서 시체를 옮겨 갈 시간이 있었으리라곤 생각할 수 없네. 게다가 일부러 운반할 이유도 없지. 아니, 내 생각으론 시체는 아직 여기에 있어."

소작인이 사다리를 가지고 왔으므로 보트를레는 그것을 구멍 속으로 내려, 손짐작으로 흩어진 파편 속에 세웠다. 그리고 사다리 끝을 단단히 눌렀다.

"내려가시겠습니까, 예심 판사님?"

예심 판사가 촛불을 들고 밑으로 내려갔다. 제브르 백작이 그 뒤를 따랐다.

18단. 무의식적으로 사다리의 단을 세면서도 눈은 납골당 안을 살폈다. 촛불이 어둠 속에서 흔들리며 금방이라도 꺼질 것 같았다. 아래로 내려가자, 강렬한 악취가 코를 찔렀다. 언제까지나 몸에 배어 없어지지 않을 것 같은 썩은 냄새였다. 아! 보트를레는 토할 것 같았다.

그때 갑자기 떨리는 손이 그의 어깨를 잡았다.

"왜 그러십니까? 무슨 일이 있습니까?"

"보트를레."

퓌이르 예심 판사였다. 그는 잔뜩 겁에 질려 있었다.

"진정하세요, 예심 판사님."

"보트를레…… 여, 여기에……."

"뭐가 있습니까?"

"그래. 제단에서 떨어진 큰 돌 밑에 무엇인가 있네. 돌을 밀었더니, 뭔가가 만져졌어. 아! 그것을 만지는 순간의 끔찍함을 잊을 수 없을 것 같네."

"어디입니까?"

"이쪽…… 고약한 냄새가 나지? …… 보게…… 저것 봐."

그는 촛불을 받아 들고 땅에 길게 누워 있는 물체를 비추었다.

"앗!"

보트를레는 크게 소리를 질렀다.

세 사람은 급히 몸을 굽히고 앉았다. 그곳에는 절반쯤 발가벗은, 바짝 마른 사체가 똑바로 누워 있었다. 부드러운 밀랍처럼 보이는 푸르죽죽한 살이 군데군데 찢긴 옷 사이로 드러나 보였다. 그러나 그 가운데서도 특히 끔찍했던 것은, 즉 보트를레로 하여금 공포의 소리를 지르게 한 것은 그 머리였다. 아까 떨어진 돌덩이를 맞아 그 머리는 눈과 코를 알아볼 수 없을 정도로 으깨어져 있었다. 세 사람은 어둠에 눈이 익숙해짐에 따라, 시체의 살이 몹시 썩어 있다는 것을 깨달았다.

18단 사다리를 네 걸음에 올라온 보트를레는 밖으로 나와 심호흡을 했다. 퓌이르 예심 판사가 뒤따라가 보니, 또다시 그는 배를 깔고 엎드려 두 손으로 얼굴을 감싸고 있었다. 예심 판사가 말했다.

"축하하네, 보트를레. 숨어 있던 곳을 찾아냈고, 자네의 판단두 가지가 옳았다는 것이 밝혀졌네. 하나는 레이몽드 양이 쏜남자는 틀림없이 아르센 뤼팽이라는 것, 자네가 처음부터 말한대로야. 또 하나는 그가 에티엔느 드 보드레라는 이름으로 파리에 살았다는 것이야. 셔츠에 E. V.라는 머리글자가 새겨져 있으니 정확할 거야. 이것으로 증거는 충분한 것 같은데……."

이지도르는 꼼짝도 하지 않았다.

"백작은 마차를 준비시켰네. 의사 선생을 불러 검시를 하게 될 걸세. 내가 보기에는 죽은 지 일주일은 된 것 같은데, 시체의 부패 상태로 보아서 말이야. 이봐, 내 말을 듣고 있는 건가?"

"듣고 있습니다."

"내가 하는 말은 반론의 여지가 없는 이유를 근거로 말하는 걸세. 이를테면……."

뤼이르 예심 판사는 여전히 설명을 계속했지만 보트를레는 조금도 귀를 기울이는 듯한 모습을 보이지 않았다. 잠시 뒤, 제브르 백작이 돌아왔기 때문에 예심 판사의 혼잣말은 중단되었다.

백작은 편지를 두 통 가지고 왔다. 한 통은 내일 셜록 홈스가 도착한다는 것을 알려 온 것이었다.

"잘됐군."

뤼이르 예심 판사는 정말로 기쁜 듯이 보였다.

"가니마르 경감도 오고, 재미있게 되겠는걸."

"이 편지는 예심 판사님께 온 겁니다."

백작이 말했다.

"더욱더 좋군."

뤼이르 예심 판사가 편지를 훑어보고 나서 말했다.

"그 두 사람이 온다고 해도 그다지 할 일이 없을 것 같군. 보트를레, 디에프에서 연락이 왔는데, 새우를 잡던 어부들이 오늘 아침 바위 위에서 젊은 여자의 시체를 발견했다고 하네."

보트를레는 깜짝 놀랐다.

"뭐요? 시체라고요?"

"젊은 여자의 시체일세. 사체 손상이 심해서 신원 확인이 불가능할 뻔했는데, 오른손에 금팔찌를 끼고 있었다고 하는군. 가는 팔찌가 물에 불은 피부를 파고들었다네. 그런데 레이몽드 양도 오른손에 금팔찌를 끼고 있었지. 그렇다면 백작, 당신 조카가 틀림없다는 말이 될 것 같군요. 아마 파도에 밀려 떠오른 모양입니다. 보트를레, 어떻게 생각하나?"

"별로…… 아무것도……. 아니, 이렇게 생각합니다. 보시다시피 모든 것이 이론적으로 연결되어 있습니다. 이것으로 제가 추리할 재료가 모두 갖추어졌습니다. 모든 사실이 하나하나, 모순된 것이나 사람을 어리둥절하게 할 만큼 놀라운 것까지도 제가 처음부터 생각하고 있는 가설을 증명해 주고 있습니다."

"무슨 말을 하는지 모르겠는걸."

"곧 알게 됩니다. 제가 진상을 모두 밝히겠다고 약속하지 않았습니까?"

"그렇지만 난 도무지……."

"조금만 더 참으시면 됩니다. 이제까지 저는 예심 판사님의 기대에 어긋나지 않았습니다. 날씨가 좋군요. 산책이라도 좀 하시지요. 저택에서 점심도 드시고 파이프 담배도 피우십시오. 저는 4시나 5시에 돌아오겠습니다. 학교는 빠질 수 없으니 야간 열차로 돌아가겠습니다."

그들은 저택 뒤의 소작인 거처가 있는 곳에 와 있었다. 보트를레는 자전거를 타고 달리기 시작했다.

디에프에서 보트를레는 '라 비지' 신문사에 들러 지난 2주일 동안의 신문을 보여 달라고 했다. 그리고 그곳에서 10킬로미터쯤 떨어진 앙베르뫼 마을로 향했다. 거기에서는 촌장, 신부, 삼림 감시인과 이야기를 나누었다. 마을의 시계가 3시를 알렸을 때 조사는 모두 끝났다.

보트를레는 유쾌해져서 콧노래를 흥얼거리며 돌아오고 있었다. 바다에서 불어오는 싱그러운 바람을 가슴 가득 들이마시고, 두 발은 균형 잡힌 힘찬 리듬으로 페달을 밟고 있었다. 그리고 이따금 자기가 추구하고 있는 목적과 노력에 대한 순조로운 성과를 생각하면서 저도 모르게 하늘을 향해 승리를 외치고 있었다.

앙브뤼메지가 보이기 시작했다. 그는 저택으로 가는 언덕길을 전속력으로 달렸다. 몇 백 년은 되었음 직한 길 양옆의 가로수가 네 줄로 늘어서 있어, 자기를 맞으러 달려왔다가 곧 뒤로 사라져 가는 것처럼 여겨졌다. 그러다 갑자기 그는 외마디 소리를 질렀다. 길을 가로질러 한 나무에서 저쪽 나무로, 밧줄 한 가닥이 묶어져 있는 것을 보았기 때문이다.

자전거는 줄에 부딪쳐 급정거했다. 보트를레는 힘껏 앞쪽으로 내동댕이쳐졌다. 돌무더기에 머리를 부딪치지 않은 것은 기적이라고 할 수밖에 없었다.

한동안 그는 멍하니 앉아 있었다. 그런 다음, 무릎이 벗겨지고 심한 타박상을 입었으면서도 그 주위를 빈틈없이 살펴보기 시작했다. 오른쪽으로는 작은 숲이 이어져 있었는데, 범인은 그곳을 지나 도망쳤을 것이었다. 보트를레는 밧줄을 풀었다. 밧줄이 매어져 있던 왼쪽 나무에는 조그마한 종이쪽지가 끈으로 매어져 있었다. 그는 그것을 펴 보았다.

세 번째, 마지막 경고!

보트를레는 저택으로 돌아오자마자 고용인들에게 몇 가지 질문을 하고 예심 판사가 있는 방으로 갔다. 퓌이르 예심 판사는 일하는 동안은 언제나 그곳에 있었다. 퓌이르 예심 판사는 서기와 마주 앉아 무언가 쓰고 있었다. 눈짓으로 서기를 내보낸 예심 판사가 소리쳤다.

"무슨 일이야, 보트를레. 손이 온통 피투성이잖아?"

"아무것도 아닙니다. 자전거가 지나가는 길에 밧줄이 쳐져 있어서 굴러떨어졌을 뿐입니다. 다만 이 밧줄이 이 저택의 물건이라는 것에 주의할 필요가 있겠지요. 세탁장 옆에서 빨랫줄로 쓰인 것이 20분 전의 일일 겁니다."

"설마?"

"예심 판사님, 저는 여기서 감시받고 있습니다. 저택 안에 있는 누군가가 저를 감시하고, 제가 하는 이야기를 듣고, 제 행동을 확인하여 제 의도를 알아내고 있습니다."

"그게 정말인가?"

"확신합니다. 그 인물을 찾아내는 것은 예심 판사님의 일입니다. 저는 약속한 설명을 하고 결말을 짓고 싶습니다. 저는 저들이 예상했던 것보다 훨씬 빠르게 이번 사건을 해결해 가고 있습니다. 그래서 그들도 강력하게 맞설 것이 틀림없습니다. 저를 에워싸고 있는 포위망이 조금씩 좁혀지고 있습니다. 위험이 가까이 닥쳐오고 있다는 것을 직감할 수 있습니다."

"그렇게 심각하게 말하지 말게, 보트를레."

"이제 곧 아시게 될 겁니다. 설명을 빨리 하지요. 먼저 한 가지 질문이 있습니다. 이 문제는 곧 처리하고 싶습니다. 제가 보는 데서 크비용 헌병반장님이 예심 판사님께 드린 종이쪽지에 관해 아무에게도 말씀하시지 않으셨겠지요?"

"아무에게도 말하지 않았네. 그렇지만 그 종이에 무언가 의미가 있다고 생각하나?"

"중요한 의미가 있습니다. 이것은 제 생각일 뿐 아무 증거도 없습니다. 어쨌든 지금은 그 문서를 해독하지 못하고 있으니까요. 그러니까 이 이야기는…… 이 정도로…….'

보트를레는 퓌이르 예심 판사의 손을 누르며 낮게 속삭였다.

"쉿, 누군가 밖에서 엿듣고 있습니다."

자갈을 밟는 소리가 들렸다. 보트를레는 창가로 달려가 밖을 내다보았다.

"이미 사라졌군요. 그렇지만 화단이 저렇게 짓밟혔으니…… 발자국은 발견할 수 있을 겁니다."

보트를레는 창문을 닫고 자리로 돌아왔다.

"보십시오, 예심 판사님. 상대는 이제 조심성 있게 행동하지 않습니다. 여유가 없으니까요. 상대도 시간이 촉박하다는 것을 알고 있습니다. 그러니 우리도 서둘러야 합니다. 그들이 방해하기 전에 얼른 이야기를 끝내지요."

보트를레는 탁자 위에 그 종이를 폈다.

"먼저 주의해야 할 것이 있습니다. 이 종이에는 점과 숫자밖에 없습니다. 그리고 처음의 3행과 5행에는 ― 4행은 성격이 전혀 다르니 잠시 미뤄 놓기로 하고 ― 5보다 큰 숫자는 없습니다. 따라서 이들 숫자가, 모음 다섯 개를 알파벳 순서로 나타내고 있다고 생각할 수 있습니다. 그 결과를 써 보기로 하겠습니다."

그는 그 종이에 이렇게 썼다.

```
e.a.a..e..e.a.
.a..a...e.e.  .e.oi.e..e.
.ou..e.o...e..e.o..e
ai.ui..e  ..eu.e
```

그런 다음 그는 계속했다.

"보시는 바와 같이 이것만으로는 아무것도 알 수 없습니다. 그러나 이 암호를 푸는 열쇠는 아주 간단합니다. 어쨌든 모음을 숫자로 바꾸어 놓았고, 자음을 점으로 표시했기 때문입니다. 동시에 또 아주 어렵습니다. 그러나 문제를 복잡하게 만든 것이 아니기 때문에 해독이 불가능한 것은 아닙니다."

"그러나 꽤 어려운 문제인 것만은 사실이군."

"풀어 보기로 하지요. 2행은 두 부분으로 나누어져 있고, 그 둘째 부분은 아마도 한 단어를 이루고 있는 것 같습니다. 사이에 끼어 있는 점을 자음으로 바꾸어 보면, 아무래도 모음을 이어 자연스러운 단어는 demoiselles(아가씨들)밖에는 없는 것 같습니다."

"그렇다면 제브르 양과 레이몽드 양을 가리키는 말인가?"

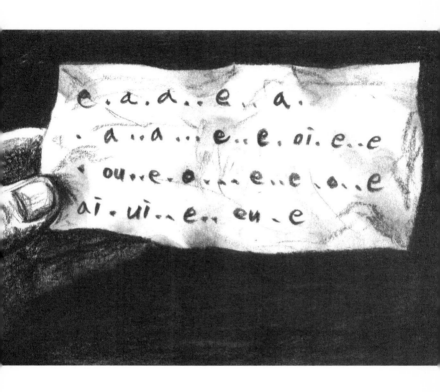

117

"분명히 그렇습니다."

"그 밖에는 알 수 있는 말이 없나?"

"있습니다. 맨 끝줄 가운데에 끊어진 곳이 있습니다. 그것을 실마리로 해서 앞의 절반 부분에 지금 한 것과 같은 방법을 써 보면, ai와 ui라는 두 이중모음 사이의 점에 해당하는 자음은 g 밖에 없다는 것을 알 수 있습니다. 이 단어의 처음이 aigui가 되며, 그것에 잇따른 점 두 개와 마지막의 e로 '에귀유(aiguille, 바늘)'라는 단어를 만들 수 있습니다."

"과연 그렇군. 에귀유라는 단어가 틀림없어."

"이번에는 마지막 단어인데, 여기에 모음 셋과 자음 셋이 있습니다. 여러 가지로 많이 생각해 봤는데, 맨 처음 두 개가 자음이라는 데에서 생각을 진행하다 보니 이에 들어맞는 단어는 네 개가 있었습니다. fleuve(강), preuve(증거), pleure(운다), creuse(구멍 뚫리다)입니다. 그 가운데에 처음 세 가지는 '바늘'과 아무런 관계도 없기 때문에 마지막 '구멍 뚫리다'를 채택하기로 했습니다."

"그러면 '에귀유 크뢰즈(aiguille creuse, 구멍 뚫린 바늘)'라는 말이 되는군. 자네의 풀이가 맞는 것 같은데, 이것이 사건 해결에 어떤 도움이 되나?"

"지금은 아무 도움도 안 됩니다."

보트를레는 골똘히 생각에 잠긴 듯한 말투로 대답했다.

"하지만 언젠가 도움이 될지도 모릅니다. 제 생각으로는, '에귀유 크뢰즈'라는 수수께끼 단어에 여러 가지 일이 포함되어 있는 듯합니다. 그보다도 지금 제 마음을 끌고 있는 것은 오히려 이 종이 재질입니다. 요즘에는 이런 무늬가 있는 양피지를 만들지 않잖아요? 게다가 누런 색…… 접힌 모양…… 넷으로 접힌 자리가 닳아 있는 상태…… 자, 그리고 뒷면에는 이렇게 빨간 밀랍으로 봉한 자국이 있습니다."

이때 보트를레는 말을 끊었다. 서기 브레두가 문을 열고 검찰 총장이 찾아왔다고 알렸기 때문이다.

퓌이르 예심 판사는 일어났다.

"검찰 총장님께서는 아래층에 계시나?"

"아닙니다. 검찰 총장님께서는 차에서 내리지 않으셨습니다. 지나는 길에 잠깐 들렀다고 하시면서 예심 판사님에게 문까지 잠깐 나와 보라십니다. 하실 말씀이 있으시답니다."

"이상한데?"

퓌이르 예심 판사가 중얼거렸다.

"할 수 없군. 곧 가지. 보트를레, 잠깐 실례하네. 곧 돌아오겠네."

예심 판사는 방에서 나갔다. 발소리가 점점 멀어졌다. 그러자 서기가 문을 닫더니 열쇠로 잠갔다. 그리고 열쇠를 주머니에 넣었다.

"왜 그래요?" 깜짝 놀라서 보트를레가 외쳤다.

"무슨 짓을 하는 거죠! 왜 문을 잠갔죠?"

"이렇게 하는 편이 이야기하기가 좋아서이지."

브레두가 대답했다.

보트를레는 옆방으로 통하는 다른 문 쪽으로 뛰어갔다. 이제 알았다. 공범은 바로 예심 판사의 서기 브레두였던 것이다.

브레두가 웃었다.

"손가락이라도 다치면 어쩌려고, 젊은이. 그 문의 열쇠도 갖고 있어."

"그렇다면 창문이다!"

보트를레가 소리쳤다.

"이미 늦었어."

브레두가 권총을 꺼내 들고 창문 앞을 가로막고 섰다.

달아날 길은 모조리 막혀 있었다. 이제는 어떻게 해 볼 도리가 없다. 이토록 노골적으로 대담하게 덤벼드는 적 앞에서는 스스로 자기 몸을 지키는 수밖에는 없었다. 보트를레는 이제까지 알지 못했던 괴로움에 마음이 짓눌리는 듯한 심정으로 팔짱을 꼈다.

"됐어."

서기는 중얼거리듯 말했다.

"간단하게 끝내자."

서기는 시계를 꺼내 보았다.

"퓌이르 예심 판사는 정문까지 나갔어. 물론 정문에는 아무도 없지. 검찰 총장 따위는 내가 만들어 낸 이야기이니까. 예심 판사는 돌아오겠지. 약 4분 걸린다. 내가 이 창문을 통해 폐허 뒷문으로 나가 기다리고 있는 오토바이를 타는 데 1분, 그러면 남는 것은 3분, 그럼 충분해."

남자는 참으로 보기 흉하게 생긴 모습이었다. 거미처럼 다리가 길었는데, 두 팔이 달린 몸통은 동그랗고 컸다. 얼굴은 각이 진 데다 이마가 좁아서 완고하고 융통성이 없어 보였다.

보트를레는 다리가 떨려 비틀거리며 의자에 앉았다.

"무엇을 원하지?"

"종이쪽지다. 사흘 전부터 찾고 있었어."

"갖고 있지 않다."

"거짓말. 내가 들어왔을 때, 지갑 속에 넣는 걸 보았어."

"그것뿐인가?"

"지금부터 얌전하게 있겠다고 약속해라. 우리를 방해하지 마. 우리가 하는 일에 상관하지 말고 네 할 일이나 해. 우린 더

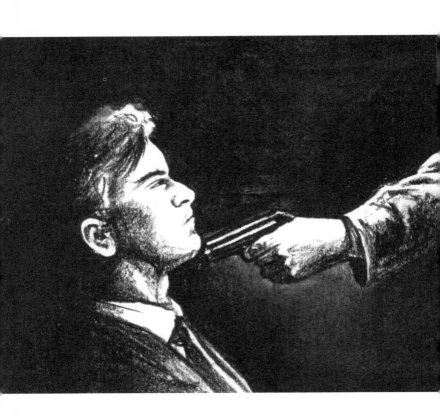

122

참을 수 없어."

서기는 여전히 보트를레에게 권총을 들이댄 채 앞으로 다가섰다. 그리고 둔탁한 목소리로 한 마디 한 마디에 힘을 주어 자신 있는 말투로 이야기했다. 그 차가운 눈초리, 잔인한 웃음. 보트를레는 소름이 끼쳤다. 처음으로 생명의 위험을 느꼈다. 눈앞에 있는 적이 두려웠다.

"그러고는?"

보트를레는 짓눌린 듯한 목소리로 말했다.

"그것뿐이야. 넌 자유로운 몸이 되는 거지."

잠시 침묵이 흐른 뒤 브레두가 입을 열었다.

"이제 1분밖에 없다. 빨리 결심해라. 바보 같은 짓은 그만두는 게 좋아. 우리는 언제 어디서나 강하니까. 자, 빨리 종이를 내놓아⋯⋯."

보트를레는 몸을 움직일 수 없었다. 두려움으로 얼굴이 창백해졌다. 머릿속이 엉망이었지만 정신을 잃지는 않았다. 20센티미터 앞에서 거무스름한 총구가 빛나고 있었다. 구부린 손가락이 방아쇠에 걸려 있었다. 조금만 힘을 주면⋯⋯.

"자, 종이를 내놔."

브레두가 되풀이하여 말했다.

"아니면⋯⋯."

"여기 있다."

주머니에서 지갑을 꺼내어 서기 앞에 내밀자, 서기가 홱 낚아챘다.

"됐어! 말이 통했어. 너도 꽤 괜찮은 놈이야. 겁쟁이이지만 얘기를 잘 알아듣는군. 그럼, 이젠 물러가기로 할까. 잘 있게."

서기는 권총을 거두고, 창문 고리를 돌렸다.

"잘 있게. 마침 시간이 됐군."

브레두는 한 번 더 말했다.

그러다 무슨 생각을 했는지 그대로 걸음을 멈추고, 지갑을 보았다.

"제기랄……."

그는 이를 부드득 갈았다.

"종이가 없어. 잘도 나를 속였겠다!"

그는 방 안으로 뛰어들었다. 총소리가 두 번 울렸다. 보트를레가 권총을 빼 들고 쏜 것이었다.

"빗나갔어, 애송이야."

브레두가 고함을 쳤다.

"손이 떨리고 있군. 무서운 모양이지?"

두 사람이 서로 맞붙어 바닥에 쓰러졌다. 문을 두드리는 소리가 났다.

보트를레는 곧 상대에게 눌려 축 늘어졌다. 이제 끝이었다. 브레두의 팔이 단도를 높이 쳐들었다가 힘껏 내리쳤다. 보트를레는 어깨에 타는 듯한 아픔을 느끼고 손을 놓았다.

서기가 상의 안주머니를 뒤져 그 종이쪽지를 빼앗아 가는 것을 어렴풋이 느꼈다. 그리고 힘없이 내리덮인 눈꺼풀 사이로 창문을 타고 넘어 달아나는 남자의 모습이 보았다.

이튿날 아침 모든 신문에는 앙브뤼메지 저택에서 일어난 최신 사건, 즉 예배당에서의 모조품 발견, 아르센 뤼팽과 레이몽드 양의 시체 발견, 예심 판사의 서기 브레두가 저지른 보트를레 살인 미수 사건이 보도되었다. 그리고 다음 두 가지 뉴스가 함께 실려 있었다.

그것은 가니마르 경감이 행방불명되었다는 소식과, 대낮에 런던 중심지에서 납치 사건이 일어났다는 소식이었다. 도버로 가는 기차를 타려던 셜록 홈스가 납치된 것이었다.

이렇게 해서 한때 괴멸(壞滅)될 뻔했으나, 뤼팽과 부하들은 놀라운 재능을 보여 준 17세 소년을 반격해서 승리를 거두었다. 뤼팽의 강적인 홈스와 가니마르는 제거되었으며, 보트를레는 도저히 싸울 수 없는 상태에 놓이게 되었다. 그 때문에 이제 뤼팽과 맞서 싸울 수 있는 사람은 아무도 없었다.

대결

    6주가 지난 어느 날 밤, 나는 고용인에게 휴가를 주고 혼자 집에 있었다. 7월 14일 혁명 기념일 전날이었다. 비가 오기 전의 무더운 밤이어서 도저히 외출할 기분이 아니었다. 발코니 쪽의 창문을 열고 전기스탠드를 켜 놓고는 안락의자에 앉아, 아직 읽지 못한 그날 신문을 훑어보기로 했다. 물론 아르센 뤼팽에 관한 기사가 실려 있었다. 이지도르 보트를레가 다친 그날 이후, 앙브뤼메지 사건 기사가 나지 않은 날은 하루도 없었다. 사건에 관한 연재 기사가 실렸다. 사건이 꼬리를 물고 일어났고, 또 예상하지 못한 방향으로 전개되었기 때문에 여론은 일찍이 보지 못한 흥분에 싸여 있었다.

퓌이르 예심 판사는 조역으로 내려앉았다. 반면 보트를레는 사흘 동안 기자들이 결코 잊을 수 없는 대단한 활약을 펼쳐 보였다.

여러 가지 억측이 나돌기도 했다. 범죄 추리의 전문가, 소설가, 극작가, 사법 관계자나 퇴직한 경찰, 은퇴한 루콕 탐정 등이 이론을 주장하고 논문을 썼다. 그런데 사실 그 모든 것은 고등학생 이지도르 보트를레의 말을 기초로 하고 있었다.

생각해 보면, 진상 규명에 필요한 사실은 완전히 갖추어져 있었다. 아르센 뤼팽이 숨어 있던 장소도 알았다. 이 점에 관해서는 의심할 여지가 없었다. 들라트르 박사는 여전히 직업상 비밀을 지킬 의무가 있다는 것을 방패로 내세워 어떠한 증언도 거부했지만, 친한 친구에게는 자기가 끌려갔던 곳이 지하 납골당이었고, 부상자가 아르센 뤼팽이라고 소개받았다고 고백했다. 그런데 이 이야기를 들은 친구들이 앞을 다투어 그 이야기를 다른 사람들에게 털어놓았던 것이다. 그리고 그 납골당에서 에티엔느 드 보드레의 시체가 발견되었으며, 그 에티엔느 드 보드레야말로, 예심에서 밝혀졌듯이, 아르센 뤼팽이 틀림없었기 때문에, 아르센 뤼팽과 부상자가 같은 사람이라는 것이 확실히 증명되었다.

다시 말해서 뤼팽은 죽었고, 시체의 신원은 손목에 끼고 있던 팔찌로 레이몽드라는 것이 확인되었기 때문에 사건은 마무리 지어졌다.

아니, 그렇지 않았다. 누구도 그렇게 생각하지 않았다. 보트를레가 그렇지 않다고 말했기 때문이다. 도대체 어떤 점이 미심쩍은지는 알지 못했지만 보트를레가 한 말을 믿는다면, 사건은 미해결이었다. 현실에 어떤 증거가 있다고 해도, 보트를레 같은 명탐정의 추리를 무시할 순 없었다. 사람들이 알지 못하는 비밀이 있을 것이었다. 그 비밀을 보트를레가 훌륭히 밝혀 줄 것이라고 사람들은 믿어 의심치 않았다.

그래서 사람들은 처음에 백작에게 의뢰받아 보트를레를 치료했던 디에프의 의사들이 발표한 환자 상태를 듣고 걱정하기도 하고 기뻐 하기도 했다. 처음 며칠, 보트를레의 생명이 위험하다는 것을 알았을 때, 사람들은 얼마나 슬퍼했던가! 그리고 신문에서 이제는 걱정할 것 없다고 보도했던 날 아침, 사람들은 얼마나 열광했던가! 아주 작은 일에도 대중은 흥분했다. 전보를 받고 부랴부랴 달려온 늙은 아버지가 보트를레를 간병한다는 기사를 읽고는 감동했고, 제브르 양이 여러 날 밤 환자 머리맡에서 헌신적인 간호를 했다는 기사를 읽고는 그녀를 칭찬했다.

그 뒤 환자의 회복은 빨랐고 경과가 매우 좋았다. 이제야 진상이 밝혀질 것이었다! 보트를레가 퓌이르 예심 판사에게 밝히겠다고 약속했던 것, 즉 범인이 단도를 휘두르는 바람에 말하지 못했던 결정적인 말도 알 수 있을 것이었다! 그리고 사건을 둘러싼 여러 가지 일, 아직 당국이 해명하지 못한 일도 모두 알 수 있을 것이었다!

보트를레가 부상에서 벗어나 자유롭게 움직일 수 있으면, 해링턴에 관해서도 무언가 확실한 것을 알 수 있을 것이었다. 그는 아르센 뤼팽의 공범으로 라 상테 교도소에 갇혀 있었다. 또한 사람의 공범, 참으로 놀라운 대담성을 갖고 있는 서기 브레두도 범행 뒤 어떻게 되었는지 알 수 있을 것이었다.

보트를레가 자유로워지면, 행방불명이 된 가니마르와 납치된 홈스에 관해서도 그 진상이 밝혀질 것이었다. 이 두 사건은 어떻게 된 일일까? 영국 경찰도 프랑스 경찰도 이 점에 관해서는 아무런 단서를 잡지 못하고 있었다. 강림절인 일요일에 가니마르는 집에 돌아오지 않았다. 월요일이 되어도 마찬가지였고, 그 뒤로도 6주나 소식이 없었다.

강림절 다음 날인 월요일 오후 4시, 런던에서 셜록 홈스는 역으로 가려고 마차를 불렀다. 탐정은 마차에 올라타자마자 위험을 느끼고 내리려고 했다. 그러나 마차 양옆으로 침입한 두 남자가 탐정을 쓰러뜨렸다. 마차가 비좁았기 때문에 탐정은 두 남자 밑에 깔린 형태가 되었다. 이 광경을 직접 본 사람이 10여 명이나 있었지만 그들이 말릴 겨를이 없었다. 마차가 무서운 속력으로 달아났기 때문이다. 그래서 이 사건에 관해서는 아무것도 알 수가 없었다.

기묘한 종이에 관해서도 보트를레가 완벽하게 설명해 줄 것이었다. 서기 브레두는 단도를 휘둘러 위협하면서까지 그 종이를 빼앗아 가려고 했었다. 수수께끼 풀기를 좋아하는 마니아들은 이것을 '에귀유 크뢰즈(구멍 뚫린 바늘) 문제'라고 불렀고, 숫자와 점을 보면서 그것들의 의미를 풀기 위해 애쓰고 있었다. 구멍 뚫린 바늘! 두 단어의 기괴한 조합! 출처를 알 수 없는 종잇조각에 숨겨진 풀 수 없는 수수께끼! 어쩌면 이것은 의미 없는 단어의 나열, 초등학생이 장난으로 갈겨쓴 수수께끼일까? 그것도 전혀 알 수 없었다.

이제 이런 것들이 밝혀지려 하고 있었다. 며칠 전부터 모든 신문이 보트를레의 재등장을 예고했다. 전투는 다시 시작될 것이었다. 이번에는 복수에 불타는 소년의 굳은 결의가 있었다.

마침 그때, 큰 활자로 찍힌 그의 이름이 내 주의를 끌었다. '그랑 주르날'지는 1면 머리기사로 다음과 같은 내용을 싣고 있었다.

본지는 이지도르 보트를레 군에게서 특종을 독점할 권리

를 얻었다. 내일인 수요일에 본지는 사법 당국보다도 빨리 앙 브뤼메지 사건의 전모를 밝힐 것이다.

"정말 재미있군. 그래, 당신은 어떻게 생각합니까?"

나는 깜짝 놀라 안락의자에서 일어났다. 바로 옆 의자에 낯선 남자 하나가 앉아 있었기 때문이다.

나는 일어서서 무기가 될 만한 것을 찾았다. 그러나 그의 태도가 조금도 나를 해칠 것처럼 보이지 않았으므로, 나는 마음을 진정시키며 그의 옆으로 다가섰다.

얼굴이 깨끗한 금발 머리 젊은이였다. 갈색이 조금 섞인 턱수염은 끝이 둘로 나뉘어 있었다. 옷차림은 영국 목사처럼 수수했고, 어쩐지 중후한 인품을 지녔을 듯한 느낌을 주었으며 존경심을 불러일으키는 데가 있었다.

"누구십니까?"

내가 물었지만, 대답이 없어서 나는 되풀이해서 물어야 했다.

"누구십니까? 어떻게 들어오셨는지요? 왜 이곳에 오셨죠?"

그는 나를 뚫어지게 보면서 대답했다.

"나를 모르겠습니까?"

"모르겠는데요!"

"그래요? 이상하군요. 잘 생각해 보십시오. 당신 친구입니다.

조금 특별한 친구지요."

나는 그의 팔을 꽉 움켜쥐었다.

"거짓말! 당신은 그 사람이 아니야. 그럴 리가 없어."

"그렇다면 어째서 곧 그 사람을 생각했습니까?"

그는 웃었다.

아, 그 웃음소리! 그 재미있는 야유로 나를 가끔 즐겁게 해 주던 밝은 웃음소리! 나는 몸을 부르르 떨며 소리쳤다. 그럴 리가 없어!

"그럴 리가 없어."

나는 어떤 공포감을 느꼈다.

"그럴 리가 없다는 것은 내가 죽었기 때문이고, 당신은 유령의 존재 따윈 믿지 않기 때문인가요?"

그는 또 웃었다.

"내가 그렇게 간단히 죽을 사람같이 보이나? 여자에게 등을 한 방 맞았다고 죽다니. 정말 그렇게 생각하다니. 내가 그처럼 창피하게 죽을 거라고 생각합니까?"

"그럼, 정말로 당신이란 말이오?"

나는 아직도 믿어지지 않았다. 한편으로 감동도 느꼈다.

"옛날 얼굴이 아니라서…… 잘……."

"그렇다면 나도 안심이군. 내 정체를 알고 있는 단 한 사람인 당신이 지금 나를 알아볼 수 없다면, 이제부터 아무도 내 정체를 알아차릴 수 없을 테니까. 물론 이것은 나에게 '정체'라는 것이 있다고 치고 하는 이야기지만."

남자는 기쁜 듯이 말했다. 분명히 그의 목소리였다. 지금은 목소리를 바꾸지 않았기 때문에 알 수 있었다. 눈도 그의 눈, 얼굴 표정도, 태도도 그임에 틀림없었다. 그 남자의 정체가 지금 쓰고 있는 가면을 통해서 보였다.

"아르센…… 뤼팽."

나는 중얼거렸다.

"그렇소, 아르센 뤼팽이오."

그는 일어서며 분명하게 말했다.

"저승에서 돌아온 유일한 남자. 내가 지하 납골당에서 몸부림치다 죽은 것으로 되어 있는 모양이니까. 그런데 뤼팽은 이렇게 살아서 기운차게 마음껏 돌아다니고 있고, 자유롭고 행복하기까지 하오. 앞으로도 이제까지 누렸던 은혜와 특권을 실컷 누리며 이 세상에서 더없이 행복한 독립, 아무 데에도 얽매이지 않은 자유를 마음껏 맛보려고 굳게 마음먹고 있소."

이번에는 내가 웃었다.

"과연 틀림없이 자네군. 게다가 작년에 만났을 때보다 훨씬 더 건강하고……."

내가 작년이라고 한 때는 그 유명한 왕관 사건('뤼팽의 모험' 참고)이 있은 뒤, 뤼팽이 나를 찾아왔을 때를 말한다. 즉 그가 결혼이 깨지고 소냐 크리시노프와 사랑의 도피를 했지만, 이 러시아 여자가 비참하게 죽은 다음의 일이었다. 그날, 아르센 뤼팽은 완전히 기가 꺾여 있었다. 울어서 눈이 퉁퉁 부어 있었을 뿐 아니라 그를 위로해 줄 수 있는 그 누군가를 찾고 있었다.

"그만해요. 아주 옛날이야기니까."

뤼팽이 말했다.

"1년 전 일이 아닌가."

"10년 전이오. 아르센 뤼팽의 1년은 보통 사람 열 배의 가치가 있으니까."

나는 더 우기지 않고 화제를 바꾸었다.

"대체 이곳엔 어떻게 들어왔나?"

"남들이 하는 것처럼 현관으로."

"현관 열쇠는?"

"내게는 문 같은 것이 존재하지 않는다는 것을 잘 알고 있을 텐데요? 이 아파트가 필요했기 때문에 들어왔을 뿐이오."

"그럼 내가 나갈까?"

"아니. 여기 있어도 좋소. 게다가 오늘 밤에는 재미있는 것을 볼 수 있을 테니까요."

"누구를 기다리고 있는 건가?"

"10시에 여기서 누굴 만날 약속을 했소."

뤼팽은 시계를 꺼냈다.

"10시로군. 전보가 배달되었다면 손님이 곧 올 텐데……."

현관에서 초인종이 울렸다.

"어떻소, 말한 대로가 아니오? 그대로 있어요. 내가 나갈 테니까."

대체 그는 누구와 만나는 것일까? 내가 이제부터 입회하는 장면은 비극일까, 아니면 속이 뻔히 들여다보이는 엉터리 연극일까? 뤼팽이 재미있을 거라고 말했으니 특별한 장면임이 틀림없으리라.

뤼팽은 마르고 키가 크며, 얼굴이 창백한 소년을 앞세우고 방으로 돌아왔다.

뤼팽은 내가 두려움을 느낄 만큼 장중한 태도로 전등을 모두 켰다. 방 안이 환해졌다. 그러자 두 남자는 서로 상대를 찌르기라도 하려는 것처럼 눈을 부릅뜨고 노려보았다. 이렇게 서로 입을 꾹 다물고 심각한 모습으로 서 있는 두 사람을 보는 것은 참으로 인상적인 광경이었다. 그런데 이 손님은 대체 누구일까?

손님의 얼굴이 최근 신문에 실린 사진과 비슷해서 그 이름이 막 떠올랐을 때, 뤼팽이 나를 보고 말했다.

"소개하겠소. 보트를레 군이오."

그리고 곧 소년에게 말했다.

"먼저 자네에게 고마워해야겠네, 보트를레. 내가 편지에서 부탁했던 대로, 나를 만날 때까지 진상 발표를 늦췄고, 또 기꺼이 이 회담을 받아들였으니까."

보트를레가 빙그레 웃었다.

"기꺼이 받아들였다기보다는, 당신 명령에 따르지 않을 수 없었죠. 그 편지에 쓰여 있던 협박 대상이 내가 아니라 아버지였기 때문에 한층 더 효과적이었어요."

"하는 수 없었네."

뤼팽도 웃으면서 말했다.

"우리도 할 수 있는 일이 한정되어 있으니, 가지고 있는 수단을 이용할 수밖에. 지금까지의 경험으로 자네가 자신의 안전 따위는 돌보지 않는다는 것을 잘 알고 있네. 어쨌든 자네는 브레두에게 반항했지 않나. 남은 사람은 자네 아버지뿐이었네. 자네가 지극히 사랑하는 아버지 말일세. 그러니 자네 약점을 노릴 수밖에."

"그래서 여기에 왔잖습니까."

보트를레가 말했다.

나는 두 사람에게 앉으라고 권했다. 두 사람은 의자에 앉았고, 뤼팽은 그의 독특한 버릇인 상대가 잘 눈치채지 못하게 하는 빈정거림을 담아 말했다.

"어쨌든 보트를레, 자네는 내 고맙다는 말은 받아들이지 않더라도, 적어도 내 사과는 물리치지는 않을 테지."

"사과라니, 무슨 의미지요?"

"브레두가 자네에게 난폭하게 굴었던 일 말일세."

"정말 그 일에는 놀랐어요. 그것은 뤼팽답지 않은 방법이었으니까요. 단도로 찌르다니!"

"그래, 그 일은 나와 관계없어. 브레두는 풋내기야. 그때, 내 대신 일을 하던 친구들이 사건 담당 예심 판사의 서기를 같은 편으로 만들면 도움이 될 거라고 판단했던 모양이야."

"당신 동료들의 생각은 정확했어요."

"분명히 브레두는 자네를 감시했으니까. 그래 우리 입장에선 귀중한 존재였어. 하지만 풋내기들은 공을 세우려고 하는 마음이 늘 지나쳐. 그래서 섣부른 판단을 하지. 결국 그가 자네에게 덤볐고, 내 계획을 방해하고 말았어."

"그런가요?"

"그래서 나는 그를 엄중하게 처벌했네. 그의 입장에선, 자네 수사가 너무나 거침없이 진행되는 것에 불안감을 느꼈고 당황했던 탓에 그리한 것이겠지만. 자네가 불과 몇 시간만 늦춰 주었더라면 그런 상처는 입지 않아도 됐을 텐데……, 안타까워."

"그랬다면 나는 가니마르 경감이나 셜록 홈스 씨와 똑같은 처지가 되었겠지요."

"맞았어. 나도 이렇게 자네 부상을 걱정하지 않아도 되었을 테지. 나는 정말 괴로웠네. 지금도 자네의 창백한 얼굴을 보니 괴롭기 그지없네."

뤼팽이 크게 소리 내어 웃었다.

"당신은 나를 믿고 아무 조건도 없이 만나 주었습니다."

보트를레가 이어서 말을 했다.

"내가 마음만 먹는다면 얼마든지 가니마르 경감님의 동료들을 데리고 올 수도 있었을 텐데요. 나를 믿어 주었다는 것이 모든 것을 깨끗이 상쇄해 줍니다."

보트를레는 진심으로 그렇게 말한 것일까? 사실 나는 어떻게 해야 좋을지 몰랐다. 이 두 사람의 싸움(?)은 나로서는 도무지 이해하기 힘든 방법으로 벌어지고 있었다. 나는 몽파르나스 역의 찻집에서 뤼팽과 홈스가 처음 만났을 때 자리를 같이했던 일이 있었으므로, 그 두 사람의 태도를 생각하지 않을 수 없었다. 그때는 예의 바른 행동 뒤에 두 사람의 자존심이 격돌해서 불꽃이 튀었고, 서로 상대를 위압하려는 자세가 보였었다.

그런데 지금은 사정이 달랐다. 뤼팽은 조금도 달라지지 않았다. 똑같은 전술과 조소적인 상냥함. 그런데 이번 상대는 기묘했다! 말투도 태도도 매우 침착했다. 일부러 흥분을 감춘 것이 아니라 진짜로 침착한 것이었다. 예의 바르지만 과장된 점도 없었다. 웃고 있지만 비웃지도 않았다.

그랬다. 분명히 뤼팽은 연약한 소년, 소녀 같은 장밋빛 뺨과 맑은 눈을 한 소년을 정면으로 마주 대하고는 여느 때와 같은 확신을 잃고 있었다. 나는 뤼팽의 얼굴에 떠오른 난처한 표정을 여러 번 보았다. 그는 머뭇거리며, 선뜻 공격하려 하지 않고 듣기 좋은 말로 시간을 보내고 있었다.

뤼팽은 뭔가가 부족한 듯 보였다. 무언가를 찾거나 기다리는 모양이었다. 무엇일까? 어떤 도움을 기다리는 것일까?

또다시 초인종이 울렸다. 뤼팽이 힘차게 현관으로 걸어갔는데, 돌아왔을 때 그의 손에는 봉투가 들려 있었다.

"잠깐 실례."

양해를 구한 다음 그는 봉투를 뜯었다. 안에는 전보가 들어 있었다. 뤼팽은 그것을 읽었다.

순식간에 뤼팽의 표정이 달라졌다. 얼굴이 밝아지는가 싶더니, 몸을 똑바로 세웠다. 그의 이마에서 정맥이 불끈 솟아났다. 그는 자신감을 되찾은 표정이었다. 다시 사건과 인간의 통치자가 된 것이었다.

그는 전보를 탁자 위에 펴 놓더니, 그것을 주먹으로 쾅 내리치며 외쳤다.

"자, 보트를레, 이제부터 교섭을 벌여 볼까?"

보트를레는 상대의 말을 듣기 위해 자세를 바로잡았다. 뤼팽은 침착하지만 단호한 어투로 이야기하기 시작했다.

"이젠 서로 가면을 벗어야 하지 않겠나? 쓸데없는 말은 그만두고. 우리는 서로가 서로를 너무나 잘 알고 있어. 서로 적으로서 행동하고, 적으로서 교섭해야 하네."

보트를레는 깜짝 놀랐다.

"교섭이라고요?"

"그래, 교섭이지. 아무렇게나 적당히 말하는 것이 아니네. 확실히 교섭이라고 했네. 내 뜻은 아니지만 할 수 없지. 전혀 내 뜻이 아냐. 적에게 이 말을 한 것은 이번이 처음이야. 그러나 미리 말해 두지만 처음이자 마지막이야. 최대한 이 기회를 이용하는 게 좋을 거야. 나는 자네에게 약속을 받지 않고는 이곳을 나가지 않겠네. 싫다고 하면 싸움이 있을 뿐이지."

"의외군요. 아주 이상하게 말을 하는군요. 내가 생각한 것과 당신은 너무 달라요. 그래요, 나는 당신의 이런 모습은 조금도 생각해 보지 못했어요. 무엇 때문에 화를 내고, 협박을 하는 건지 도무지 모르겠어요. 우리 두 사람이 적으로 대할 입장이 되었기 때문에 그런 건가요?"

뤼팽은 조금 당황한 듯했지만 여전히 차분한 미소를 잃지 않았다.

"자, 들어 보게. 난 지난 10년 동안 자네처럼 강한 적을 만난 일이 없어. 가니마르나 셜록 홈스도 어린아이처럼 가볍게 대했었지. 그런데 자네를 상대하면, 언제나 막아 내기에 바빠. 아니, 막는 게 아니라 오히려 뒤로 물러나야 할 형편이 되고 말아. 그래, 지금은 자네도 알고 있듯이 내가 지고 있다는 것을 인정하지 않을 수 없지. 이지도르 보트를레가 아르센 뤼팽을 이기고 있어. 나의 계획은 모두 뒤집히고 말았네. 내가 감추어 둔 일을 자네는 만천하에 드러내고 말았어. 자네는 내 일을 방해하고 내 길을 막고 있어. 더는, 참을 수 없어. 브레두도 자네에게 말했지만 효과가 없었지. 이번에는 내가 똑똑히 말해 둬야겠어. 난 더는 참을 수 없네!"

보트를레가 머리를 저었다.

"내가 어떻게 하길 바랍니까?"

"얌전히 있으면 돼. 다른 사람의 영역에 손을 내밀지 않으면 돼. 아주 간단하지."

"결국 당신은 멋대로 강도질을 할 테니, 나는 공부에 전념하라는 뜻이군요."

"공부든지 뭐든지 하고 싶은 일을 하면 되네. 내가 상관할 바 아니지. 다만 내 일에 방해가 돼선 안 돼."

"방해라니, 어떤 방해입니까?"

뤼팽은 보트를레의 손을 세게 움켜쥐며 말했다.

"잘 알고 있지 않나! 시치미 떼지 말게. 지금 자네가 쥐고 있는 비밀은 나에게 아주 중요한 의미를 갖고 있지. 그 비밀을 꿰뚫어 보는 건 자네 마음대로 해도 되지만, 그것을 공표할 권리는 자네에게 없어."

"정말 내가 그 비밀을 알고 있다고 생각합니까?"

"자네는 알고 있어. 난 그걸 확신해. 나는 날마다 자네가 추리를 전개하는 과정과 조사를 진행하는 내용을 보고 있었지. 브레두가 자네에게 덤볐을 때, 자네는 모두 털어놓으려던 참이었네. 그러나 아버지가 걱정되어 발표를 늦추었지. 그런데 오늘 이 신문에 진상을 발표하기로 약속했군. 기사는 이미 완성되었을 걸세. 한 시간 뒤에는 활자로 짜여 내일은 지면에 나오겠지."

"맞습니다."

뤼팽은 한 손을 내저으며 일어서더니 이렇게 외쳤다.

"절대로 발표하지 못하게 할 테야."

"발표하겠어요!"

보트를레도 자리에서 벌떡 일어났다.

두 사람은 마주 서서 서로를 노려보았다. 나는 마치 두 사람이 서로 맞붙어 싸우고 있는 듯한 착각에 빠졌다. 갑자기 보트를레의 투지에 불이 붙었다. 불꽃이 튀었고, 소년의 몸에 새로운 감정이 불타올라, 용기, 자존심, 싸움에 임하는 기쁨, 위험도 두려워하지 않는 쾌감을 일으키는 것 같았다.

뤼팽은 눈을 빛냈다. 오랜 원수의 검에 맞서는 검사처럼 그는 어떤 야릇한 희열을 느끼는 듯했다.

"기사 원고는 벌써 넘겼나?"

"아직."

"가지고 있나?"

"그 정도로 멍청하지는 않아요. 당신이 뺏을 게 분명하니까요."

"어디에 있나?"

"이중 봉투에 넣어 기자에게 주었어요. 만약 밤 12시까지 내가 신문사에 가지 않으면 그대로 조판하기로 되어 있지요."

"제기랄! 또 선수를 쳤군."

뤼팽의 얼굴은 심한 노여움으로 벌겋게 타올랐다.

이번에는 보트를레도 승리감에 취해 사뭇 조롱하는 것 같았다.

"애송이, 내가 누구인지 아직 잘 모르는 모양이군. 내가 마음만 먹는다면……."

두 사람 사이에 깊은 침묵이 흘렀다.

"그랑 주르날 신문사로 가게."

"싫습니다."

"원고를 없애 버리는 거야."

"싫습니다."

"편집장을 만나."

"싫습니다."

"편집장에게 기사가 잘못되었다고 말해."

"싫습니다."

"그리고 다른 원고를 써야 해. 앙브뤼메지 사건에 관해 사람들이 믿고 있는 대로 발표를 하는 거야."

"싫습니다."

뤼팽이 두 손으로 보트를레의 어깨를 지그시 눌렀다.

"이봐, 괜한 고집 부리지 마. 보트를레, '마지막에 발견된 사실에 따라 뤼팽의 죽음을 확신한다. 그 점에 관해서는 의심할 여지가 없다.'라고 쓰게. 내가 그렇게 하기 원하기 때문에, 나는 당분간 죽은 것으로 되어 있어야 하기에, 반드시 그렇게 써야 해. 만약 그렇게 하지 않으면……."

"그렇게 하지 않으면요?"

"자네 아버지는 오늘 밤 납치를 당할 거야. 가니마르나 셜록 홈스처럼."

보트를레는 싱긋 웃었다.

"웃지 말고 어서 대답해!"

"당신에게 거역하는 것은 미안하지만, 약속했으니까 말하겠어요."

"내가 말한 대로 이야기하게."

"사실 그대로 이야기하겠어요. 당신은 이 기쁨을 이해할 수 없을 겁니다. 진실을 큰 소리로 말하는 기쁨! 아니, 그러한 욕망이 있어요. 진실은 그것을 발견한 내 머릿속에 있고, 아무런 꾸밈없이 이 머릿속에서 나오지요. 그 원고는 사실대로 발표됩니다. 뤼팽이 살아 있다는 것을 세상이 알게 될 겁니다. 또 뤼팽이 죽었다고 생각하기를 바라는 이유도 세상에 널리 알려지게 될 겁니다."

보트를레는 조용히 덧붙였다.

"게다가 아버지도 납치되지 않을 거예요."

뤼팽은 이지도르를 노려보았다. 또다시 두 사람 사이에 팽팽한 침묵이 흘렀다.

뤼팽이 먼저 중얼거렸다.

"오늘 새벽 3시에 내가 중지 명령을 하지 않으면, 동료 두 명이 자네 아버지의 방으로 들어가 아버지를 납치하여 가니마르와 셜록 홈스가 있는 곳으로 보내기로 되어 있네."

커다란 웃음소리가 그 말에 대답했다.

"아무것도 모르는군요, 괴도님. 저는 이미 그것에 대한 대비책을 마련해 놓았습니다. 당신은 내가 아버지를 외딴 집으로 가게 했을 만큼 생각이 없는 사람이라고 생각하십니까?"

소년의 얼굴에 명랑하고 짓궂은 웃음이 쓱 번졌다.

"뤼팽, 당신의 가장 큰 결점은 당신 계략이 언제나 완전무결하다고 믿는다는 것입니다. 당신은 졌다고 말하지만 그것은 마음에도 없는 거짓말이겠죠. 당신은 언제나 자신의 승리로 끝난다고 믿고 있으니까요. 하나 다른 사람에게도 계략이 있습니다. 물론 내 계략은 단순하지만 말입니다."

보트를레의 말투에는 듣는 사람의 마음을 후련하게 만드는 그 무엇인가가 있었다. 보트를레는 쇠사슬에 묶인 사나운 짐승을 놀려 대는 장난꾸러기 아이처럼 용감하게, 두 손을 주머니에 깊이 찔러 넣고 대수롭지 않은 듯이 방 안을 서성거렸다. 사실 지금이야말로 그는 이 대모험가에게 희생된 모든 사람을 위해 복수를, 가장 끔찍한 복수를 하고 있었던 것이다.

보트를레는 이렇게 결론을 내렸다.

"뤼팽, 내 아버지는 사부아에 없습니다. 어느 큰 도시의 한복판에서 20명이나 되는 사람들에게 보호를 받고 있죠. 그들은 우리의 싸움이 끝날 때까지 아버지에게서 한시도 눈을 떼지 않도록 명령받았습니다. 좀 더 자세한 것을 가르쳐 줄까요? 아버지는 셸부르에 있습니다. 해군 기숙사죠. 그곳은 야간엔 출입 금지 지역이고, 낮에도 허가를 받고 안내인과 함께 들어가야 하는 곳입니다."

보트를레는 뤼팽의 바로 앞에서 걸음을 멈추고, 친구에게 얼굴을 찡그려 보이는 어린아이처럼 상대를 향해 함빡 미소를 지었다.

"어때요, 선생?"

아까부터 뤼팽은 꼼짝도 하지 않고 있었다. 얼굴 근육 하나 움직이지 않는 것 같았다. 무엇을 생각하는 것일까? 어떤 행동으로 나올까? 그의 자존심이 얼마나 강한지 알고 있는 사람은 단 하나의 결과밖에 생각할 수 없었다. 적을 그 자리에서 철저하게 때려 부수는 것.

그의 손가락이 부들부들 떨리고 있었다. 나는 순간, 그가 보트를레에게 덤벼들어 목을 조르려는 것은 아닐까 의심했다. 그러나 그것은 전혀 뤼팽답지 않은 짓이었다.

"어때요, 뤼팽 선생?"

그때 뤼팽의 얼굴 전체로 묘한 미소가 번져 나갔다.

뤼팽은 탁자 위에 있던 전보를 움켜쥐더니 그것을 보트를레에게 내밀며 침착하게 말했다.

"꼬마야, 이것 좀 읽어 보렴."

보트를레는 상대의 태도가 너무 차분하여 갑자기 불안해졌다. 보트를레는 정색한 얼굴로 종이쪽지를 펼쳤다.

"이, 이게 무슨 뜻이죠? 잘 모르겠는데…….'"

"그래도 첫 낱말쯤은 알 수 있을 텐데? 전보의 처음 발신지를 잘 봐. 어디지?"

"셀부르?"

"그래, 셀부르야. 그다음은?"

"그다음은……?"

"내가 읽어 볼까. '짐 운반, 동료 동행. 아침 8시까지 지시 기다림. 모두 무사'. 어디를 모르겠다는 건가? '짐' 말인가? 설마 '보트를레의 아버지'라고 썼기를 바라는 것은 아니겠지? 20명이나 되는 사람에게 호위를 받았는데, 어떻게 자네 아버지를 납치할 수 있었는지, 이상한가? 뭐, 그런 것쯤이야. 어린아이를 속이는 것과 무엇이 다르겠나. 어쨌든 짐은 운반됐네. 이제 자네가 얘기할 차례 같은데?"

보트를레는 애써 태연한 표정을 지으려고 했지만, 그의 입술은 심하게 떨리고 있었다. 그 결과 그는 침착성을 잃었고 시선이 주위를 두리번거리기 시작했다. 그러고는 갑자기 두 손으로 얼굴을 감싸 쥐고는 울음을 터뜨렸다.

"아, 아버지! …… 아버지!"

생각지도 못 했던 결과였다. 뤼팽의 자존심을 만족시키긴 했지만, 그것과는 상관없이 다른 사람에게 마음이 몹시 흔들리는, 불쌍하고 애틋한 무엇인가를 느끼게 했다. 뤼팽은 이 뜻하지 않은, 눈물을 자아내는 행동에 견딜 수 없다는 듯 초조한 태도를 보이며 모자를 집어 들었다. 그러나 문 앞에서 걸음을 멈추고 천천히 돌아왔다.

조용한 흐느낌이 슬픔에 짓눌린 어린아이의 한탄처럼 새어나왔다. 두 어깨는 슬픈 리듬으로 들먹이고 있었다. 깍지 낀 손가락 사이로 눈물이 흐르고 있었다. 뤼팽은 그 위로 몸을 굽히고 보트를레에게 닿지 않도록 조심하며 말했다. 그 목소리에는 비웃는 듯한 울림이 조금도 없었으며, 또 그 태도에는 승리자로서 사람을 모욕하는 기색도 전혀 보이지 않았다.

"이봐, 울지 말게. 싸움을 하려면 진작 이 정도 각오는 했어야 하는 게 아닌가. 언제 어느 때 최후의 사태가 올지도 모르고. 적어도 우리와 싸우는 사람들은 그 정도의 마음가짐은 늘 갖고 있어야 하는 거야. 용기를 내게."

다정한 뤼팽의 목소리가 계속하여 이어졌다.

"역시 자네가 말한 대로야. 우리는 적이 아니야. 훨씬 전부터 알고 있었지. 처음부터 자네에게, 자네라는 똑똑한 존재에 대해 호감을 느꼈지. 솔직히 자네에게 놀랐네. 부탁이니 내게 화내지 말게. 자네를 화나게 하고 싶지는 않아. 그러나 무슨 일이 있더라도 이 말만은 해 두어야겠네. 제발 부탁이니 내게 맞설 생각은 하지 말게. 자네를 얕보아서 이런 말을 건네는 게 아닐세. 자네를 업신여겨서 말하는 것은 더욱 아니야. 자네는 아직 몰라. 하긴 그 누구도 모르지. 내게 어느 정도의 힘이 있는지. 보게, 자네가 해독하려고 헛수고하는 그 에귀유 크뢰즈의 비밀만 해도 그래. 사실 그건 놀라운 보물일지도 모르지. 또는 사람의 눈에 잘 보이지 않는 은밀한 은신처일지도 모르지. 또는 그 모두일지도. 자네는 내 능력이 어느 정도인지 모르네. 내 의지와 상상력을 구사하면 어느 정도의 일을 할 수 있는지도 말이야. 생각해 보면 나는 태어나면서부터 하나의 목적을 추구해 왔지. 그 목적을 달성하기 위해 엄청난 노력을 했어. 그렇게 해서 현재의 내가 되었지. 내가 그리던 이상적인 인간상을 완성한 것이야. 그 때문에 이런 나를 상대로 자네가 무엇을 할 수 있다고 생각하는 것은 오산이야. 자네가 승리했다고 생각하는 순간, 승리는 곧 자네 손에서 달아나고 말 걸세. 자네가 생각하지 못했던 엉뚱한 사건이 터지고 말 거야. 아주 하찮은 것이라도 역시 자네가 모르는 사이에 내가 만든 것이라네. 부탁이니 그만 손을 떼게. 그렇지 않으면 난 자네를 곤란하게 만들 것이고, 그것이 나로선 무척 괴로울 걸세."

뤼팽의 손이 보트를레의 이마에 얹어졌다.

"다시 한 번 말하지만, 부디 그만두게. 그렇지 않으면 금방이라도 큰일이 벌어질지도 몰라. 어쩌면 자네 발밑에 이미 함정이 준비되어 있는지도 모르지."

보트를레는 뤼팽의 손을 뿌리쳤다. 이미 그는 울고 있지 않았다. 뤼팽의 말을 듣고 있었을까? 멍하니 있는 그 모습으로 보아 듣지 않은 것 같았다. 잠시 그는 잠자코 있었다. 어떻게 할 것인가를 신중히 생각하여 유리한지 불리한지 생각하는 것 같았다. 마침내 그가 뤼팽에게 말했다.

"만약 원고를 다시 써서 뤼팽의 사망설을 확인해 주면, 나중에 절대로 그 기사를 부정하지 않겠다고 약속하면, 아버지를 자유롭게 해 주겠어요?"

"약속하지. 내 동료는 자네 아버지를 자동차에 태워 지방 도시로 갔어. 만약 내일 아침 7시에 '그랑 주르날'지의 기사가 내가 요구한 대로 나오면, 그들에게 전화를 걸어 자네 아버지를 풀어 주겠네."

"좋습니다. 그 조건을 받아들이죠."

패배를 인정한 이상 회담을 계속하는 것은 아무런 의미도 없다고 생각한 모양인지, 보트를레는 일어나 모자를 집어 들었다. 그러고는 뤼팽에게 인사를 하고 밖으로 나갔다.

뤼팽은 문이 닫히는 소리를 듣고는 혼잣말로 중얼거렸다.

"가여운 녀석……."

이튿날 아침 8시에 나는 고용인에게 '그랑 주르날'지를 사 오라고 시켰다. 대개의 신문 판매대에서는 이미 신문이 다 팔려서, 고용인은 20분이나 지나서 신문을 사 가지고 왔다.

나는 정신없이 신문을 펴 들었다.

1면에 보트를레가 쓴 기사가 실려 있었다.

다음은 나중에 전 세계의 신문에 게재된 그 기사의 내용이다.

앙브뤼메지의 참극

이 기사의 목적은 앙브뤼메지의 참극, 정확하게는 2중의 참극이라고 해야 할 사건의 진상을 밝히기 위해, 내가 했던 추리와 조사 과정을 자세히 설명하려는 것은 아니다.

나의 견해로는 이와 같은 작업과 그에 따르는 해설, 연역, 귀납, 분석 등은 그렇게 흥미 있는 것도 아니고, 아주 평범한 내용일 뿐이다. 따라서 여기에서는 조사를 하게 된 두 가지 생각을 말하는 것에 그치려고 한다.

이 두 가지 생각을 밝히고 거기서 생기는 두 가지 문제를 해결함으로써, 나는 이 사건을 구성하는 모든 사실을 순서에 따라 추구하고, 사건의 전모를 밝힐 수 있을 것이다.

독자는 어쩌면, 이들 사실 중에는 증명되지 않은 것도 있고, 내 추리에는 가설이 많다고 느낄지도 모른다. 확실히 그렇다. 그러나 내 가설은 상당히 많은 확증을 기초로 한 것이며, 따라서 미확인 사실이라도 거기에서 얻은 결론은 확실하다고 생각한다. 수원(水源)은 이따금 강바닥에 깔린 조약돌 밑에 감추어지기도 하지만, 빛나는 물이 푸른 하늘을 비친다는 것은 변함없는 사실이다.

나의 흥미를 끈 첫 번째 수수께끼.

사건 전반에 걸친 수수께끼는 다음과 같다.

뤼팽은 치명상을 입고도 40일 동안, 치료도 변변히 받지 못하고, 먹을 것과 약도 없이 어두운 지하실에서 살 수 있었을까?

사건의 발단으로 거슬러 올라간다.

4월 23일 목요일 새벽 4시, 아르센 뤼팽이 자기가 관계한 강도 사건 중에서도 아주 대담한 범행 현장을 들켜 폐허 쪽으로 달아났으나 그는 총을 맞고 쓰러졌다. 가까스로 몸을 질질 끌며 달아났으나 또 쓰러졌다. 그래도 어떻게든지 예배당까지 가려고 다시 일어났다. 그곳에는 전에 우연히 발견한 지하 납골당이 있었기에, 그곳에 숨으면 살아날 수 있으리라고 생각했기 때문이다. 뤼팽은 온 힘을 다해 그곳으로 가까이 갔다. 이제 몇 미터가 남았을 때 발소리가 들렸다. 지칠 대로 지쳐 이제는 틀렸다고 체념하고, 그는 모든 것을 포기했다. 누군가가 다가왔다. 그것은 레이몽드 드 생 베랑 양이었다. 이것이 이 참극의 프롤로그 또는 1막이다.

두 사람 사이에 어떤 일이 일어났을까? 그 뒤의 사건 경과로 보아, 이때 상황을 추리하는 것은 쉽다. 아가씨의 발밑에는 상처 입은 남자가 누워 있었다. 고통으로 허덕이는 이 남자는 2분 뒤에는 붙잡힐 것이었다. 더욱이 레이몽드 양이 남자에게 부상을 입혔다. 태연하게 이 남자를 경찰에 넘길 수 있을까?

만약 이 남자가 장 다발을 죽인 범인이었다면, 레이몽드도 그를 운명에 맡겼을 것이다. 그러나 남자는, 제브르 백작이 정당방위로 다발을 죽였다고 재빨리 이야기했다. 레이몽드는 남자의 말을 믿었다. 어떻게 하면 좋을까? 두 사람은 아무에게도 보이지 않았다. 빅토르는 뒷문을 지키고 있었다. 알베르는 창가에 있었으므로, 그곳에서는 두 사람이 보이지 않았다. 레이몽드 자신이 상처를 입힌 남자를 경찰에게 넘겨줄 것인가?

여성이라면 모두 이해할 수 있겠지만, 이때, 레이몽드는 억누르기 힘든 연민의 정에 사로잡혔다. 뤼팽의 지시에 따라, 상처에서 흘러나오는 피가 핏자국을 남기지 않도록 손수건으로 상처를 동여맸다. 그리고 뤼팽이 준 열쇠로 예배당 문을 열었다. 뤼팽은 여자에게 부축을 받으며 안으로 들어갔다. 레이몽드는 문을 닫고 그 자리를 떠났다. 이때 알베르가 왔다.

만약 이때나 적어도 몇 분 안에 예배당 안을 수사했다면, 뤼팽이 기력을 회복해서 초석을 들어 올리고 계단으로 내려가 지하로 모습을 감출 시간이 없었기 때문에 꼼짝없이 붙잡혔을 것이다. 그러나 예배당을 수색한 것은 6시간 뒤였고, 더욱이 그 수사는 아주 형식적이었다. 그래서 뤼팽은 살아났다. 누구의 도움으로? 하마터면 그를 죽일 뻔했던 여성의 도움으로.

이 일이 있은 뒤, 레이몽드는 원하건 원하지 않건 뤼팽과 공범이 되었다. 레이몽드는 그를 경찰에게 넘겨줄 수 없었을 뿐 아니라, 그를 간호하고 구하는 일을 계속해야만 할 입장이 되고 말았다. 그렇지 않으면 레이몽드가 도와서 감춰 준 부상자는 그 지하실에서 죽을 것이기 때문이었다. 그래서 레이몽드는 그 일을 계속했다. 여성의 본능으로 그렇게 하지 않을 수 없었고, 그렇게 하는 것은 별로 힘들지 않았다.

레이몽드는 머리가 총명한 여자였으므로, 다음에 일어날 일까지도 내다보았다. 예심 판사에게 아르센 뤼팽의 외모를 거짓으로 말한 것도 다름 아닌 레이몽드였다. 이에 관해서는 두 사촌의 의견이 엇갈렸던 것을 상기하기 바란다. 레이몽드는 또 무언가 작은 단서로 운전기사로 변장한 남자의 정체를 알았다. 이 공범에게 상황을 알려 줬고, 급히 수술이 필요하다는 것을 알리기도 했다. 모자를 바꾼 것도, 레이몽드였다. 자기 앞으로 협박장을 쓴 것도 레이몽드였다. 이렇게 해 두면 절대로 의심받을 걱정이 없기 때문이었다.

내가 사건에 관해 예심 판사에게 말하려고 했을 때, 전날 잡목림 안에서 나를 보았다고 해서, 퓌이르 예심 판사가 나를 의심하도록 해 내 말을 막은 것도 다른 사람 아닌 레이몽드였다. 이것은 위험한 짓이었다. 왜냐하면 그것은 결과적으로 내 주의를 끌었고, 거짓 고발을 해서 나를 궁지에 빠뜨렸기 때문이다. 그러나 내 입을 막아서 시간을 벌기는 했다. 이렇게 해서 레이몽드는 40일 동안이나 뤼팽에게 먹을 것과 약을 주었으며(우빌의 약제사에게 물으면 레이몽드의 주문으로 만든 약 처방을 보여 줄 것이다), 게다가 부상자를 간호하고 치료하고 밤새워 옆에 붙어서 돌보아 주어 마침내 완쾌하게 했다.

이것으로 문제 하나가 해결되었으며, 사건의 진상이 밝혀진 셈이다. 아르센 뤼팽은 저택 안에서 구원의 손길을 뻗어 줄 사람을 발견했고, 그 덕분에 수사에서 도망쳐 살아날 수 있었다.

뤼팽이 살아 있다. 거기서 제2의 문제가 나왔다. 그것을 추구하는 사이에 나는 사건의 수수께끼를 푸는 단서를 찾게 되었고, 그것은 또 앙브뤼메지에서 일어난 제2의 참극으로 연결되었다. 다시 살아난 뤼팽은 자유로운 몸이 되었고, 자기 부하들의 두목으로서 전과 다름없이 전능(全能)의 힘을 움켜쥔 셈인데, 왜 나의 조사 활동을 방해하고, 수사 당국과 세상이 자기가 죽었다고 생각하도록 노력을 할까?

여기서 생각해야 할 것은 레이몽드가 뛰어난 미인이라는 것이다. 레이몽드가 행방불명됐을 때 신문에 나온 사진만으로는 그 아름다움을 충분히 알 수 없다. 아무튼 당연히 일어날 일이었다. 즉 뤼팽은 40일 동안 아름다운 여자를 만났고 옆에 없을 때에는 함께 있어 주기를 바라는 마음이 생겼다. 또한 함께 있을 때 뤼팽은 레이몽드의 매력과 우아함에 감동했고, 레이몽드가 몸을 기울일 때에는 신선한 향기를 맡을 수 있었다. 마침내 그는 이 간병인을 사랑하게 되었다. 고마운 마음이 애정으로 변했고, 연모의 마음이 열정으로 변했다. 레이몽드는 뤼팽에게 생명의 은인이었고, 그를 기쁘게 하는 여성, 외로운 시간을 채워 주는 몽상의 대상, 빛, 희망, 생명 그 자체이기도 했다.

뤼팽은 레이몽드를 존경했기 때문에 레이몽드의 헌신을 악용하지 않았다. 레이몽드를 이용해서 부하들에게 지시를 하지도 않았다. 그래서 부하들 사이에 동요가 일었다. 한편, 뤼팽은 사랑을 하고 있었기 때문에 점차 대담해졌다. 하지만 레이몽드의 마음은 뤼팽을 괴롭히고 있는 그러한 감정과는 달랐기 때문에 지하실을 찾아올 필요성이 적어지면 그녀의 방문도 자연히 뜸해질 것이었다. 마침내 그가 완전히 나으면 방문도 끝나게 될 것이므로……, 그는 그 고통을 견뎌 낼 수 없어 끔찍한 결심을 했던 것이다. 그는 지하실에서 나와 습격할 준비를 했고, 6월 6일 토요일에 공범의 도움을 받아 레이몽드를 납치한 것이었다.

그뿐만이 아니었다. 이 납치의 진상이 알려지면 안 되었다. 수사는 물론 억측이나 희망의 여지도 남지 않도록 해야 했다. 레이몽드가 죽었다고 생각하게 해야 했다. 살인으로 위장하여 수사 당국에 거짓 증거를 제공했다. 범행은 확실한 것이 되었다. 게다가 범행은 공범의 협박장으로 예고되었던 것이고, 동기도 두목이 죽은 것에 대한 복수라고 했다. 이것으로 또 — 이것이 이 계획의 교묘한 점이지만 — 뤼팽의 사망설에 대한 믿음과 같은 것을 심어 주는 데 성공한 것이었다.

그런데 신념만으로는 충분하지 않았다. 확증을 보일 필요가 있었다. 뤼팽은 내 행동을 예상하고 있었다. 내가 예배당의 트릭을 알아낼 것을 예상하고 있었다. 내가 지하 납골당을 발견했을 때, 그곳이 텅 비어 있으면 지금까지의 뤼팽의 계획은 물거품이 되고 말았다.

그 때문에 납골당을 비워 두어서는 안 되었다.

마찬가지로 레이몽드의 죽음 역시 파도가 시체를 밀어 올려놓지 않는 한, 결정적인 것은 되지 못할 것이었다.

생 베랑의 시체를 바다 위로 떠오르게 하자!

어려운 일일까? 두 가지 모두 불가능한 일이었다.

그렇다, 뤼팽 아닌 다른 사람이라면 불가능했겠지만, 뤼팽이라면······.

예측했듯이 나는 예배당의 트릭을 알아냈으며, 납골당을 발견했고, 뤼팽이 숨어 있던 은신처로 내려갔다. 뤼팽의 시체는 그곳에 있었다!

뤼팽이 죽었다는 가능성을 인정하는 사람이라면, 누구라도 이 위장 공작에 속았을 것이다. 그러나 나는 한순간도 그 가능성을 인정하지 않았다. 처음에는 직감적으로 의심했고,

논리적으로도 부정했다. 따라서 위장 공작은 통하지 않고, 모든 책략은 효과가 없었다. 나는 곡괭이로 움직인 돌덩이가 슬쩍 건드리기만 해도 아래로 떨어져서, 가짜 아르센 뤼팽의 얼굴을 알아볼 수 없게 만들도록 준비되어 있었음을 이내 깨달았다.

이날 또 한 가지 발견한 것이 있었다. 30분 뒤, 레이몽드의 시체를 디에프의 바위 위에서 발견했다는 통보가 있었다. 사실 이 시체가 레이몽드가 끼고 있던 것과 비슷한 팔찌를 끼고 있었기 때문에 레이몽드라고 추정한 것이었다. 시체 손상이 심해서 팔찌 외에는 신원을 확인할 단서가 없었다.

여기서 나는 문득 생각나는 일이 있었다. 며칠 전 디에프의 '라 비지' 신문에서, 앙벨므에 머물고 있던 젊은 미국인 부부가 음독자살을 했는데, 죽은 지 얼마 되지 않아 시체가 없어졌다는 기사를 읽은 일이 있었다. 나는 앙벨므로 달려갔다. 신문사에 문의하자, 이 이야기는 사실이지만 시체가 없어졌다는 것은 오보로, 남편의 형제가 와서 확인 수속을 끝내고 시체를 운반해 갔다고 했다. 이 형제가 바로 아르센 뤼팽과 부하라는 것은 의심할 여지조차 없었다.

이것으로 증거는 충분하다. 아르센 뤼팽이 레이몽드가 살해된 듯이 꾸미고 자신도 죽었다는 소문을 퍼뜨린 이유는 지금 분명해졌다. 뤼팽은 사랑을 하고 있고, 그것을 남들에게 알리고 싶지 않은 것이다. 비밀을 지키기 위해서 어떠한 수단도 가리지 않았고, 자신과 레이몽드의 역할을 하도록 하기 위해, 시체 두 구를 훔치는 것과 같은 믿을 수 없는 일까지도 거뜬히 해치웠다. 그리고 그는 마음을 놓았을 것이다. 이제는 어느 누구도 그를 불안하게 하지 못할 것이라고. 누구 한 사람 그가 보여 주는 진상에 의심을 품을 사람은 없을 것이기 때문이었다.

누구 한 사람도? 그렇지 않았다. 뤼팽은 적어도 세 사람은 의심을 할지도 모른다고 생각했다. 파리에서 돌아올 가니마르 경감, 영불 해협을 건너올 셜록 홈스, 그리고 현지에 있는 나. 이것은 3중의 위험이었다. 뤼팽은 이 위험을 미리 막으려고 했다. 가니마르를 납치했고, 셜록 홈스도 납치했다. 브레두에게 명령해서 나를 단도로 습격하게 했다.

여기에서 알 수 없는 점이 하나 있다. 어째서 뤼팽이 '에귀유 크뢰즈'가 적힌 종이쪽지를 나에게서 빼앗으려고 그토록 정신없이 덤볐는가 하는 일이다. 설마 그것을 되찾기만 하면, 그 다섯 줄의 문장을 내 기억에서 없앨 수 있다고 생각한 것은 아닐 것이다. 그렇다면 어째서일까? 그 종이의 재질이나 다른 특징으로 내가 단서를 잡는 것을 두려워했기 때문일까?

그 이유가 뭐든, 이상이 앙브뤼메지 사건의 진상이다. 다시 말하지만, 내 설명에는 가설이 상당한 역할을 하고 있으며 내 개인적인 조사 활동에도 추정이 중요한 역할을 하고 있다. 그러나 뤼팽을 상대로 싸울 때는, 확실한 증거와 사실이 나타나기를 기다리고 있다가는 영원토록 기다려야 하거나, 뤼팽이 준비한 증거나 사실에 끌려 목적과는 정반대의 방향으로 가게 될 위험이 크다.

사실이 모두 밝혀지면, 나의 가설은 모든 점에서 옳다고 확증될 것이라고 믿는다.

이와 같이 보트를레는, 한때는 아르센 뤼팽에게 위협당하고, 납치된 아버지를 걱정한 나머지 패배했다고 체념했으나 결국은 침묵으로 끝낼 수 없었다. 진상은 너무나도 매력적이고 기괴했으며 그가 증명한 방법은 참으로 논리 정연하고 결론적이어서, 이 진상을 그릇되게 전하는 것을 용인할 수 없었다. 전 세계가 그의 발표를 기다리고 있었다. 그래서 그는 진실을 이야기했던 것이다.

이 기사가 발표된 날 저녁, 각 신문은 보트를레의 아버지가 납치된 것을 보도했다. 보트를레는 3시에 받은 셸부르에서 온 전보로 그 사실을 알았다.

추적

보트를레는 크게 충격을 받아 어리둥절한 모양이었다. 그 기사를 발표한 것은 저항하기 어려운 열정 때문이었고, 신중하게 생각할 필요성을 완전히 무시했기 때문이었는데, 사실을 말하면 아버지가 납치되리라고는 믿지 않았기 때문이다.

그는 철저히 대비책을 세웠다. 보트를레의 아버지를 보호하라는 명령을 받았던 셸부르의 친구들은 보트를레 씨의 신변을 보호할 뿐만 아니라, 출입을 엄중히 감시했고, 결코 혼자서는 밖에 내보내지 않았으며, 배달된 편지도 뜯어서 살펴본 다음에야 전해 줄 정도로 마음을 썼다. 그렇기 때문에 절대로 위험은 없었다. 뤼팽이 호언장담했지만, 그것은 시간을 벌기 위해 보트를레에게 공포를 느끼게 하려던 것일 뿐이라고 생각했다. 따라서 보트를레에게 충격은 불의의 습격이라고도 할 수 있었다. 보트를레는 그날 하루 종일 아무것도 할 수 없어 충격의 고통을 씹고 있었다. 오직 한 가지 생각에 그는 골몰했다. 그는 우선 직접 현지로 가서 사정을 확인하고, 그런 다음 대책을 세우기로 결정했다.

그는 셸부르로 전보를 쳤다.

8시쯤, 생 라자르 역으로 갔고, 몇 분 뒤 그는 급행열차를 타고 있었다.

그리고 한 시간 뒤 플랫폼에서 산 석간신문을 무심코 펴 보고, 처음으로 자신의 기사에 간접적으로 대답한 뤼팽의 편지가 실려 있는 것을 알았다.

편집장 귀하

저는 저와 같은 하찮은 인간이 ─ 현대보다도 더 영웅적인 시대였다면 틀림없이 완전히 무시되었을 존재가 ─ 이 무기력하고 평범하고 용렬하기 이를 데 없는 이 시대에 이토록 눈에 띈다고 해서 자부심을 느끼는 사람은 결코 아닙니다.

일반 대중의 건전하지 못한 호기심에도 넘어서는 안 될 선이 있고, 그것을 넘을 때에는 파렴치한 사생활 침해 행위로 비난받아 마땅할 것입니다. 만약 제 사생활을 보호하는 벽이 존중되지 않는다면, 선량한 시민의 권리는 어떻게 지켜질까요?

세상은 진실을 알 권리가 있다는 대의명분을 내세울 생각인가요? 적어도 저에 대해서는 그것은 쓸데없는 구실에 지나지 않습니다. 진실은 이미 알려져 있고, 저는 언제라도 그것을 정식으로 인정할 수 있습니다. 그렇습니다. 레이몽드는 살아 있습니다. 분명히 저는 레이몽드를 사랑하고 있습니다. 분명히 저는 레이몽드의 사랑을 받지 못하는 것을 슬프게 생각하고 있습니다. 분명히 보트를레 소년의 조사는 정확했습니다. 그러므로 우리는 온갖 일에서 의견 일치를 보았습니다. 수수께끼 같은 것은 없습니다. 그러면 무엇이 문제일까요?

영혼의 깊숙한 밑바닥까지 상처를 입고, 더 잔혹하게 마음에 상처를 입고, 여전히 피를 흘리면서, 저는 제 마음 깊이 숨긴 감정이나 희망이 더는 대중의 악의에 맡겨지기를 바라지 않습니다. 저는 평화로운 생활을 원합니다. 레이몽드의 애정을 얻기 위해 그 평화가 필요합니다. 또 레이몽드가 가난한 친척의 딸이라서 숙부와 사촌에게서 받은 무수한 모욕 — 이것은 알려지지 않은 일입니다 — 과 굴욕적인 학대를 레이몽드의 기억에서 깨끗이 없애기 위해서도 평화가 필요합니다.

레이몽드는 언젠가는 이 과거를 잊을 것입니다. 레이몽드가 원하는 것은 무엇이든, 그것이 세상에서 가장 아름다운 보석이라도, 가장 값비싼 보물이라도, 저는 레이몽드의 발밑에 바칠 것입니다. 레이몽드는 행복해질 것이고, 저를 사랑하게 될 것입니다.

그러나 이것이 이루어지려면, 다시 말하지만 저에게는 평화가 필요합니다. 그러므로 저는 무기를 버리고, 적에게 올리브 가지를 바칩니다. 다만 휴전에 응하지 않으면, 그에 따른 위험이 기다리고 있음을 정정당당하게 경고합니다.

해링턴에 관해서 한마디 합니다. 이 사람은 미국의 대부호 쿨리 씨의 비서로, 아주 착한 남자입니다. 유럽에서 온갖 옛 미술품을 수집해 오라는 명령을 받고 이곳에 온 것입니다. 불행하게도 그는, 친구인 에티엔느 드 보드레, 일명 아르센 뤼팽, 다시 말해서 저를 상대로 교섭하게 되었습니다. 그리고 제브르 백작이 루벤스의 그림 넉 점을 내놓고 싶어 한다 — 이것은 제가 지어낸 거짓말입니다만 — 는 사실을 알았던 것입니다. 다만 제브르 씨의 조건은 그 그림을 모사품과 바꾸어야 한다는 것, 그리고 이 사실을 비밀로 해야 한다는 것이었습니다. 보드레는 제브르 백작이 예배당도 팔게 할 자신이 있다고 했습니다. 보드레는 성의를 갖고 교섭했고, 해링턴은 상대를 믿었습니다.

마침내 루벤스의 그림과 예배당의 조각품들은 안전한 장소로 옮겨졌습니다. 그런데 그만 해링턴이 투옥되었습니다. 불행한 미국인은 사기를 당한 피해자에 지나지 않기 때문에 즉시 석방되어야 하고, 대부호 쿨리는 귀찮은 일이 일어날 것을 두려워하여 비서가 경찰에 잡혔는데도 그에 대해 아무런 항의도 하지 않았기 때문에 벌을 받아야 합니다. 이 점에 관해서는 에티엔느 드 보드레, 다시 말해서 저의 행동은 칭찬을 들어야 합니다. 왜냐하면 쿨리에게 선불로 받은 50만 프랑을 돌려주지 않음으로써 복수를 해 주었기 때문입니다.

편집장님, 문장이 간결하지 못한 점, 용서하십시오.

— 아르센 뤼팽

보트를레는 이 편지의 문장을, 에귀유 크뢰즈 문서를 연구하던 때와 마찬가지로, 빈틈없이 음미했다. 그는 먼저 다음과 같이 전제하고 생각을 했다.

뤼팽이 일부러 재미있는 편지를 신문에 투서할 때는 언제나 반드시 무언가 필요가 있을 때, 무언가 동기가 있을 때였고, 그 본심은 나중에 밝혀졌다. 이 전제가 옳다는 것을 증명하는 것은 아주 간단하다. 그런데 이번 투서의 동기는 무엇일까? 어떤 비밀이 있기에 자신의 사랑을 고백하고, 실연을 인정한 것일까? 이 고백에 뤼팽의 진의를 찾을 수 있는 단서가 있을까? 아니면 해링턴에 관해 설명한 부분에 단서가 있을까? 또는 편지의 행간에, 낱말 뒤에 감추어져 있는 걸까? 이 표면상의 문장은, 진상을 왜곡하기 위한 거짓임에 틀림없다.

소년은 찻간에 틀어박혀, 몇 시간이고 불안스레 생각하고 있었다. 이 편지는 마치 그를 위해 쓴 듯한, 그가 갈피를 잡지 못하게 하기 위해 쓴 듯하다는 의심이 생겼다. 그는 직접적인 공격이 아니라 정체를 알 수 없는 투쟁 방법에 맞닥뜨렸기 때문에, 처음으로 뚜렷한 공포감에 사로잡혔다. 그리고 자기 때문에 납치된 늙은 아버지를 생각했고, 이런 특출한 적과 대항한다는 것은 미친 짓이 아닐까 하고 자문자답하며 괴로워했다.

결과는 뻔히 알고 있는 것이 아닌가? 처음부터 뤼팽의 승리가 분명하지 않았는가?

하지만 이것도, 한때의 약한 마음이었다. 아침 6시에 기차가 역에 도착하자, 몇 시간의 잠으로 기운을 회복한 그는 여느 때와 다름없이 자신감이 넘쳤다.

플랫폼에는 보트를레의 아버지에게 거처를 제공했던 해군 공창의 종업원 프로베르발이 열세 살쯤 된 딸 샬럿을 데리고 기다리고 있었다.

"어떻게 된 겁니까?"

보트를레가 물었다.

사람 좋은 프로베르발이 즉각 여러 가지 이야기를 늘어놓았지만 정리가 되지 않은 말이었다. 보트를레는 두 사람을 가까운 카페로 데리고 가 커피를 주문했다.

"아버지가 납치되었다는 건 사실이 아니죠? 그럴 리가 없어요."

"그렇고말고요. 그런데 감쪽같이 없어지고 말았단 말이오."

"언제부터요?"

"모르겠소."

"뭐라고요?"

"어제 아침 6시에 아래층으로 내려오지 않아, 내가 방문을 열어 보았소. 그때 이미 계시지 않았소."

"그저께는 계셨겠지요?"

"그럼요. 그저께는 방에서 나오지 않으셨소. 조금 피곤하다고 하시기에 딸 샬럿이 정오에 점심 식사를 가져다 드렸고, 저녁 7시에는 저녁 식사를 가져다 드렸지요."

"그럼, 아버지께서 사라지신 것은 그저께 저녁 7시부터 어제 아침 6시 사이군요."

"그렇소, 그저께 밤이오. 다만……."

"다만?"

"밤에는 해군 공창에서 밖으로 나갈 수 없어요."

"그럼, 밖으로 나가지 않으셨단 말이군요?"

"결코 나갈 수 없어요. 나는 동료들과 군항 안을 샅샅이 뒤져 보았소."

"그럼 밖으로 나가셨다는 말인가요?"

"그럴 리가 없어요. 출구는 모두 엄중히 지켜지고 있었으니 까."

보트를레가 잠시 생각하더니 말했다.

"침대에 잠을 잔 흔적이 있던가요?"

"아니요."

"방 안이 잘 정돈되어 있었단 말이지요?"

"그럼요. 파이프도 담배도 읽던 책도, 그대로 있었소. 그 책 안에 당신의 스냅 사진까지 있었소."

"보여 주세요."

프로베르발은 보트를레에게 사진을 건네주었다. 그것을 받아 본 보트를레는 깜짝 놀랐다. 스냅 사진은 자신의 것이었다. 나무와 폐허가 있는 잔디밭에서, 두 손을 주머니에 찌르고 서 있는 모습이었다.

프로베르발이 말했다.

"이 사진은 당신이 아버지에게 보낸 최근 사진 아니오? 보시오, 뒤에 4월 3일이라는 날짜, 사진 기사 이름은 R. 드발. 그리고 마을 이름이 적혀 있는데. 리옹…… 아마도 리옹 쉬르메르라는……."

보트를레는 사진을 뒤집어 그의 글씨체로 쓰인 짧은 메모를 읽어 보았다.

"…… R. 드발, 4.3. 리옹."

그는 잠시 입을 다물었다가 말했다.

"아버지께서 당신에게 이 스냅 사진을 보여 주신 적이 있었나요?"

"아니요. 그래서 그 사진을 발견했을 때, 이상하다고 생각했소. 아버지는 당신에 관해 자주 말하곤 했으니까 말이오."

또다시 침묵.

그러다가 프로베르발이 중얼거렸다.

"공장에 일이 있어서…… 돌아갈까요?"

보트를레는 입을 다물었다.

보트를레는 사진을 여러 각도에서 살폈다.

"마을에서 5킬로미터 못 미쳐 리옹 도르(금사자) 여관이 있습니까?"

"그렇소. 있고말고요. 여기서 4킬로미터 되는 곳에."

"발로뉴 도로에 있지요?"

"맞소."

"그렇다면 그 여관이 뤼팽 일당의 본부였을 거라고 생각합니다. 그곳에서 아버지와 연락을 했습니다."

"그런 일이! 당신 아버지는 아무하고도 말하지 않았고, 그 누구도 만나지 않았소."

"아무도 만나지 않았지만 연락을 받았습니다."

"증거가 있소?"

"이 사진입니다."

"당신 사진이지 않소?"

"분명히 제 것이지만 전 보내지 않았습니다. 이런 사진은 처음 봅니다. 제가 모르는 사이에 앙브뤼메지의 폐허에서 찍힌 것이군요. 틀림없이 예심 판사의 서기가 한 짓일 겁니다. 그는 아르센 뤼팽의 부하이니까."

"그렇다면?"

"아버지가 믿게 하려고 이 사진을 패스포트나 명함 대신으로 사용한 거예요."

"하지만 누가? 누가 어떻게 집에 침입했을까요?"

"모릅니다. 어쨌든 아버지는 함정에 빠졌죠. 누군가 아버지께 제가 가까운 곳에 있는데, 리옹 도르의 여관에서 아버지를 만나

172

고 싶어 한다고 전해서 아버지를 믿게 했겠지요."

"터무니없는 일이오! 확실한 증거가 있소?"

"간단한 일입니다. 누군가 제 필적을 흉내 내, 사진 뒤에 약속 장소를 쓴 것입니다. 발로뉴 도로, 4.3킬로미터, 리옹 도르……. 그리고 아버지가 가시자 재빨리 납치한 것이지요."

"과연!"

프로베르발이 깜짝 놀라 중얼거렸다.

"…… 분명히, 그랬을 거요. 하지만 밤에 어떻게 밖으로 나갔는지는 역시 알 수 없군요."

"낮에 나가셨을 겁니다. 약속 장소에서 밤까지 기다리실 생각으로."

"그저께 하루 종일 방에 계셨습니다."

"확인할 방법이 있습니다. 프로베르발 씨, 해군 공창까지 갔다 오세요. 그저께 오후 경비를 섰던 사람 가운데 한 명을 찾으세요. 서둘러야 합니다. 저는 언제까지나 여기에 있을 수는 없으니까요."

"떠나려고요?"

"예, 기차를 타야 합니다."

"뭐라고요? 그러나 아직 아무것도 모르잖아요. 조사도……."

"조사는 끝났습니다. 알고 싶었던 것은 거의 알았습니다. 한 시간 뒤에는 셸부르를 떠날 것입니다."

프로베르발은 일어섰다. 그는 당황한 표정으로 보트를레를 바라보다가 모자를 집어 들었다.

"함께 갈까, 샬럿?"

"아니에요."

보트를레가 대신 말했다.

"조금 더 듣고 싶은 것이 있어요. 샬럿은 제게 맡겨 두세요. 그러면 둘이 얘기할 수 있으니까요."

프로베르발은 나갔다. 보트를레와 소녀는 카페에 있었다. 몇 분이 흘렀다. 소년이 와서 커피 잔을 갖고 갔다.

보트를레와 소녀의 눈이 마주쳤다. 그러자 보트를레는 다정하게 소녀의 어깨에 손을 얹었다. 소녀는 마치 숨이 막힌 것처럼 어쩔 줄 몰라 하며 그를 보았다. 그러고는 갑자기 두 손으로 얼굴을 감싸고 훌쩍거리며 울기 시작했다.

보트를레는 한참 동안 소녀가 우는 것을 그대로 두었다가 이렇게 말했다.

"모두 네가 그랬지? 네가 심부름했지? 사진을 가지고 온 것도 너였지? 그저께 아버지가 방에 계셨다고 한 것도 거짓말이지? 아버지가 밖으로 나가시도록 도운 것도 너였지?"

소녀는 잠자코 있었다. 보트를레는 계속했다.

"어째서 그런 짓을 했지? 돈을 받았을 것 같군. 리본이나 옷을 샀지?"

그는 샬럿의 팔을 내리고 머리를 들게 했다. 눈물에 젖은 얼굴은 유혹에 넘어가기 쉬운, 약한 그녀의 성격을 대변하고 있었다.

"그만두자. 다시는 이런 이야기를 하지 않을게. 어떻게 했는지도 묻지 않겠어. 하지만 나에게 도움이 될 만한 일은 모조리 말해 줘. 그 사람들이 한 말, 기억나는 것 없니? 어떻게 데려갔지?"

소녀가 곧 대답했다.

"자동차로……. 그들이 자동차 이야기를 하는 걸 들었어요."

"어떤 길로 갔지?"

"그런 것은 몰라요."

"단서가 될 만한 이야기를 하지 않았어?"

"아무 말도……. 하지만 한 사람이 이런 말을 했어요. '빨리 서둘러. 내일 아침 8시에 두목이 저쪽으로 전화를 하게 되어 있으니까.'라고요."

"저쪽이라니? 어디지? 생각해 봐. 마을 이름일 거야."

"맞아요. 마을 이름 같아요. 샤토…… 뭐라고 했던 것 같은데?"

"샤토브리앙? 샤토티에리?"

"아니에요."

"샤토루?"

"그래요! 샤토루예요."

보트를레는 소녀가 말을 다 끝내기도 전에 자리에서 벌떡 일어났다. 그러고는 프로베르발과 소녀를 아랑곳하지 않고, 카페 문을 열고 역을 향해 달려갔다.

"샤토루……, 샤토루 한 장!"

"르 망 투르 경유로요?"

역원이 물었다.

"가장 빠른 걸로요. 점심쯤에 도착할 수 있을까요?"

"안 되는데요."

"저녁쯤에는요? 밤에는요?"

"안 됩니다. 그렇게 하려면 파리를 경유해야 합니다. 파리발 급행이 8시에 있으니까. 그런데 너무 늦었군요."

그러나 너무 늦지 않았다. 보트를레는 가까스로 급행을 탈 수 있었다.

"자."

보트를레가 손을 비비면서 말했다.

"셸부르에는 한 시간밖에 있지 않았지만 아주 유용하게 썼어."

샬럿은 거짓말을 했지만 보트를레는 그것을 꾸짖고 싶은 생각이 전혀 없었다. 소녀는 어찌할 바 몰라 했다. 보트를레는 그 소녀의 눈에서 자신이 저지른 잘못에 대한 수치심과 함께 조금이라도 잘못을 보상하게 된 기쁨을 보았다. 따라서 뤼팽이 암시한 다른 마을, 일당과 전화로 연락을 하게 된 마을이 샤토루라는 것을 굳게 믿었다.

파리에 도착하자 보트를레는 미행을 당하지 않도록 조심했다. 지금은 중요한 때였다. 아버지께서 계신 곳으로 가고 있었다. 조금이라도 경솔하게 행동하면 모든 것을 망칠 수도 있었다. 보트를레는 스스로에게 차분하게 행동할 것을 요구했다.

보트를레는 먼저 고등학교 친구의 집에 들러, 아무도 알아볼 수 없게 변장을 하고, 그곳을 나왔다.

그의 모습은 영락없는 서른 살 전후의 영국인 같았다. 큼직한 바둑판무늬가 있는 갈색 양복, 반바지에 긴 양말, 여행용 모자를 착용하고, 짧은 수염까지 턱에 붙였다.

보트를레는 그림 도구를 실은 자전거를 타고, 오스테르리츠 역으로 향했다.

그날 밤 그는 이수뎅에서 묵었다. 다음 날 아침에는 동이 트자마자 자전거에 올라탔다. 7시에 샤토루의 우체국에 들러 파리에 장거리 전화를 부탁했다. 기다리는 동안 직원들과 이런저

런 이야기를 나누었다. 그러던 중 그저께 이 시간쯤 운전기사 복장을 한 사람이 역시 파리에 전화 통화를 한 것을 알아낼 수 있었다.

증거를 발견했다. 더는 이곳에 있을 필요가 없었다.

그날 오후, 확실한 목격자에게서 리무진이 투르 가도를 달려 뷔장세 마을을 지났고, 샤토루를 통과해 숲 변두리에서 멈추었 다는 정보를 들었다.

그리고 10시쯤 포장마차 한 대가 리무진 옆에 서더니, 잠시 뒤, 부잔느 계곡을 지나 남쪽으로 갔다는 것도 알아냈다. 그때 마부 옆에 다른 남자가 있었다. 리무진은 마차와는 반대 방향, 즉 북쪽 이수뎅을 향해 달려갔다고 한다.

보트를레는 그 마차의 주인을 간단히 찾아냈지만, 참고할 만 한 것은 아무것도 듣지 못했다. 마차와 말을 어떤 남자에게 빌려 주고, 다음 날 그 남자가 돌려주러 왔다는 이야기가 전부였다.

그날 밤, 마침내 보트를레는 문제의 그 자동차가 이수뎅을 통 과하여 계속해서 오를레앙 쪽, 다시 말해 파리를 향해 갔다는 것을 알아내게 되었다.

이런 것들을 종합해 보면, 보트를레의 아버지가 이 부근에 있 는 것은 틀림없다는 결론이 나왔다. 그렇지 않으면 누군가가 일 부러 5백 킬로미터 떨어진 곳으로 와, 샤토루에서 전화를 걸고,

곧바로 방향을 바꿔 파리로 돌아갔다고밖에 생각할 수 없는 것이었다. 이 놀라울 만큼 먼 곳까지 온 데는 뭔가 특별한 목적이 있었을 것이다. 다시 말해서 보트를레의 아버지를 지정된 장소로 옮기려는 목적 말이다.

그 장소는 내 손이 닿는 곳에 있다. 여기서 5, 6킬로미터 되는 그곳에서, 아버지는 내가 구하러 오기를 기다리고 계신다. 아버지는 그곳에 계신다. 내가 숨 쉬는 것과 똑같은 공기로 숨을 쉬고 계신다. 보트를레는 희망에 부풀어 부르르 몸을 떨었다.

즉시 그는 행동을 개시했다. 지도를 펴 놓고, 그것을 작은 구역으로 나누어 차례로 구역들을 찾아 나섰다. 농장에 들어가, 농부들의 이야기를 들었고, 초등학교 선생, 촌장, 신부를 만났고, 주부들과 잡담을 하기도 했다.

보트를레는 점점 자신감이 생겼다.

아버지뿐만 아니라, 뤼팽에게 잡혀 있는 모든 사람들, 레이몽드, 가니마르, 셜록 홈스, 그리고 더 많은 사람을 구출해 낼 수 있을 것만 같았다. 그들이 있는 곳을 찾는 것은 뤼팽의 요새 중심부를 공격하는 것이고, 뤼팽이 전 세계에서 훔쳐 온 보물들을 쌓아 놓은 비밀 은신처로 들어가는 행위일 것이 분명했다.

그러나 그의 처음 생각과는 달리 2주일 동안 그의 수색은 헛수고였다. 보트를레의 열의는 엷어졌고, 자신감도 점차 시들해졌다. 성공할 가망성이 조금도 보이지 않았으므로, 그는 불가능하다고 생각하기에 이르렀다.

다시 여러 날, 단조롭고 실망으로 점철된 시간이 흘러갔다. 그러던 어느 날이었다. 신문에서 제브르 백작이 딸을 데리고 앙브뤼메지를 떠나, 니스 부근으로 거처를 옮겼음을 알게 되었다. 또 아르센 뤼팽이 지적한 대로, 해링턴이 석방된 것도 알게 되었다.

보트를레는 샤토루에서 이틀, 아르장통에서 이틀간 머물면서 근거지를 옮겨 보았다. 그러나 결과는 마찬가지였다.

보트를레는 전의를 상실했다. 아버지를 데리고 간 자동차는 어느 구간을 달려갔다. 그러나 그 뒤로 다른 마차가 아버지를 태우고 사라졌다. 아버지는 먼 곳에 있다. 그는 이곳을 떠나야 한다고 생각했다.

월요일 아침, 우표가 붙어 있지 않은 편지가 파리에서 날아왔다. 봉투에 쓰인 글씨를 보고 보트를레는 소스라치게 놀랐다. 너무 흥분해서 봉투를 얼른 뜯을 수도 없었다. 손이 떨렸다. 어떻게 이런 일이 있을 수 있단 말인가? 이것은 저 잔인무도한 적이 만들어 놓은 함정이 아닐까? 그는 마음을 단단히 먹고 봉투를 뜯었다. 틀림없는 아버지의 편지였다. 글씨도 눈에 익은 아버지의 필체였다. 그는 편지를 읽어 내려갔다.

사랑하는 아들아

이 편지가 과연 네게 전해질지 어떨지 모르겠다.

납치된 날, 밤새도록 자동차를 타고 달리다가 아침이 되어서야 마차에 옮겨졌다. 눈을 가리고 있었기 때문에 아무것도 볼 수가 없었다. 내가 갇혀 있는 이 성은 건축 양식과 정원의 식물로 보아, 아무래도 프랑스 중부 지방에 있는 것 같다. 내가 있는 방은 3층이고 창문은 두 개가 있는데, 하나는 온통 등나무로 덮여 있다. 오후에는 정해진 시간에 정원을 걸을 수 있지만, 감시는 아주 엄중하다.

모든 것을 운명에 맡기기로 하고, 나는 이 편지를 써서 돌로 묶어 두겠다. 언제든 이것을 담 밖으로 던질 수 있겠지. 그렇게 하면 지나가던 농부가 주울지도 모른다. 너무 걱정하지 마라. 이들은 아주 잘 대해 준다.

— 너를 사랑하고, 너에게 걱정을 끼친 것을 후회하는 아버지가

보트를레는 편지의 소인을 보았다. 앵드르의 퀴지옹이었다. 앵드르라고? 몇 주 동안 구석구석 찾아 헤맨 곳이 아닌가!

그는 언제나 갖고 다니는 포켓 가이드를 펴 보았다. 퀴지옹은

에귀종에 있었다. 그곳도 지나온 곳이었다.

보트를레는 만약을 위해 이곳 사람들에게 알려진 영국인 변장을 지우고, 노동자로 변장하고 퀴지옹으로 갔다. 작은 마을이어서 편지를 보낸 사람을 곧 알 수 있었다.

"지난 수요일에 보낸 편지 말인가?"

촌장이 말했다. 사람 좋아 보이는 촌장은 보트를레에게 친절했다.

"그거라면 생각나는 게 있지……. 토요일 아침, 칼을 갈아 주는 샤렐 노인을 마을 변두리에서 만났는데 이렇게 묻더군. '촌장님, 우표가 없는 편지도 보낼 수 있나요?'라고. 그래서 '보낼 수 있고말고요.'라고 내가 대답했지. 그랬더니 또 '확실히 배달됩니까?' 하고 물어서 '요금을 내야겠지만 가기는 갑니다.' 하고 말했네."

"샤렐 노인이 사는 곳은 어디입니까?"

"저기 언덕 위, 공동묘지 뒤쪽의 오두막에서 혼자 살아. 같이 갈까?"

노인이 사는 오두막은 키 큰 나무들로 둘러싸인 포도밭 한가운데 외따로 서 있었다. 두 사람이 마당에 들어서자 딱따구리 두 마리가 개가 묶여 있는 개집에서 날아올랐다. 그런데 개는 두 사람이 가까이 가도 짖지도, 움직이지도 않았다.

보트를레는 이상하게 생각하고 가까이 가 보았다. 개는 옆으로 엎어진 채 다리를 뻗고 죽어 있었다.

두 사람은 급히 집 쪽으로 뛰어갔다. 문이 열려 있었다.

천장이 낮은 방 안으로 들어갔다. 아무렇게나 내던져진 싸구려 짚 매트 위에 한 남자가 옷을 다 입은 채로 누워 있었다.

"샤렐!"

촌장이 소리쳤다.

"이봐, 이 사람도 죽은 건가?"

노인의 손은 차가웠고, 얼굴은 소름 끼칠 정도로 창백했다. 그러나 심장은 희미하게나마 뛰고 있었다. 눈에 보이는 상처는 없었다.

두 사람은 노인을 살리려고 노력했으나 노인의 의식이 돌아오지 않아, 보트를레는 의사를 부르도록 했다. 그러나 달려온 의사도 더는 할 수 있는 것이 없었다. 노인은 고통스러워 보이진 않았다. 잠든 것 같았는데, 어쩐지 부자연스런 잠이었다. 최면술에 걸렸거나 수면제를 먹은 것 같기도 했다.

다음 날 밤, 보트를레가 지켜보고 있는데, 노인의 호흡이 눈에 띄게 좋아졌다. 노인이 자신을 마비시켰던 보이지 않는 사슬에서 벗어나 이제 자유로워지는 것 같았다.

새벽녘이 되어서야 샤렐 노인은 온전한 정신을 되찾았다. 정상적인 기능을 되찾았고, 먹고 마시고 움직였다. 그러나 그날은 보트를레의 질문에 대답할 수 있는 상태가 아니었다. 뇌는 아직 원인을 알 수 없는 마비 상태에서 벗어나지 못하고 있었다.

다음 날 아침, 노인이 보트를레에게 물었다.

"자네는 왜 여기에 있지?"

자기 옆에 낯선 사람이 있다는 사실에 노인은 무척 놀란 얼굴이었다.

조금씩 노인은 의식을 되찾았다. 여러 가지 일을 얘기했고, 앞으로의 계획도 설명했다. 그러나 잠들기 전의 일을 물으면, 노인은 아무것도 모르는 것 같았다.

실제로 노인은 아무것도 모르고 있다고 보트를레는 느꼈다. 지난 금요일 이후에 일어났던 일을 전혀 기억하지 못하고 있었다. 마치 시간의 흐름 속에 생겨난 균열 같은 것이었다. 금요일 아침의 일, 시장에서 한 일, 여관에서 먹었던 식사에 관해 얘기했지만 그 뒤로는 아무것도 기억하지 못했다. 눈을 뜬 것이 바로 다음 날 아침이라고 생각하는 것 같았다.

보트를레에게는 불운이었다. 진실은 거기에 있었다. 아버지가 감금되어 있는 저택의 담을 본 이 노인의 눈에, 편지를 주운 그 손에. 그 몽롱한 머리에는 비극의 무대가 된 장소에 대한 기억이 각인되어 있을 것이었다. 그런데도 그 눈에서도, 손에서도, 머리에서도 가까이 있는 진실의 희미한 메아리조차 끌어낼 수 없었다.

보트를레의 노력이 부딪히게 된, 감지할 수 없는 장애, 침묵과 망각이라는 장애는 뤼팽이 흔히 쓰는 방법이었다! 아버지가 도움을 청하는 신호를 보낸 것을 알고, 불리한 증언을 할 사람의 입을 막기 위해 뇌의 기능을 부분적으로 마비시키는 것은 뤼팽만이 할 수 있는 일이었다. 보트를레는 뤼팽에게 자신의 정체가 발각되었다고 생각하지 않았다. 아버지의 편지를 받은 보트를레가 비밀리에 반격하려는 것을 알고, 뤼팽이 방어책을 준비한 것이라고도 생각하지 않았다. 그렇다고 하더라도 샤렐 노인이 경찰 당국에 말할 가능성을 아예 차단하는 것은 영리한 방법이었다. 이렇게 해 두면, 어느 저택에 감금된 사람이 도움을 청했다는 사실을 아무도 알지 못할 테니까 말이다.

아무도? 아니다. 보트를레는 알고 있었다. 샤렐 노인은 아무 말도 하지 않았다. 그렇다고 치자. 적어도 노인이 들렀던 시장이나, 그곳에서 돌아오던 길을 알아낼 수 있었다. 그리고 그 길 어딘가에 이르러, 어쩌면…….

지금까지 보트를레는 샤렐 노인의 오두막을 드나들 때, 사람들의 눈에 띄지 않도록 주의를 했는데, 앞으로는 두 번 다시 가지 말아야겠다고 생각했다. 마을에서 들은 정보에 따르면, 금요일에 장이 서는 곳은 프레스린느로 14 ~ 15킬로미터 떨어진 큰 마을이었다. 그 마을에 가려면 돌아가는 큰길이나 지름길로 가야 했다.

금요일에 보트를레는 큰길을 따라 마을로 갔다. 길가에 주의를 끌 만한 것은 아무것도 없었다. 높은 담도, 오래된 저택도 없었다. 프레스린느에서 점심 식사를 하는데 칼갈이 수레를 밀면서 광장을 지나는 샤렐 노인이 눈에 띄었다. 보트를레는 조금 떨어져서 그 뒤를 밟았다.

샤렐 노인은 두 번쯤 걸음을 멈추고는 한참 동안 많은 칼을 갈았다. 그런 다음 이윽고 클로장과 에귀종 마을로 이어진 길을 걷기 시작했다.

보트를레는 그의 뒤를 밟아 그 길로 들어섰다. 그런데 5분도 안 되어서 노인의 뒤를 밟는 사람이 자기 혼자가 아니라는 생각이 들었다. 노인과 자신 사이에 다른 남자가 있었는데, 샤렐 노인이 걸음을 멈추면 그 남자도 걸음을 멈추고 다시 걸으면 그도 따라 걸었다. 그렇다고 눈치챌까 봐 조심하는 것 같지도 않았다.

'감시하고 있군.'

보트를레는 생각했다. 심장이 두근거렸다. 드디어 결정적인 순간이 온 것이었다.

세 사람은 한 줄로 서서, 가파른 언덕을 올라갔다 내려갔다 하며 클로장에 닿았다. 그곳에서 샤렐 노인은 한 시간쯤 쉬었다. 그런 다음 강 쪽으로 내려가 다리를 건넜다. 그런데 그때, 묘한 일이 일어났다. 남자는 강을 건너지 않았다. 남자는 노인이 가는 것을 물끄러미 바라보더니 그 모습이 보이지 않자, 들판 한가운데로 이어져 있는 오솔길로 들어섰다. 어떻게 할까? 보트를레는 잠깐 망설이다가 마음을 정하고 남자의 뒤를 밟기 시작했다.

'샤렐 노인이 곧장 집으로 돌아가는 것을 확인한 것이로구나. 그래서 안심하고 돌아가는 것이다. 어디로? 저택으로 가는 걸까?'

남자는 어두운 숲으로 들어가 보이지 않다가, 잠시 뒤 다시 밝은 오솔길에 모습을 드러냈다. 그러나 보트를레가 숲을 빠져나왔을 때, 그의 모습은 사라졌다. 두리번두리번 주위를 살펴보다가 하마터면 소리를 지를 뻔했다. 그리고 급히 지금 빠져나온 숲 그늘에 몸을 숨겼다. 오른쪽에 있는 높은 성벽을 보았기 때문이다. 일정한 거리를 두고 거대한 벽으로 둘러싸인 성채였다.

'저것이다! 저것이야! 저 벽 안에 아버지가 갇혀 있다. 드디어 발견했다. 뤼팽의 희생자들이 감금되어 있는 비밀 장소다!'

보트를레는 몸을 감추기에 적당한 숲 속에서 나가려고 하지 않았다. 천천히 기다시피 하여 오른쪽으로 다가가서, 가까이 있는 나무만큼 높고 작은 언덕 위로 나왔다. 성벽은 그곳보다도 훨씬 높았다. 그래도 성벽에 에워싸여 있는 성의 지붕이 보였다. 루이 13세 식의 옛 지붕으로, 종루가 있고 그 위에 높은 첨탑이 있었다.

그날 보트를레는 아무 일도 더 하지 않았다. 먼저 충분히 생각해서 준비하고 공격해야 했다. 전투 시기와 방법을 선택할 권리는 자신에게 있었다. 보트를레는 그곳을 떠났다.

다리 옆에서 우유를 가득 담은 통을 나르는 농사꾼 여자 두 명과 마주쳤다. 보트를레가 여자들에게 물었다.

"저기 있는 성을 뭐라고 부르나요?"

"저거요? 저건 에귀유 성이에요."

보트를레는 별 생각 없이 물었는데, 이 대답을 듣고 깜짝 놀랐다.

"에귀유 성…… 그래요? …… 그런데 대체 여기는 어딥니까? 앵드르인가요?"

"아니에요. 앵드르는 강 저쪽이지요. 이곳은 크뢰즈라고 해요."

보트를레는 현기증이 났다. 에귀유 성! 크뢰즈! 에귀유 크뢰즈! 그 문서의 암호문 그대로였다! 승리는 확실했다. 결정적이고 완전한 승리였다.

　더는 아무 말도 하지 않고 그는 여자들에게서 등을 돌리고, 마치 술 취한 주정꾼처럼 비틀비틀하면서 걸어갔다.

역사적인 비밀

보트를레는 곧 마음을 정했다.

'홀로 행동하자. 수사 당국에 알리는 것은 위험하다. 정보를 제공해도, 추측할 수 있는 범위를 넘지 않는 일만 한다. 게다가 당국의 방법은 느리고 비밀이 새어 나가기 십상이다. 우물쭈물하는 사이 뤼팽이 알아차리고 유유히 도망칠 여유를 주는 결과가 될 것이다.'

이튿날 아침 8시에 보트를레는 짐을 쌌다. 그리고 퀴지옹 부근에 있는 여인숙에서 나와, 풀숲으로 들어가 노동자 차림의 옷을 벗고 다시 영국인 청년 화가의 차림으로 변장했다.

보트를레는 에귀종의 공증인에게로 갔다.

이 지방이 마음에 들어서 적당한 집이 있으면 부모님과 함께 살고 싶다고 이야기했다. 공증인은 집을 몇 곳 가르쳐 주었다. 보트를레는 "사람들 얘기로는 크뢰즈 강 북쪽에 에귀유 성이 있다고 하던데……." 하고 넌지시 흘려 물었다.

"있기는 있지만, 에귀유 성은 5년 전에 나의 중개로 팔렸습니다. 지금 주인은 팔지 않을 겁니다."

"그럼, 그 사람이 살고 있군요?"

"그 사람이라기보다 그 어머니가 살았지요. 그런데 성이 좀 음침해서 마음에 들지 않았는지 재작년에 이사했습니다."

"그럼, 지금은 아무도 살지 않나요?"

"아니에요. 이탈리아 사람이 여름 동안만 빌려 쓰고 있습니다. 앙프레디 남작이지요."

"아, 네. 앙프레디 남작이오? 아직 젊고 좀 딱딱해 보이는……."

"아니, 나는 잘 모릅니다. 주인이 직접 계약했기 때문이지요. 정식 계약서도 없고, 편지 한 통으로 그렇게 하기로 한 모양이더군요."

"그렇지만 남작을 아실 게 아닙니까?"

"그런데 성에서 좀처럼 나오지 않아요. 가끔 외출할 때도 자동차로, 그것도 밤에만 다니지요. 식사는 할멈이 보살피고 있는

데, 그 할멈이라는 여자가 또 도무지 말이 없는 여자예요. 이상한 사람들입니다."

"주인이 저 성을 팔지는 않을까요?"

"안 팔 겁니다. 역사적인 성이고, 멋진 루이 13세 양식의 건물이니까요. 지금 주인은 그 성에 대단한 애착을 가지고 있기 때문에 생각이 바뀌지 않는 한……."

"성 주인 이름이 뭐지요?"

"루이 발메라. 몽타보르 가 34번지."

보트를레는 곧 가까운 역에서 파리행 기차를 탔다. 이틀 동안 세 번이나 헛걸음을 한 뒤 간신히 루이 발메라를 만날 수 있었다. 서른 살쯤 되어 보이고, 밝은 인상을 주는 사람이었다. 보트를레는 둘러말할 필요도 없다고 생각해, 이름을 밝힌 다음 자신의 조사 활동과 방문 목적을 얘기했다.

"여러 가지 사실로 미루어 볼 때, 아버지는 다른 사람들과 함께 에귀유 성에 갇혀 있는 게 틀림없습니다. 그러니까 당신 성을 빌린 앙프레디 남작에 대해 알고 있는 것을 듣고 싶습니다."

"자세한 것은 모르네. 앙프레디 남작과는 지난해 겨울 몬테카를로에서 만났지. 그때 내가 성을 가지고 있다는 것을 알고, 프랑스에서 여름을 보내고 싶으니 빌려 달라고 하더군."

"아직 젊은 사람이지요?"

"그렇더군. 눈이 날카롭고 금발이었어."

"수염은?"

"수염은 끝이 둘로 갈라져 있었고, 목사의 칼라처럼 등에 고정할 수 있는 깃이 달린 옷을 입고 있었어. 어쩐지 영국 목사 같은 분위기였지."

"그 남자야. 틀림없이 그야. 내가 만난 남자와 똑같아."

보트를레가 중얼거렸다.

"뭐라고! 정말인가?"

"틀림없습니다. 당신 성을 빌려 쓰는 사람은 아르센 뤼팽이 틀림없습니다."

루이 발메라는 이 이야기에 무척 흥미를 느꼈다. 뤼팽의 모험에 대해서도, 보트를레와의 대결에 대해서도 모두 알고 있었다. 그는 기쁜 듯이 손을 비비며 말했다.

"이것으로 에귀유 성은 유명해지겠군! 이것은 나에게 아주 좋은 기회야. 사실은 어머니가 성에서 떠나신 뒤로 살 사람만 있다면 처분하려고 생각하고 있었지. 이렇게 되면 살 사람이 곧 나올 거야. 다만……."

"다만 무엇입니까?"

"신중하게 행동해서, 확실한 증거를 잡을 때까지 경찰에 알리지 않았으면 하네. 빌린 사람이 뤼팽이 아닐 수도 있지 않나?"

보트를레는 자신의 계획을 이야기했다. 밤에 혼자서 담을 넘어 들어가, 마당에 숨고…….

루이 발메라는 보트를레의 말을 가로막았다.

"담이 너무 높아, 쉽게 넘을 수 없어. 넘어간다 하더라도 어머니께서 기르시던 사나운 개가 지키고 있을 거라네."

"괜찮아요. 독약이 들어 있는 먹을 것을 주어서…….”

"그것도 좋겠지. 어쨌든 개를 처리한다고 해도, 그 뒤는? 어떻게 성안으로 들어가지? 문은 튼튼하고 창에는 창살이 끼워져 있어. 게다가 들어간다 해도 누가 안내하지? 방은 무려 여든 개나 돼."

"하지만 그 3층의 창문이 둘 있는 방, 그것만 알 수 있으면…….”

"알고 있네. 우리가 등나무 방이라고 부르는 방이지. 그런데 어떻게 그 방을 찾을 생각인가? 계단이 세 군데 있고, 복도는 미로처럼 되어 있지. 내가 아무리 가르쳐 주어도 금방 길을 잃고 말 거야."

"그럼, 함께 가요."

보트를레는 웃으면서 말했다.

"안 돼. 어머니와 남 프랑스에서 만나기로 되어 있어."

보트를레는 친구 집으로 돌아와 준비를 시작했다. 그런데 저녁에 떠나려 할 때, 갑자기 발메라가 찾아왔다.

"내가 가기를 원하나?"

"물론이죠."

"그렇다면 같이 가지. 이 모험에 매력을 느껴서……. 틀림없이 신 나는 일일 테니까. 이런 사건에 관여하는 것도 나쁘지 않아. 그리고 내 협력이 자네에게 도움이 될 테니까. 자, 이것이 내가 협력한다는 표시라네."

발메라는 녹슨 큼직한 열쇠를 내밀었다.

"어디 열쇠입니까?"

보트를레가 물었다.

"두 개의 벽 사이에 비밀 통로가 있지. 몇 백 년 전부터 사용하지 않아서 성을 빌린 사람에게도 가르쳐 줄 필요가 없었네. 숲을 벗어난 들 쪽에 입구가 있네."

그러자 보트를레가 말을 가로막았다.

"그 입구라면 그들도 알고 있어요. 내가 미행한 남자도 바로 그 통로를 이용해서 성안으로 들어갔어요. 이번에는 이길 것 같군요. 하지만 방심은 금물입니다."

이틀 뒤, 야윈 말이 끄는 대형 마차가 집시를 태우고 클로장에 도착했다. 마부는 마을 변두리에 있는 헛간에 마차를 넣을

수 있도록 허락을 받았다. 그 마부는 발메라였다. 그리고 다른
세 사람은 보트를레와 그의 친구인 고등학생들로, 세 젊은이는
버드나무 가지로 의자를 만들어 걸고 있었다.

　그들은 달이 뜨지 않는 밤을 기다리느라 빈둥거리며 사흘을
그곳에 머물렀다. 그 사이 보트를레는 그 비밀 통로에 한 번 다
녀왔다. 비밀 통로는 두 개의 벽 사이, 가시덤불 그늘에 가려져
있었다. 통로는 성벽의 돌 때문에 사람 눈으로 쉽게 알아보기
힘들게 만들어져 있었다.

　나흘째 밤, 하늘이 커다란 검은 구름으로 덮였다. 발메라의
제안으로 일동은 정찰을 했다. 만약 상황이 좋지 않으면 그대로
돌아올 생각이었다.

　네 사람은 조그마한 숲을 지났다. 그런 다음 보트를레가 낮은
나무 사이로 기어가 두 손을 가시나무 울타리로 집어넣었다. 가
시에 살이 찢기면서도 보트를레는 아픈 내색 따윈 하지 않았다.
드디어 보트를레는 열쇠를 열쇠 구멍에 들이밀었다. 그러고는
조용히 돌렸다. 힘을 주면 열릴까? 반대쪽에 빗장이 걸려 있는
것은 아닐까? 그가 문을 밀자 통로의 문은 삐걱거리지도 않고
부드럽게 열렸다. 안으로 들어가자 정원이 보였다.

　"들어갔나, 보트를레?"

　발메라가 물었다.

"지금 갈 테니, 기다려. 그리고 자네 두 사람은 문 앞에서 감시해. 조금이라도 위험할 것 같으면 휘파람을 불어 신호해."

발메라는 보트를레의 손을 잡고 어두운 풀숲으로 들어갔다. 이윽고 두 사람 앞에 성이 나타났다. 종루에는 바늘같이 뾰족한 탑이 있었는데, 아마도 '에귀유(바늘) 성'이라는 이름은 여기에서 나온 모양이었다. 불빛이 있는 창문은 하나도 없었다. 소리도 들리지 않았다. 발메라가 보트를레의 팔을 움켜쥐며 속삭였다.

"쉿!"

"왜요?"

"저기에 개가……."

낮게 으르렁거리는 소리가 들렸다. 발메라는 낮게 휘파람을 불었다. 그림자 두 개가 나는 듯이 달려와 주인의 발밑에 앉았다.

"얌전히 있어. 엎드려……. 좋아, 움직이지 마."

그런 다음 발메라는 보트를레를 보고 말했다.

"자, 가 볼까. 이제는 안심이야."

"이쪽으로 가나요?"

"곧 테라스가 나올 거네."

"그리고?"

"왼쪽에 강이 보이는 테라스가 있어. 1층 창과 같은 높이로 된 곳이야. 잘 잠기지 않는 문이라 밖에서 열 수 있어."

과연 그곳에 가서 슬쩍 밀었더니 어렵지 않게 문이 열렸다. 발메라는 유리칼로 유리창을 잘라 내고, 고리를 돌려 문을 열었다. 두 사람은 발코니를 타고 넘어갔다. 드디어 성 건물 안에 들어온 것이었다.

"이 방은……, 복도 끝에 있지. 이다음 방은 아주 넓은 현관홀이고 구석에 계단이 있는데, 그 계단으로 자네 아버지가 있는 방에 갈 수 있네."

발메라가 한 걸음 앞으로 내딛었다.

"따라오게, 보트를레."

"네, 네."

"이런, 안 오고 있잖아……. 왜 그러지?"

발메라는 보트를레의 손을 잡았다. 그 손은 얼음처럼 차가웠다. 보트를레는 바닥에 웅크렸다.

"왜 그러나?"

발메라가 다시 물었다.

"아무것도……. 괜찮아질 겁니다."

"하지만……."

"…… 무서워요."

"무섭다니!"

"정말입니다."

보트를레는 솔직하게 말했다.

"신경이 약해진 모양이에요. 보통 때라면 견딜 수 있지만, 오늘은 너무 조용하기 때문에 오히려 무섭군요. 게다가 브레두 서기에게 찔린 뒤로는 도무지……. 하나 곧 좋아질 겁니다. 보세요, 이젠 괜찮아요."

보트를레는 곧 일어나 발메라를 좇아 방을 나갔다. 두 사람은 손으로 더듬으며 복도를 따라갔는데, 발소리를 죽여 걸었기 때문에, 서로 상대가 있는지 없는지조차 알 수 없을 정도였다.

목표로 삼은 현관홀에서 가느다란 불빛이 희미하게 새어 나오고 있었다. 발메라가 살그머니 들여다보니 종려나무 가지 너머로 계단 밑 탁자 위에 있는 작은 램프의 불빛이 보였다.

"멈춰."

발메라가 속삭였다.

조그마한 램프 옆에 총을 든 한 남자가 망을 보고 서 있었다. 그는 두 사람을 본 것일까? 보았을지도 모른다. 적어도 사람 기척을 느낀 모양이었다. 총을 겨누었기 때문이다.

보트를레는 나무가 심어진 화분에 몸을 바싹 붙이고 바닥에 웅크리고 앉았다. 그리고 숨을 죽였다. 심장이 뛰는 소리가 들리는 것 같았다.

잠시 뒤 망을 보는 남자의 손이 밑으로 내려갔다. 주위가 너무 조용했기에 안심을 한 모양이었다. 하지만 얼굴은 여전히 화분 쪽을 향하고 있었다.

5분, 10분……. 공포의 시간이 흘렀다. 한 줄기 달빛이 계단 창문으로 들어왔다. 보트를레는 문득 무서운 사실을 깨달았다. 달빛이 조금씩 이동해서 10분이나 15분도 되기 전에 자신을 비출 것이 틀림없었다.

식은땀이 떨리는 손등 위로 방울방울 떨어졌다. 너무나 무서워서 벌떡 일어나 도망치고 싶을 정도였다. 그러나 발메라를 생각하고 그를 찾았다. 그런데 놀랍게도 발메라는 관엽 식물이나 조각의 그늘에서 그늘로 기어가는 것이 아닌가? 그는 벌써 계단 밑까지, 감시하는 남자의 몇 걸음 앞에까지 도착해 있었다.

어쩌려고 저러는 것일까? 어떻게 빠져나갈 생각일까? 혼자서 인질들을 구출하러 갈 생각일까? 그보다 저 남자 몰래 지나갈 수 있을까? 이미 발메라의 모습은 보이지 않았다. 보트를레는 곧 무슨 일이 일어날 것 같았다. 숨 막히는 침묵이 더 깊고 무섭게 느껴지는 것도 바로 그 때문이었다.

갑자기, 무언가가 감시하는 남자에게 덤벼들었다. 작은 램프가 꺼진 뒤, 서로 치고받는 소리……. 보트를레가 달려가 보니 두 사람이 돌바닥 위를 뒹굴고 있었다. 잠시 뒤 신음 소리가 들리더니 한 사람이 몸을 일으켰다. 그가 보트를레의 팔을 잡았다.

"빨리 가세."

다행히 그는 발메라였다.

두 사람은 3층까지 올라가 카펫이 깔려 있는 복도 입구로 갔다.

"오른쪽으로."

발메라가 속삭였다.

"왼쪽 네 번째 방이네."

그 방의 문을 곧 확인할 수 있었다. 예상했던 대로 방문은 잠겨 있었다. 두 사람은 소리가 나지 않도록 조심하며 자물쇠를 열었다.

그들은 방 안으로 들어갔다.

보트를레는 손으로 더듬어 침대를 찾았다. 아버지가 거기에 있었다. 보트를레는 저도 모르게 눈가가 젖어드는 것을 느꼈지만 지금은 재회의 감동을 느낄 여유조차 없었다. 보트를레가 슬며시 아버지를 흔들어 깨웠다.

"아버지…… 저예요. 이지도르……. 이제 걱정 없어요. 일어나세요……. 아무 말씀도 하지 마시고……."

아버지가 눈을 뜨고 보트를레를 가만히 쳐다보았다. 아버지는 무척 놀란 것 같았다. 아버지는 보트를레를 힘껏 껴안았다. 그러고는 감격한 목소리로 이렇게 말했다.

"난…… 너를 믿었단다."

아버지가 옷을 챙겨 입으며 말했다.

"성에 갇혀 있는 사람은 나뿐만이 아니다."

"누구죠? 가니마르? 홈스?"

"아니. 그들은 보지도 못 했어."

"그럼 누구죠?"

"젊은 여자야."

"그럼, 레이몽드 드 생 베랑 양입니다."

"이름은 모르지만……, 정원에 있는 모습을 몇 번 보았다. 그리고 창문에서 몸을 내밀면 그 여자의 방이 보인다. 나에게 신호를 보내곤 했어."

"그 방이 어딘지 아세요?"

"응, 이 복도 오른편 세 번째 방이다."

"푸른 방이군."

발메라가 중얼거렸다.

"문이 양쪽으로 열게 되어 있으니까 쉽게 열 수 있을 거야."

과연 발메라의 말대로였다. 문은 쉽게 열렸다.

보트를레의 아버지가 들어가 여자에게 상황을 설명했다.

10분쯤 지나자 아버지가 여자를 데리고 나왔다.

"네가 말한 대로……, 생 베랑 양이다."

네 사람은 서둘러 계단을 내려갔다. 계단 밑에서 발메라가 걸음을 멈추고 망보던 남자의 얼굴을 들여다본 뒤, 세 사람을 테라스가 있는 방으로 데리고 갔다.

"저 남자는 죽은 것이 아닙니다. 곧 정신이 들 겁니다."

"아, 그래요!"

보트를레는 안심했다.

"운 좋게 내 단도가 휘어져 있었습니다. 치명상은 아니죠. 어쨌든 저런 나쁜 녀석들은 동정할 수 없어요."

마당으로 나오자, 개 두 마리가 달려와 뒷문까지 따라왔다. 그곳에는 보트를레의 두 친구가 기다리고 있었다.

일행은 성벽 밖으로 나왔다. 새벽 3시였다.

보트를레는 이 첫 승리만으로는 만족하지 않았다. 아버지와 레이몽드가 여관에 자리를 잡자 재빨리 성안에 살고 있는 사람들에 관해, 특히 아르센 뤼팽이 하는 나날의 습관에 관해 물었다. 두 사람의 이야기에 따르면, 뤼팽은 성으로 3, 4일에 한 번오는데 밤에 자동차로 왔다가 다음 날 아침 일찍 떠난다는 것이었다. 올 때마다 갇혀 있는 두 사람을 만나고 갔는데, 그 태도가 매우 부드럽고 점잖다고 두 사람 모두 칭찬했다. 그러나 지금은 성에 없을 것이라고 했다.

뤼팽 외에는 요리하고 빨래하는 노파와 감시하는 사람 두 명뿐이었다. 그들은 교대로 감시했는데 거의 말을 하지 않았고, 태도나 얼굴로 보아 부하처럼 보인다고 했다.

"어쨌든 공범 두 명이 성에 있습니다."

보트를레가 말했다.

"아니, 노파까지 세 명이군요. 그래도 상당한 전리품입니다. 서두르면 잡을 수 있을지도 모릅니다."

보트를레는 자전거를 타고 에귀종 마을로 달려, 헌병대 초소로 가서 헌병들을 모두 깨운 다음 비상소집을 했다. 8시에 반장과 헌병 8명을 데리고, 클로장으로 돌아왔다.

헌병 두 명은 마차 옆에서 망을 보게 했다. 다른 두 사람은 성의 뒷문에 세웠다. 남은 네 명은 반장의 지휘 아래 보트를레와 발메라와 함께 성의 정문으로 향했다. 그러나 이미 늦었다. 문이 활짝 열려 있었다. 한 농부의 말로는 자동차가 한 시간 전에 성에서 나갔다고 했다.

성안을 이 잡듯이 뒤졌으나 아무런 실마리도 나오지 않았다. 어쩌면 그들은 성에서 잠깐 생활했던 것인지도 모른다. 옷가지와 시트, 수건, 주방 도구 등이 발견되었을 뿐이다.

보트를레와 발메라를 더욱 깜짝 놀라게 한 것은, 칼에 찔린 남자까지 보이지 않는 것이었다. 격투를 한 흔적은 조금도 남아 있지 않았는데, 현관홀의 돌바닥에도 피 한 방울 보이지 않았다.

결국 뤼팽이 에귀유 성에 있었다는 물적 증거는 아무것도 없었다. 보트를레 부자, 발메라, 레이몽드의 증언은 당연히 인정되지 않았다. 하지만 마지막에 레이몽드가 있던 옆방에서, 아르센 뤼팽의 명함이 꽂힌 훌륭한 꽃다발이 반 다스 정도 발견되었다. 그 꽃다발은 모두 레이몽드가 거절한, 시들고 잊힌 것들이었다. 그 가운데 하나에 명함과는 별도로 레이몽드가 본 적이 없는 편지가 꽂혀 있었다. 그날 오후 예심 판사가 그 편지를 보았더니, 편지지 열 장에, 간원, 애원, 맹세, 협박, 절망, 즉 경멸과 반감으로밖에는 받아들여지지 않는 사랑의 온갖 미친 말이 적혀 있었다. 그리고 그 편지는 이렇게 끝을 맺고 있었다.

'레이몽드, 화요일 밤에 오겠습니다. 그때까지 잘 생각하십시오. 나는 더 기다릴 수 없습니다. 어떤 일이라도 할 결심입니다.'

화요일 밤은 보트를레가 레이몽드를 구한 날 밤이었다.

이 의외의 결말을 보도한 뉴스에 사람들이 얼마나 놀라워했고, 얼마나 열광했는지 아직도 기억이 새롭다. 생 베랑 양이 자유로운 몸이 되었다. 저 젊은 처녀가 뤼팽의 손아귀에서 구출되었다. 사랑에 빠진 뤼팽이 휴전을 몹시 바랐던 나머지, 인질로 선택했던 보트를레의 아버지도 자유의 몸이 되었다. 두 사람 모두 자유의 몸이 된 것이었다.

또 풀 수 없는 것으로 여겨졌던 암호문 에귀유 크뢰즈의 의미
도 세계 곳곳에 널리 알려졌다.

실제로 사람들은 이 사건의 경위를 흥미 있게 지켜보았다. 괴
도의 패배를 노래한 샹송이 유행했다.

'뤼팽의 사랑', '아르센의 흐느낌', '사랑하는 강도', '괴도의
한탄' 등이 마을 곳곳에서 흘러나왔고, 일터에서도 흥얼흥얼 즐
겨 불려졌다.

레이몽드는 기자들에게 질문 공세를 받았지만 그다지 많은
이야기를 하진 않았다. 그러나 증거가 될 만한 편지도 있었고,
꽃다발도 있었고, 가련한 사랑 이야기도 있었다. 뤼팽은 사람
들에게 비웃음을 샀고, 웃음거리가 되었다. 이제 뤼팽은 비참한
우상이었다. 대신 보트를레가 사람들의 우상이 되었다. 그는 모
든 것을 예지하고, 예언했으며, 밝혔다. 생 베랑 양이 예심 판사
앞에서 말한 납치 사건에 관한 진술에 따르면, 보트를레가 세운
가설은 정확히 들어맞았다. 여러 가지 사실이, 소년이 추리한
것과 일치했다. 뤼팽은 벅찬 상대를 만났던 것이다.

보트를레는 아버지가 사부아 산속으로 돌아가기 전에, 잠시
따뜻한 곳에서 휴양을 하도록 권했고, 아버지와 레이몽드를 데
리고 니스 가까이로 갔다. 그곳에는 제브르 백작과 쉬잔도 추위

를 피해 휴양차 와 있었다. 이틀 뒤, 발메라도 어머니와 함께 이 새 친구들이 있는 곳으로 왔기 때문에, 제브르 백작의 별장 주위에는 조그마한 집단이 만들어졌다. 백작은 남자 6명가량을 고용하여 이들에 대해 밤낮으로 철저히 경비하게 했다.

10월 초, 고등학생 보트를레는 파리로 돌아와 공부를 시작했다. 이제는 사건도 없었고, 조용한 생활을 시작할 수 있었다. 이제 아무 일도 일어나지 않았다. 싸움이 이미 끝났기 때문이다.

뤼팽도 그 사실을 확실히 깨달았고, 모든 것을 인정할 수밖에 없었던 모양이다. 그 증거로 어느 날 갑자기, 뤼팽에게 납치되었던 다른 두 사람인 가니마르와 셜록 홈스가 나타났다. 그런데 이 두 사람의 귀환은 그다지 보기 좋은 모습이 아니었다. 파리 경찰청 앞, 오르페브르 부두에서 손발이 꽁꽁 묶인 채 잠들어 있는 것을 지나가던 청소부가 발견한 것이었다.

그들은 일주일 동안 완전히 혼수상태에 빠져 있다가 의식을 되찾았고 다음과 같이 말했다.

말한 사람은 가니마르로, 홈스는 고집스럽게 침묵을 지켰다. 그들은 '제비호'라는 요트에 실려 아프리카 대륙을 한 바퀴 돌고 왔다는 것이다. 즐겁고 유쾌한 여행이었고, 두 사람은 거의 구속을 받지 않았다. 다만 승무원이 다른 나라의 항구에 상륙하는 몇 시간은 창고에 갇혀 있어야 했다. 오르페브르 부두에 배가 닿았을 때의 일은 두 사람 다 아무것도 기억하지 못했다. 아마도 그 며칠 전부터 혼수상태에 빠져 있었던 모양이다.

이 두 사람의 석방은 뤼팽의 패배 선언이었다. 그리고 전투를 포기했기에, 뤼팽이 무조건 항복한 것과 마찬가지였다.

그리고 이 패배를 한층 더 결정적인 것으로 만든 일이 발생했다.

루이 발메라와 레이몽드 생 베랑의 약혼이 발표되었다. 별장에서의 생활로 두 사람은 가까워졌고, 서로 사랑하게 되었다. 발메라는 레이몽드의 우수에 찬 아름다움에 마음이 끌렸고, 레이몽드도 인생에 상처를 입고 애정에 굶주려 있었던 차라, 용감하게 자신을 구해 준 남자의 기백에 마음이 움직였던 것이다.

물론, 결혼식까지 무슨 일이 일어나지 않을까 걱정하는 사람들도 있었다. 뤼팽이 다시 반격해 오지나 않을까? 사랑하는 여자를 영원히 잃는 것을 순순히 받아들일까? 수상한 사람이 별장 주위를 배회하는 것이 목격되기도 했다. 한번은 술에 취한 한 남자가 발메라에게 총을 쏘아, 총알이 모자를 관통하는 사건까지 일어났다. 그러나 결국, 결혼식은 예정했던 날, 예정했던 시간에 아무런 방해도 없이 거행되었다. 그리하여 레이몽드 드 생 베랑은 루이 발메라의 부인이 되었다.

운명까지도 보트를레의 승리를 보증하는 듯이 보였다. 일반

대중도 이 일을 확실히 인식하고 있었기 때문에, 보트를레의 팬들은 보트를레의 승리와 뤼팽의 패배를 기념하는 축하 파티를 열자는 계획을 세우기도 했다. 이 훌륭한 생각은 열광적인 지지를 받았다. 2주 사이에 참석 신청자 3백 명이 몰려들었다. 파리의 모든 고등학교로 초대장이 보내졌고, 3학년 학급에서 2명씩 대표를 보내게 되었다. 신문은 대대적으로 기사를 실었다. 그리고 이 축하 파티는 보트를레의 공적을 기리는 모임이 되었다.

이 파티에는 보트를레의 인품이 반영되어, 요란한 느낌은 아니었다. 보트를레가 있는 것만으로도 사람들은 환호했고, 질서도 제법 잘 지켜졌다. 보트를레는 겸손했고, 환호하는 소리에 조금 놀란 표정을 지었고, 어떤 탐정보다 뛰어나다는 분에 넘치는 찬사에도 기고만장하지 않았다. 그런데…… 솔직히 그는 사람들의 칭찬에 감동했다. 그런 뜻을 짧게 표현한 보트를레의 말에 모두 호감을 느꼈다. 사람들이 쳐다보면 얼굴이 빨개져 어린아이처럼 쩔쩔매면서, 보트를레는 자신의 기쁨과 자랑스러움에 관해 이야기했다. 실제로 아무리 이성적이고 자제력이 풍부한 보트를레라도 이때만은 일생 동안 잊을 수 없는 도취에 빠져 있었다. 장송 고등학교 친구들, 이날을 축하해 주려고 파리에서 온 발메라, 제브르 백작, 아버지에게 보트를레는 미소를 보였다.

그런데 막 인사말을 끝낸 보트를레가 축배의 잔을 내려놓기도 전에, 연회장 반대쪽에서 큰 소리가 났고, 누군가 신문을 흔드는 것이 보였다. 곧 식탁 둘레에서는 호기심에 찬 소곤거림이 오갔다. 신문은 이 손에서 저 손으로 옮겨졌다. 신문을 읽은 사람들은 하나같이 놀라움에 찬 신음 소리를 내질러야 했다.

"신문을 읽어 봐요! 읽어 보시오!"

맞은편 자리에 앉은 사람들이 소리쳤다.

메인 탁자에서 누군가가 일어섰다. 보트를레의 아버지가 신문을 가지고 가서 그것을 아들에게 전해 주었다.

"읽어요! 읽어요!"

사람들은 더욱 크게 소리쳤다.

그러자 누군가가 버럭 고함을 질렀다.

"조용히! 지금 읽겠소! …… 조용히!"

보트를레는 참석자들을 향해 서서, 아버지가 가져다준 석간 신문 어디에 이런 소란을 일으킨 기사가 있는지 찾았다. 그러다가 파란 연필로 줄을 그은 기사 제목을 발견하고, 한 손을 들어 조용히 하도록 한 다음 그 기사를 읽기 시작했다. 그런데 그 목소리가, 기사를 읽어 가는 동안 점점 작아졌다. 신문에 발표된 놀라운 사실은 보트를레의 노력을 모두 물거품으로 만들었고, 에귀유 크뢰즈의 해석에 대한 견해를 뿌리째 뒤엎었고, 아르센 뤼팽과의 투쟁이 헛되었음을 확실히 깨닫게 해 주었다.

프랑스 비명(碑銘) 문학 아카데미 회원 마씨방 씨의 공개장 편집장 귀하. 1679년 3월 17일 — 루이 14세 치하에 있던 1679년 — 제목이 다음과 같은 책자가 파리에서 발행되었습니다. '에귀유 크뢰즈의 비밀, 그 모든 것을 밝힘! 개인 출판 100부 한정판. 진상을 전하기 위해!'

3월 17일 오전 9시, 풍채 좋은 젊은이가 이름을 밝히지 않고, 자신이 썼다는 책을 궁정의 고관들에게 나누어 주었다.

10시에, 고관 네 명에게 그 책을 전달했을 때, 친위대장이 젊은이를 체포하여 왕 앞으로 데리고 갔다. 그리고 곧바로 이미 배부된 네 권을 압수했다. 100권을 모두 회수하여 확인했고, 페이지까지 빈틈없이 조사한 다음, 왕이 직접 그 책을 불 속에 던졌다. 다만 한 권만은 왕이 보관했다.

그리고 왕은 친위대장에게 명령하여 저자를 생 마르스 씨에게 끌고 가도록 하였다. 생 마르스는 이 죄인을 처음에는 피뉴롤의 감옥에, 다음에는 생트 마르그리트 섬의 감옥에 가두었다. 이 젊은이가 바로 그 유명한 철가면이었다.

만약 청년에 대한 왕의 심문에 입회했던 친위대장이 왕이 잠시 한눈을 파는 순간에 난로 속에서 아직 불이 붙지 않은 책 한 권을 꺼내려는 유혹을 느끼지 않았다면, 진상은, 아니 적어도 진상의 일부는 영원히 알려지지 않았을 것이다.

6개월 후, 친위대장은 가이용에서 망트로 통하는 길에서 시체로 발견되었다. 대장을 죽인 범인들은 옷을 뒤져 소지품을 모두 빼앗아 갔으나, 오른쪽 주머니에 보석이 있다는 것은 알지 못했다. 이 보석은 고급 다이아몬드로, 아주 값비싼 것이었다.

친위대장이 남긴 서류 속에서 메모가 발견되었다. 난로에서 꺼낸 책에 관해서는 한마디도 없었지만, 사실 메모는 그 처음 몇 장을 요약한 것이었다. 내용은 역대 영국 왕에게 전해지는 비밀이었다.

이 비밀은 불쌍한 미치광이 왕 헨리 4세의 왕관이 요크 후작의 머리 위로 옮겨질 때, 영국 왕실에서 왕관을 잃어버렸다는 것이었는데, 잔 다르크가 프랑스 왕 샤를 7세에게 그 사실을 밝힌 이후 프랑스의 국가 기밀이 되었다.

비밀을 적은 문서는 왕에서 왕으로 전해져 그때마다 새로 봉인이 됐고, 왕이 세상을 떠날 때에는 '새 프랑스 왕에게'라고 쓰여서 유체의 머리맡에 두어졌다.

이 비밀은 역대 왕이 소유했고, 세월이 흐르면서 가치가 더

커져 버린 막대한 보물의 존재와 그 장소에 관한 것이었다.

그런데 그때부터 140년 뒤, 탕플 탑에 유폐된 루이 16세는 감시하는 사관 한 사람을 불러 이렇게 물었다.

"그대에게 짐의 할아버지 루이 14세 밑에서 친위대장으로 있던 조상이 없었느냐?"

"네, 있었습니다. 폐하!"

"그런가? 그러면 그대도……, 그대도……."

왕은 망설였다. 그래서 사관은 약삭빠르게 그 뒤의 말을 이었다.

"폐하, 저는…… 폐하를 배반하지 않을 것입니다."

"그럼, 잘 들어라."

왕은 주머니에서 책을 한 권 꺼내, 마지막 한 페이지를 찢었다. 그러나 생각을 바꿔, "아니, 베끼는 편이 좋겠다."라고 말했다.

루이 16세는 큼직한 종이를 작고 네모나게 잘라 내어, 거기에 책에 인쇄되어 있던 점과 선과 숫자로 된 다섯 줄을 베꼈다. 그런 다음 인쇄된 페이지를 태워 버렸고, 손으로 쓴 종이를 네 번 접어 붉은 밀랍으로 봉인한 다음 사관에게 주었다.

"짐이 죽은 뒤, 이것을 왕비에게 전해라. '왕에게서 왕비와 왕자에게' 말이다."

"만약 왕비가 모르시면?"

"이렇게 말하라. '에귀유의 비밀에 관한 것입니다.'라고. 그렇게 말하면 왕비도 알 것이니라."

루이 16세는 말을 끝내자, 빨갛게 타고 있는 난롯불 속으로 책을 던졌다.

1월 21일, 왕은 단두대에 올랐다.

그 뒤, 왕비는 콩세르주리의 감옥으로 옮겨졌기 때문에 사관이 맡은 임무를 완수한 것은 두 달이 지나서였다. 여러 가지 고생 끝에 가까스로 마리 앙투아네트를 만날 수 있었다. 사관은 왕비가 겨우 들을 수 있을 정도로 작은 소리로 말했다.

"세상을 떠나신 왕께서 왕비님과 왕자님께……."

그리고 봉인한 편지를 내주었다.

왕비는 간수들이 보지 않도록 조심하면서 봉인을 뜯었고, 읽기 어려운 다섯 줄의 글씨를 보고 놀란 듯했으나 그것이 뭔지 곧 알아차렸다. 왕비는 쓸쓸한 미소를 지으며 중얼거렸다.

"어째서 이렇게 늦었느냐?"

왕비는 망설였다. 이 위험한 문서를 어디에 감추면 되겠는가? 생각 끝에 기도서를 펴서 표지 가죽과 그것을 덮은 양피지 틈에 그 문서를 넣었다.

"어째서 이렇게 늦었느냐?"

왕비가 되물었다.

만약 이 문서가 왕비를 구할 수 있었다 해도 그때는 이미 늦었던 것이다. 어쨌든 그해 10월에 마리 앙투아네트 왕비도 단두대에 오르게 되었으니 말이다.

그런데 이 사관은 집안에 전해져 오는 문서 가운데서 루이 14세의 근위대였던 증조부가 쓴 메모를 발견했다. 그 순간부터 사관은 오직 한 가지 일, 이 기묘한 문제를 규명하는 것에만 매달렸다. 그는 여러 라틴 어 책을 읽었고, 프랑스와 이웃 모든 나라의 연대기를 훑어보았고, 수도원을 찾아가 고문서를 조사했고, 옛날 회계 장부나 중세 이후의 기록집, 계약서 등을 조사했다. 이러한 노력의 결과 고금의 문헌에서 이 문제에 관해 언급하고 있다는 것을 발견할 수 있었다.

〈갈리아 전기〉 제3권에는 G 티투리우스 사비누스에게 진 카레트의 수령 비리도빅스가 카이사르 앞에 끌려 나갔을 때, 목숨을 구원받는 대신 에귀유의 비밀을 밝혔다고 쓰여 있었다.

샤를 왕과 북방 야만족의 수령 롤 사이에 맺어진 생 클레르쉬르 엡트의 조약에는, 롤의 이름 뒤에 그 칭호가 모두 쓰여 있었는데, 그 가운데 '에귀유의 비밀을 지닌 자'라는 것이 있었다.

〈색슨 연대기〉(깁슨판 134쪽)에는 윌리엄 정복왕(영국의 윌리엄 1세, 1027 ~ 1087)에 관해서, 그 군기의 대 끝은 뾰족했고 에귀유(바늘)처럼 구멍이 뚫렸다고 쓰여 있었다.

잔 다르크는 종교 재판소의 심문 중에, 프랑스 왕에게 말할 비밀이 있다고 수수께끼 같은 말을 했다. 그 말을 들은 재판관은 이렇게 대답했다고 한다.

"그것이 무엇인가는 우리도 알고 있다. 그렇기 때문에 잔 다르크, 그대는 사형을 받아야 한다."

명군 앙리 4세는 가끔 '에귀유의 이익에 걸고'라는 맹세의 말을 하곤 했다.

그보다 먼저, 프랑수아 1세가 1520년에 르아브르의 명사들에게 다음과 같은 말을 했다는 사실이 옹플뢰르에 살았던 한 시민의 일기에 남아 있다.

'역대 프랑스 왕들은 국사의 경륜이나 각 도시의 운명을 제압할 비밀을 갖고 있었다.'

편집장님, 이상의 인용한 문장과 철가면과 친위대장과 그 증손에 관한 내용은 모두 이 증손이 쓴 책에 있는 것으로, 제가 발견한 것입니다. 이 책은 1815년, 즉 워털루 전쟁 바로 전이나 그 후에 간행되었기 때문에 책에 쓰여 있는 놀라운 사실이 밝혀지지 않았습니다.

이 책에는 어떤 가치가 있을까요? "가치가 없다."라고 말씀하시겠지요. "전혀 신뢰할 수 없다."라고도요. 저도 처음에는 그렇게 생각했습니다. 그러나 〈갈리아 전기〉를 보고, 이 책에 쓰여 있는 페이지에 인용된 문장이 있는 것을 본 순간, 정말 놀랐습니다.

생 클레르쉬르 엡트 조약, 〈색슨 연대기〉, 잔 다르크의 재판에 관해서도, 요컨대 지금까지 제가 확인할 수 있었던 모든 것에 관해서도 같은 말을 할 수 있습니다.

끝으로, 1815년에 발행된 책의 저자는 더 구체적인 사실을 말하고 있습니다. 프랑스 전쟁 중에 나폴레옹의 부하 장교였던 저자는 어느 날 밤 타고 있던 말이 쓰러지자 한 성문을 두드렸습니다. 사관을 맞아들인 사람은 생 루이의 기사 수도회 소속 늙은 기사였습니다.

사관은 이 기사와 이야기하는 동안 크뢰즈 강기슭에 있는 이 성을 에귀유 성이라고 부른다는 것, 루이 14세가 짓고 이름을 붙였다는 것, 그리고 왕의 특명에 의해 종루에 에귀유(바늘) 모양을 한 뾰족탑이 세워졌다는 것 등을 차례로 알게 되었던 것입니다. 성이 지어진 시기는 1680년으로 지금도 그 기록이 남아 있을 겁니다.

1680년! 그것은 철가면이 책을 발행해서 투옥된 지 1년 뒤입니다. 이것으로 모든 것이 분명해졌습니다. 루이 14세는 국가의 비밀이 세상에 새어 나갈 것을 예상하고, 호기심을 느끼는 사람들에게 옛 비밀에 관한 그럴듯한 설명을 제공하기 위하여 이 성을 세우고 그런 이름을 붙였던 겁니다. 에귀유 크뢰즈? '뾰족탑이 있는 성이 크뢰즈 강가에 있으며 국왕의 소유였다. 이것으로 수수께끼가 풀렸다.'라고 세상 사람들은 생각했고, 그 이상 깊이 파고들어 알아보려고 하지 않았습니다.

왕의 계획은 성공했습니다. 어쨌든 2세기가 지난 뒤에, 보트를레가 이 함정에 빠졌으니까요. 제가 이 공개장을 쓴 이유가 여기에 있습니다. 뤼팽이 앙프레디라는 이름으로 크뢰즈 강기슭에 있는 에귀유 성을 발메라에게 빌려 그곳에 인질을 두 명 감금한 것은, 보트를레가 수사에 성공할 것을 미리부터 예상했기 때문이며, 자기가 원하는 평화로운 날들을 얻으려고, 보트를레에게 이 역사적인 함정, 루이 14세가 만든 함정을 이용한 것입니다.

이상으로 다음과 같은 결론이 나옵니다.

뤼팽은 그 명석한 두뇌로 그 문서를 해독한 것입니다. 그러니 뤼팽이야말로, 역대 프랑스 왕의 마지막 후계자이며, 왕실에 전해지는 에귀유 크뢰즈의 비밀을 알고 있는 유일한 사람인 것입니다.

기사는 여기서 끝났다.

그러나 몇 분 전부터, 에귀유 성에 관한 부분 이후로 보트를레는 기사를 읽지 않았다. 자신의 패배를 깨끗이 인정한 보트를레는 너무도 큰 굴욕감을 견디지 못하여, 신문을 놓고 두 손으로 얼굴을 감싸면서 의자에 털썩 주저앉았다.

이 놀라운 사건에 흥분한 참석자들은 숨을 헐떡이며 점점 보트를레 주위로 모여들었다. 사람들은 보트를레가 어떻게 대답하는지, 어떻게 반론할 것인지 기다렸다.

그러나 보트를레는 꼼짝도 하지 않았다.

발메라가 다정하게 그의 손을 떼어 낸 뒤 얼굴을 들게 했다.

이지도르 보트를레는 눈물을 흘리고 있었다.

에귀유 크뢰즈의 비밀

보트를레는 기숙사로 돌아가지 않았다. 뤼팽에게 포고한, 물러날 수 없는 싸움이 끝날 때까지 돌아가지 않을 작정이었다. 그의 친구들이 맥없이 축 늘어진 보트를레를 자동차에 태우고 돌아가려고 했을 때, 그는 마음속으로 이렇게 결심했다. 그러나 분별없는 맹세, 무모한 싸움이었다. 무기도 없는 고립된 소년이 무엇을 할 수 있을까? 상대는 강렬한 투지와 막강한 능력을 가진 괴물이었다. 어디에서 공격하면 좋을까? 적은 난공불락이었다. 적은 불사신이었다. 어떻게 하면 앞설 수 있을까? 적은 신출귀몰한 존재였다.

새벽 4시. 보트를레는 같은 학교의 친구 집에 있었다. 방 안의 난로 앞에 서서 대리석 선반에 팔꿈치를 똑바로 세우고, 턱을 괸 채 거울에 비치는 자기 모습을 들여다보고 있었다.

지금 보트를레는 울고 있지 않았다. 침대에서 몸부림치지도 않았다. 두 시간 전처럼 절망에 빠져 있지도 않았다. 지금은 생각하고 싶었다. 깊이 생각하여 이해하고 싶었다.

보트를레의 시선은 거울에서 한시도 떨어지지 않았다. 마치 생각에 잠겨 있는 자기 모습을 유심히 들여다봄으로써 자신의 사고 능력을 배로 늘리려는 사람 같아 보였다. 거울에 비치는 그 모습에서 자신이 해결할 수 없는 문제의 해답을 발견할 수 있다고 믿는, 그런 사람 같아 보였다. 6시까지 줄곧 그는 그렇게 생각 속에 빠져 있었다. 그러는 동안 조금씩, 복잡하고 난해했던 문제들이 간결하게 정리되었다. 자질구레하고 너저분한 생각은 사라지고, 문제의 본질이 명확한 모습을 띠기 시작했다.

그는 깨달았다. 자기 생각이 틀렸다는 것을. 분명히, 문서를 해석하는 방법에 문제가 있었다. '에귀유'라는 말은, 크뢰즈 강 기슭에 있는 옛 성을 가리키는 것이 아니었다. 마찬가지로 '아가씨'라는 말도 레이몽드 드 생 베랑이나 그 사촌을 의미하는 것도 아니었다. 그 종잇조각의 내용은 몇 백 년 전에 쓰인 것이기 때문이었다.

그래, 다시 시작해야 한다. 그러나 어떻게?

유일하고 확실한 참고 자료는 루이 14세 시대에 간행된 그 책이었다. 그런데 나중에 철가면이라고 불리게 된 남자가 인쇄한 100부 가운데, 소각되지 않은 것은 겨우 두 권뿐이었다. 한 권은 친위대장이 훔쳐 냈지만 분실됐다. 또 한 권은 루이 14세가 보관하다가 루이 15세에게 전해졌고, 루이 16세가 불태웠다. 그러나 중요한 문제를 해결할 방법이 있는 페이지, 적어도 그 해결 방법이 암호로 쓰여 있는 페이지는 남아 있을 것이었다. 마리 앙투아네트가 받아, 기도서의 표지 뒤에 숨긴 종잇조각이 바로 그것이었다.

그 종잇조각은 어떻게 되었을까? 보트를레가 손에 넣었지만 뤼팽이 서기 부레두를 시켜 빼앗아 갔다. 그 종잇조각이 그것일까? 아니면, 아직도 마리 앙투아네트의 기도서 속에 있는 것일까? 그렇다면 문제는 '마리 앙투아네트의 기도서는 어떻게 되었는가'였다.

보트를레는 잠시 휴식을 취했다. 그런 다음, 친구의 아버지와 대화를 약간 나누었다. 상담이라고 해도 좋을 이야기였다. 친구의 아버지는 유명한 수집가였다. 비공식적으로 감정을 의뢰받기도 했다. 최근에는 어느 국립 박물관장에게 카탈로그 작성에 관해 상담을 해 줬을 정도의 실력자였다.

"마리 앙투아네트의 기도서라고? 왕비에게서 시녀가 유물로 받았고, 페르상 백작이 보관하도록 은밀한 명령이 내려졌던 물건이지. 백작 집에서 소중하게 보관되다가 5년 전부터 박물관에 진열되어 있네."

"진열되다니, 어디입니까?"

"카르나발레 박물관."

"그 박물관은 몇 시에 문을 엽니까?"

"앞으로 20분 남았네."

박물관은 그 이전에 세비네 부인의 저택이었다. 박물관의 문이 열리자마자 친구와 보트를레는 자동차에서 뛰어내렸다.

"보트를레 아닌가?"

몇 사람의 목소리가 그를 맞아 주었다. 놀랍게도 '에귀유 크뢰즈 사건' 담당 기자들이 모두 그곳에 와 있었다. 그 가운데 한 사람이 말했다.

"이거 재미있군. 우리가 모두 똑같은 생각을 하고 있었다는 건가? 이거 이러다 아르센 뤼팽도 만날 수 있겠는걸."

그들은 모두 함께 박물관 안으로 들어갔다. 연락을 받은 관장이 마중을 나와 안내를 자청했다. 관장은 그들을 문제의 진열장 앞으로 데리고 갔다. 기도서는 아무런 장식도 없어, 왕비가 갖고 있었던 것이라고 믿어지지 않을 정도였다. 그래도 그 비참한

날에 왕비가 손수 만졌으며, 울어서 퉁퉁 부은 눈으로 이 기도서를 애지중지했다는 역사적 사실 때문인지 모두는 묘한 감동을 느꼈다. 손에 들고 조사하는 것조차 왠지 황송해하는 분위기였다.

"자, 보트를레. 이것은 자네가 할 일일세."

보트를레는 약간 겁먹은 얼굴로 그 책을 집어 들었다. 과연 19세기의 책에 쓰여 있는 그대로였다. 겉은 양피지로 싸여 있었다. 양피지는 손때가 묻어 더러웠고 군데군데 닳아 있었다.

보트를레가 떨리는 손으로 책을 부드럽게 쓰다듬었다.

기도서 표지에서는 아무것도 발견할 수 없었다.

"없어."

보트를레가 중얼거렸다.

"없어?"

모두 입을 모아 물었다.

보트를레는 기도하는 마음으로 표지를 넘겼다.

조금 힘을 주자 양피지 커버가 벗겨졌다. 손가락을 그곳으로 집어넣어 속을 살폈다. 분명 무언가 있었다. 분명히 무언가 손가락에 닿았다. 종이였다.

"있다!"

보트를레가 떨리는 목소리로 외쳤다.

"하지만……, 이게 진짜일까?"

"빨리! 빨리!"

"꾸물거리지 마!"

모두 한마디씩 거들었다.

보트를레가 둘로 접힌 종잇조각을 꺼냈다.

"붉은 잉크로 쓴 글자네……. 마치 피 같아……. 색이 바랜 피 같아. 자, 어서 읽어 봐, 보트를레."

보트를레는 종잇조각을 읽기 시작했다.

"페르상에게 맡기노라. 내 아이를 위해. 1793년 10월 16일, 마리 앙투아네트."

사람들이 감격스러운 듯 연신 감탄사를 터뜨렸다. 그러나 사람들과는 달리 보트를레의 표정이 일순간 무참하게 일그러졌다.

"이런!"

왕비의 서명 밑에, 분명 검은 잉크로 쓴 글자가 있었다. 장식 문자까지 곁들인 그 글자는 '아르센 뤼팽'이라고 적힌 글자였다.

"아르센 뤼팽이에요."

보트를레의 말에 모두의 눈동자가 크게 확대되었다. 모두 번 갈아 가면서 종잇조각을 읽었다. 더는 의심할 수 없었다.

마리 앙투아네트…… 아르센 뤼팽.

모두 입을 다물었다. 기도서에서 발견한 서명 두 개와 이름 두 개의 기묘한 조합. 불쌍한 왕비의 필사적인 애원을, 1세기 이상이나 숨겨 온 이 기도서. 왕비가 단두대의 이슬로 사라진, 1793년 10월 16일이라는 끔찍한 날짜. 어느 것이나 비극적이면서도 의표를 찌르는 것뿐이었다.

"아르센 뤼팽……!"

누군가가 신음처럼 낮게 중얼거렸다. 왕비의 신성한 유언장 마지막에, 악마 같은 이름을 써 넣었다는 사실 때문에 그는 분노를 느끼는 것 같았다.

"그렇습니다, 아르센 뤼팽입니다."

보트를레가 강조하듯 다시금 확인해 주었다.

"페르상 백작은, 죽음을 눈앞에 둔 왕비의 애절한 호소가 무엇을 뜻하는지 이해할 수 없었습니다. 왕비의 유품이 무엇을 의미하는지 알 수 없었습니다. 하지만 뤼팽은 모든 것을 간파했습니다. 그리고 훔친 겁니다."

"훔치다니, 무엇을?"

"말할 것도 없이 저 문서입니다. 루이 16세가 쓴 문서 말입니다. 제가 한 번 손에 넣었습니다. 똑같은 모양이었고, 붉은 밀랍도 똑같았습니다. 지질이나 밀랍의 상태밖에 조사하지 못한, 제

227

조사에 도움이 될 뻔했던 문서를, 뤼팽이 도로 찾아간 이유를 이것으로써 알아냈습니다."

"그래서?"

"마씨방 씨가 인용한 책의 내용은 정확했습니다. 그 종이에는 붉은 밀랍의 흔적이 남아 있었습니다. 에귀유 크뢰즈의 역사적인 문제도 정말로 존재하고 있었습니다. 그러니 제가 읽은 문서는 진짜임에 틀림없습니다. 저는 이 수수께끼를 풀어낼 자신이 있습니다."

"어떻게 말인가? 문서가 진짜이건 가짜이건 해독하지 못하는 한 아무 소용이 없어. 해독 방법을 설명한 책은, 루이 16세가 태워 버렸지 않은가?"

"그렇습니다. 그렇지만 루이 14세의 친위대장이 불 속에서 꺼낸 한 권은 무사히 남아 있을 겁니다."

"어떻게 그것을 알 수 있나?"

"그렇지 않다는 증명을 해 보세요."

보트를레는 입을 다물었다. 그리고 생각을 정리하려는 듯 눈을 감았는데, 잠시 뒤 그의 입술이 천천히 움직였다.

"비밀을 알게 된 친위대장은 나중에 증손자가 발견한 일기에 그 일부를 옮겨 썼지만, 결국 아무것도 쓰지 않은 것이나 마찬가지입니다. 왜냐하면 수수께끼를 풀 열쇠를 적지 않았기 때문입니다. 왜일까요? 이 비밀을 이용해 보려는 유혹이 대장의 마음에 깃들었기 때문입니다. 대장은 유혹에 졌습니다. 증거 말입니까? 그것은 대장이 살해되었다는 사실입니다. 그 증거로 시체에서 멋진 보석이 발견되지 않았습니까? 그것은 왕실의 보물을 훔친 것입니다. 그 보물이 있는 곳, 아무도 모르는 장소야말로 에귀유 크뢰즈의 비밀인 것입니다. 뤼팽의 행동은 그렇게 암시하고 있습니다. 다행스럽게도 뤼팽은 거짓말을 하지 않습니다."

"그럼, 보트를레. 자네의 결론은?"

"제 결론은 이렇습니다. 이 이야기를 되도록 대대적으로 광고해서, 여러 신문에 '에귀유론'이라는 책을 찾고 있다고 세상에 알리는 것입니다. 어쩌면, 어느 지방 도서관의 서고에서 발견될지도 모르죠."

재빨리 그런 취지의 기사가 발표되었다. 그러나 그 결과를 기다리지 않고 보트를레는 행동을 개시했다.

조사의 실마리가 되는 사실이 하나 있었다. 대장이 살해된 것은 가이용 근처였다. 그날 보트를레는 가이용으로 갔다. 물론, 2백 년 전에 일어난 살인 사건의 현장 검증을 할 수는 없었다. 그러나 범죄였기 때문에 그 지방의 옛 기록이나 구전으로 흔적이 남아 있을 수도 있었다.

그런 정도의 범죄라면 분명히 향토사에 기록되어 있을 것이었다. 또는 지방의 학자나 이런 일에 흥미가 있는 아마추어가 잡지에 글을 썼거나 지역 아카데미에서 강연을 했을 수도 있었다. 보트를레는 무엇인가 발견할 수 있을 것이라고 확신했다. 보트를레는 그런 사람 가운데 서너 명에게서 이야기를 들었다. 그들 중 한 사람인 나이 든 공증인과 함께 교도소의 기록과 재판소나 교회의 기록을 조사하기도 했다. 그렇지만 17세기에 친위대장이 살해되었다는 사실을 언급한 역사적 자료는 발견할 수 없었다.

보트를레는 실망하지 않고, 파리로 돌아와 조사를 계속했다.

살인 사건의 재판은 파리에서 했을지도 모른다고 생각했기 때문이다. 하지만 이런 노력도 성과를 거두지는 못 했다.

보트를레는 다른 실마리를 찾기 시작했다.

여러 각도에서 조사를 다시 했다. 그러다가 '친위대장의 이름을 알 수는 없을까?'라는 의문에 눈을 떴다. 공화국에서 근무했고, 루이 16세가 감금되었을 때는 탕플에 배속되었으며, 나폴레옹 밑에서 싸웠고, 프랑스 전쟁에 종군한 사람의 이름!

조사 결과, 보트를레는 거의 비슷한 이름 둘을 알아낼 수 있었다. 루이 14세 치하에 있었던 라르베리, 공포 정치 시대(프랑스 혁명 중 자코뱅에 의한 독재 정치 시대)의 시민 라르브리. 이렇게 두 사람이었다.

이것만도 중대한 발견이었다. 보트를레는 이 발견을 신문사에 알려, 라르베리나 그 후손에 관해 정보를 제공해 줄 사람을 찾도록 했다.

그에게 답장을 보내온 사람은 얼마 전에 책의 존재를 지적했던 아카데미 회원 마씨방이었다.

안녕하십니까.

참고가 될까 하여 볼테르(18세기 프랑스의 계몽 사상가)의 '루이 14세 시대' 원고 가운데 한 부분(25장 치세(治世))의 특별 기사와 일화를 요약해서 알려 드리겠습니다. 이 부분은 발행된 각종 판에서는 삭제되어 있습니다.

'재무상이며, 샤밀라르 장관의 친구였던 고(故) 코마르탕 씨에게 들은 이야기에 따르면, 왕은 어느 날 소식을 접한다. 라르베리 대장이 살해되었는데 훌륭한 보석을 지니고 있었다는 내용이다. 왕은 허둥지둥 마차를 타고 어딘가로 출발한다. 왕은 몹시 흥분한 얼굴로 돌아와 이렇게 되풀이하여 중얼거린다.

"모든 것을 잃었다……. 모든 것을……."

다음 해, 이 라르베리의 아들과 베리느 후작에게 시집간

딸은 프로방스와 브르타뉴의 영지로 각각 추방된다. 여기에 무언가 특별한 사정이 있는 것이 분명하다.'

또 샤밀라르 장관이 철가면의 비밀을 알고 있던 최후의 장관이었던 것을 생각하면, 이는 사실일 것이 분명합니다.

이상으로 이 부분이 무엇을 의미하는지, 또 두 사건 사이에 어떤 인과 관계가 있는 것인지를 알았으리라고 생각합니다. 나는 이 사건에 관한 루이 14세의 행동, 의혹, 걱정에 대해서는 너무 구체적으로 추측하지 않았으면 합니다. 그런데 라르베리는 공화국 사관 라르브리의 할아버지가 되는 아들 말고, 딸이 한 명 더 있었기 때문에, 다음의 추측도 가능한 것이 아닐까요? 즉 라르베리가 남긴 서류 일부는 딸에게 상속됐고, 그 가운데 친위대장이 불 속에서 꺼낸 책도 있었다고 생각할 수는 없을까요?

귀족 연감을 조사해 보니, 렌느 부근에 베리느 남작이 살고 있습니다. 이 사람이 그 후작의 후손이 아닐까요? 나는 어제 베리느 남작에게 편지를 보냈습니다. 혹시 장서 중에 '에귀유'라는 단어가 들어 있는 오래된 책을 갖고 있지 않나 물어본 것입니다. 답장은 아직 오지 않았습니다.

이 문제에 관해 당신과 이야기할 수 있었으면 좋겠습니다.

괜찮다면 제 집을 한번 방문해 주시지요.

추신: 저의 이런 발견은 신문사에 알리지 않았습니다. 당신이 목적한 바에 다가가고 있는 지금, 비밀을 지키는 것이 중요할 것입니다.

보트를레도 이 말에는 동감이었다. 비밀이 새어 나가지 않도록 적극적으로 연막을 친다? 어떻게?

보트를레는 귀찮게 하는 신문 기자 두 명에게, 현재 심경과 앞으로의 계획에 관해 터무니없는 거짓말을 늘어놓았다.

오후에 보트를레는 급히 센 강변 볼테르 가 17번지에 사는 마씨방의 집으로 달려갔다. 하지만 보트를레가 오면 전해 주라는 편지를 남겨 둔 채 마씨방은 급한 볼일로 출타 중이었다.

보트를레는 봉투를 뜯고 내용을 읽었다.

희망적인 전보를 받아서 렌느에 가서 하루 정도 머무를 예정입니다. 괜찮다면 야간열차를 타고 렌느에서 내리지 말고 베리느라는 작은 역까지 오십시오. 역에서 4킬로미터 거리에 있는 성에서 만납시다.

보트를레는 이 계획이 마음에 들었다. 무엇보다도 마씨방과 거의 동시에 성에 도착할 수 있다는 게 마음에 들었다. 이런 일에 미숙한 학자가 실수라도 하지 않을까 걱정했기 때문이다.

친구 집으로 가서 저녁때까지 시간을 보냈다.

그날 밤, 브르타뉴행 급행을 타고, 다음 날 아침 6시에 베리느에 도착했다. 울창한 숲 속을 지나 성까지 4킬로미터를 걸었다. 멀찌감치 저택이 보였다. 옆으로 기다란 건물로, 르네상스 양식과 루이 필립 양식이 섞여 조금 복잡해 보이는 건물이었다. 그래도 탑이 네 개나 있고, 다리가 있는 등 위세는 상당해 보였다.

성이 가까워짐에 따라 보트를레는 가슴이 뛰었다. 이번에야말로 정말로 목적을 이룰 수 있을까? 물론 불안하지 않은 것은 아니었다. 어쩌면 이번에도 뤼팽이 조작한 극악무도한 계략에 빠질지도 몰랐다. 예를 들어 마씨방도 적의 앞잡이가 아닐까?

보트를레는 웃음을 터트렸다.

'너무 의심이 늘었어. 마치 뤼팽을 전지전능한 신으로 생각하는 것 같아. 뤼팽도 실수를 하고, 운명에 좌우되기도 하는 인간이야. 뤼팽도 그 문서를 잃어버렸잖아. 그래, 모든 것이 거기에서부터 시작되는 거야. 결국, 그의 노력은 자신이 범한 실패를 만회하려는 몸부림일지도 몰라.'

보트를레는 즐거운 마음으로 자신만만하게 초인종을 눌렀다.

"무슨 일이십니까?"

고용인이 입구에 나타나 물었다.

"베리느 남작을 만나고 싶습니다."

보트를레가 명함을 내밀었다.

"남작님은 아직 주무시고 계십니다. 잠시 기다려 주십시오."

"남작을 만나러 온 사람은 없었나요? 흰 수염에 등이 조금 굽은 분이신데?"

신문에 났던 사진 때문에 그는 마씨방의 얼굴을 기억하고 있었다.

"네, 그분은 10분쯤 전에 오셔서 응접실로 안내해 드렸습니다. 같은 일행이신가요? 그렇다면 손님도 안으로 들어오세요."

마씨방과 보트를레의 만남은 매우 분위기가 좋았다. 보트를레는 귀중한 정보를 제공해 준 것에 대해 감사했고, 마씨방은 열성적인 보트를레의 태도에 경탄을 표시했다. 두 사람은 문서에 관해서, 또 그 책을 발견할 가능성에 관해서 의견을 교환했다. 그리고 마씨방은 베리느 남작에 관해 자신이 조사한 것을 이야기해 주었다. 남작은 나이가 60세 정도 되는데, 줄곧 홀로 살다가 지금은 딸 가브리엘 드 비르몽과 함께 살고 있었다. 딸 가브리엘은 최근에 벌어진 자동차 사고로 남편과 아들을 잃었다고 했다.

"남작께서 2층에서 만나겠다고 하십니다."

고용인은 두 사람을 2층으로 안내했다. 넓은 방의 벽에는 아무런 장식도 없었다. 가구라고는 정리함, 서류함, 많은 서류와 장부가 있는 탁자 등이 있을 뿐이었다.

남작은 두 사람을 친절하게 맞아 주었다. 오랜 세월을 고독하게 보내 온 사람이 흔히 그렇듯이 말을 시작하자 그는 쉽게 멈추지 않았다. 그래서 두 사람은 찾아온 용건을 꺼낼 기회를 좀처럼 잡을 수 없었다.

"아, 알고 있지요. 편지는 보았습니다. 마씨방 선생, 에귀유에 관해 쓰여 있는 책을 선조에게서 물려받지 않았나 하는 질문이었지요?"

"그렇습니다."

"사실 나는 선조들과 인연을 끊었습니다. 옛날에는 상당히 묘한 것을 생각하는 사람들이 있었으니까요. 나는 현대에 살고 있습니다. 과거와는 단절돼 있죠."

"그렇군요."

보트를레는 조마조마했다.

"그 책을 본 기억이 전혀 없으신지요?"

"있지요. 그래서 마씨방 씨에게 전보를 쳤습니다."

마씨방은 방 안을 서성이다가 창밖으로 시선을 던졌다.

"딸의 말로는 서재에 산처럼 쌓인 수천 권의 고서 가운데에서 그런 제목을 본 적이 있다는 것입니다. 나는 신문도 잘 읽지 않습니다. 딸은 가끔 책을 읽지만. 살아남은 조르즈가 건강하기만 하면, 다른 것은 아무래도 좋습니다. 다만 소작료가 제때 들어와 사람들에게 빌려 준 땅 때문에 귀찮은 일이 생기지 않기만을 바랍니다. …… 저기에 내 장부가 있습니다. 저것이 내 인생의 모든 것이죠. 그렇기 때문에 마씨방 씨, 당신이 편지에 쓴 얘기에 관해서는 아무것도 모릅니다."

보트를레는 이런 넋두리를 견딜 수 없어서 느닷없이 말을 가로챘다.

"말씀 도중에 실례합니다만, 그 책은 지금……."

"딸이 어제부터 계속 찾았지요."

"그래서요?"

"찾았습니다. 한두 시간 전에 말입니다. 마침 당신들이 도착했을 때였지요."

"책은 어디에 있습니까?"

"어디에라니? …… 그 탁자 위에 두었소. 보시오, 저기……."

보트를레가 벌떡 일어났다. 탁자 끝, 서류 위에 붉은 가죽 표지로 된 책이 있었다. 보트를레는 그 책을 주먹으로 살짝 눌렀다. 마치 누구도 만지지 못하게 하겠다는 듯이. 그리고 자신도 잡는 것을 망설이는 듯이.

"왜 그러나?"

마씨방도 흥분했다.

"있습니다……. 이거예요……. 드디어 찾았어요!"

"그렇지만 제목은……, 확실한가?"

"확실하고말고요! 보십시오."

보트를레는 모로코 가죽에 새겨진 금 글씨를 가리켰다.

에귀유 크뢰즈의 비밀

"이것으로 우리는 비밀을 풀 방법을 알게 될지도 모릅니다."

"첫 페이지에 뭐라고 쓰여 있나?"

"읽겠습니다. …… 에귀유 크뢰즈의 비밀…… 그 모든 것
을 밝힘…… 개인 출판 100부 한정판…… 진상을 전하기 위
해……."

"이거야, 이거!"

마씨방이 흥분하여 소리쳤다.

"불 속에서 꺼낸 책, 루이 14세가 금서로 한 책이 틀림없어!"

두 사람은 서둘러 책장을 넘겼다.

앞부분에는 라르베리 대장의 일기에 적혀 있는 것과 같은 내
용이 쓰여 있었다.

"이곳은 넘어가지요."

문제 해결을 서두르고 있는 보트를레가 말했다.

"넘어간다고? 천만에! 철가면이 감옥에 들어간 것은 프랑스 왕실의 비밀을 알고 있고, 그것을 밝히려고 했기 때문이야. 이것은 누구나 알고 있어. 그러나 어떻게 그 비밀을 알았지? 철가면의 정체는 누구지? 볼테르가 말했듯이 루이 14세의 배다른 동생이었을까? 아니면 현대의 역사가가 주장하듯이 이탈리아인 마티올리일까? 이것은 아주 흥미로운 문제라고."

"그런 의문은 나중에 푸십시오!"

보트를레가 항의했다. 마치 수수께끼의 답을 알기도 전에 그 책이 손에서 도망갈까 봐 두려워하는 사람처럼.

하지만 역사적인 사건들에 정신을 빼앗긴 마씨방은 자신의 주장을 굽히지 않았다.

"시간이 있으니까, 그렇게 서두르지 않아도 되네. 먼저 설명부터 읽도록 하지."

그러나 보트를레는 이미 문서를 발견하고 숨을 죽이고 있었다. 바로 문제의 그 문서였다. 왼쪽 페이지 가운데에 있는 점과 숫자로 이루어진 기묘한 다섯 행! 언뜻 보기에도 그 내용이, 자신이 그토록 열심히 조사한 문서와 같다는 것을 알 수 있었다. 기호의 배열도 같았다. '아가씨들'이라는 단어의 앞뒤, 그것과

'에귀유'와 '크뢰즈'라는 두 단어 사이에 공백이 있는 것도 똑같았다.

그 앞에 짧은 설명이 있었다.

'필요한 정보는 모두 루이 13세에 의해 다음에 있는 작은 표로 요약되었다.'

이어서 표가 나오고, 그 표의 해설이 있었다.

보트를레는 띄엄띄엄 소리 내어 읽었다.

"보는 바와 같이, 이 표는 숫자를 모음으로 바꾸어도 문제 해결에 조금도 도움이 되지 않는다. 이 수수께끼를 풀기 위해서는 미리 그 해답을 알고 있어야만 한다. 이것은 미궁의 길을 알고 있는 사람들에게 주어진 단서 같은 것이다. 이 단서를 잡고 나가라. 내가 안내하게 되리라.

우선 제4행이다. 4행은 척도와 방향을 나타내고 있다. 지시된 방향으로 가서, 척도를 측정하면 틀림없이 목적을 이룰 수 있다. 다만 어디에서 어디로 가야 하는지를 모르면 아무 소용이 없다. 다시 말해서 에귀유 크뢰즈의 진정한 의미를 알고 있어야만 목적을 이룰 수 있다. 이것은 처음 3행으로 알 수 있다. 첫째는 왕에 대한 복수가 목적이고, 거기에 관해서는 이미 경고를 했다……."

갑자기 보트를레가 깜짝 놀라며 읽는 것을 멈췄다.

"왜 그러나?"

마씨방이 물었다.

"더는 의미를 알 수 없어요. …… 제기랄!"

"왜?"

"찢겼어요! 두 페이지나……. 보세요. 여기 찢긴 자국이 있어요."

보트를레는 분노와 실망으로 몸을 부르르 떨었다. 마씨방이 책을 살폈다.

"찢은 흔적이 분명하군. 그것도 거칠게 찢었어. 보게나. 남은 페이지도 쭈글쭈글하다네."

"그런데 누가?"

보트를레가 주먹을 움켜쥐었다.

"고용인일까? 공범일까?"

"몇 개월 전에 찢었는지도 모르지요."

"어쨌든 누군가가 찢었어요. 누군가 이 책을 들고……, 남작님!"

보트를레가 남작을 소리쳐 불렀다.

"수상한 사람이 이곳을 방문한 적이 있었나요?"

"딸에게 물어보면 알 겁니다."

베리느 남작이 고용인을 불렀다.

잠시 뒤, 비르몽 부인이 안으로 들어왔다. 아직도 젊은 얼굴이었는데, 얼굴 어딘가에 쓸쓸한 기색이 역력했다.

"이 책을 3층 서재에서 찾으셨다죠?"

"네, 끈으로 묶은 책 속에 있었어요."

"그래서 읽으셨나요?"

"네, 어젯밤에."

"그때, 이 부분의 두 페이지가 없었나요? 잘 생각해 보십시오. 기호와 점으로 된 표 다음의 두 페이지입니다."

"아니요. 그렇지 않았어요. 페이지는 모두 있었어요."

부인이 깜짝 놀라며 말했다.

"오늘 아침에는요?"

"오늘 아침, 마씨방 씨가 오셨기 때문에, 제가 책을 가져왔습니다."

"그리고?"

"그다음은 저도 몰라요. 다만……."

"뭡니까?"

"조르즈……, 아들이…… 오늘 아침 이 책을 갖고 놀았어요."

부인이 급히 밖으로 나갔다. 보트를레, 마씨방, 남작도 그 뒤를 따랐다. 조르즈는 방에 없었다. 여기저기 찾아다닌 끝에, 저택 뒤뜰에서 놀고 있는 조르즈를 발견했다. 세 사람은 너무나 흥분한 나머지 무서운 얼굴로 조르즈를 닦달했다. 아이는 큰 소리로 울음을 터뜨렸다. 모두 여기저기 뒤지기 시작했다. 고용인들에게도 이런저런 질문을 했다. 소란스러웠다. 보트를레는 마치 손가락 사이로 물이 빠져나가듯 진실이 새어 나가는 것 같은 기분을 느꼈다.

"이 책은 불완전합니다. 두 페이지가 찢겨 나갔어요. 그런데 부인은 찢겨 나간 두 페이지에 쓰여 있던 글을 읽었다고 하셨습니다. 그렇죠?"

응접실로 돌아와 보트를레가 비르몽 부인에게 물었다.

"네."

"내용을 기억하시지요?"

"네."

"지금 말씀해 주실 수 있으시겠습니까?"

"물론이죠. 그 책은 처음부터 끝까지 아주 재미있었어요. 특히 그 두 페이지는 인상적이었어요. 거기에 밝혀져 있는 사실은 아주 중요하고 흥미로워요."

"계속해서 말씀해 주십시오. 부인의 말씀은 아주 중요합니다. 일각을 다투는 문제일 수도 있습니다. 에귀유 크뢰즈는……."

"어머, 아주 간단해요! 에귀유 크뢰즈라는 것은……."

그때, 고용인이 들어왔다.

"마님께 편지가 왔습니다."

"이상하네……. 집배원은 아까 왔었는데?"

"웬 남자아이가 가지고 왔습니다."

비르몽 부인은 봉투를 뜯고 편지를 읽었다. 그 순간, 얼굴이 새파랗게 질리더니 손으로 가슴을 움켜쥐며 당장이라도 쓰러질 것 같은 표정이 되었다.

편지가 바닥에 떨어졌다. 보트를레는 그것을 주워 부인의 양해도 구하지 않고 훑어보았다.

'말하지 마라. 그렇지 않으면 아들은 영원히 잠들 것이다.'

"아이가…… 아이가…….."

부인은 그렇게 중얼거리며 바닥에 주저앉았다.

보트를레가 위로했다.

"별일 없을 겁니다. 아이들의 짓궂은 장난일 뿐입니다. 그렇게 해서 누구에게 이익이 있겠습니까?"

"적어도 뤼팽이라면 그러고도 남지."

마씨방이 말참견을 했다.

보트를레는 그에게 아무 말도 하지 말라고 눈짓을 주었다. 보트를레도 알고 있었다. 또다시 그가 온 것이었다. 쥐도 새도 모르게 그는 모두의 행동과 말을 감시하고 있었다.

…… 아르센 뤼팽!

"부인, 진정하세요. 우리가 있기 때문에…… 위험한 일은 없을 겁니다."

부인은 이야기를 할 것인가? 부인이 두세 마디를 우물거렸다. 그때, 다시 문이 열리더니 이번에는 하녀가 들어왔다. 몹시 당황한 표정이었다.

"조르즈 도련님이…… 마님…… 조르즈 도련님이……!"

순간, 부인은 정신이 번쩍 든 모양이었다. 부인은 누구보다도 빨리 계단을 내려가, 현관홀을 지나 테라스 쪽으로 달려갔다. 거기에는 어린 조르즈가 의자에 축 늘어져 있었다.

"어떻게 된 거지? 자고 있잖아!"

"갑자기 잠이 들었습니다, 부인. 깨워서 방으로 데려가려고 했지만 너무나 깊이 잠들어서…… 그런데 손이…… 손이 찹니다!"

"손이 차다고!"

부인은 깜짝 놀라며 아이의 손을 만져 보았다.

"정말이야……. 아, 어떻게 하지? 이대로 잠들면…….."

순간 보트를레는 주머니에 손을 넣어 권총을 잡았다. 집게손가락을 방아쇠에 대고 재빨리 총을 꺼내 마씨방을 향해 발사했다.

마씨방은 아까부터 보트를레의 몸놀림을 살피고 있었던 모양으로 잽싸게 몸을 비켰다.

보트를레가 마씨방에게 달려들며 고용인들을 향해 크게 소리쳤다.

"도와줘! 이 자가 뤼팽이다, 뤼팽!"

마씨방은 등나무 의자에 쓰러졌다. 그러나 7, 8초쯤 지난 뒤 마씨방은 일어났고, 아주 간단히 보트를레를 제압했다. 물론 보트를레의 권총은 마씨방의 손으로 넘어갔다.

"좋아……. 이제 됐어. 움직이지 마. 앞으로 2, 3분만 참으면 된다. 그런데 나를 알아보는 데 너무 많은 시간이 걸렸군. 그렇게 마씨방과 똑같았나?"

뤼팽은 등을 펴고 다리에 힘을 주었다. 고용인 세 명과 남작은 너무 겁에 질린 나머지 아무런 행동도 할 수 없었다.

"이지도르, 서투른 짓을 했어. 이 사람들에게 내가 뤼팽이라고 하지 않았다면 이들은 내게 달려들었을 거야. 저렇게 건장한 사람들과 싸웠다면 나도 위험했겠지."

뤼팽은 고용인들 쪽으로 가까이 갔다.

"이봐, 그렇게 무서워할 것 없어. 거친 짓은 하지 않아. 사탕이라도 빨게 해 줄까? 힘이 날 거야. 이봐, 자네……! 아까 준 백 프랑을 돌려줘. 얼굴을 기억하고 있어. 부인에게 편지를 전해 달라고 내가 돈을 주었지? 자, 빨리 내놔. 쓸모없는 놈…….”

뤼팽은 고용인이 내민 지폐를 받더니 갈기갈기 찢어 버렸다.

“배신자의 돈은 손이 더러워지거든.”

뤼팽은 모자를 벗고 비르몽 부인에게 고개를 숙였다.

“제가 한 일을 용서하십시오, 부인. 이것도 운명으로, 저의 업이라고 할까요? 마음에도 없는 잔혹한 짓을 해서 부끄럽습니다. 그러나 아드님은 염려하지 마십시오. 제가 아드님에게 주사를 놓았는데, 한 시간만 지나면 정신을 차릴 겁니다. 다시 한 번 깊이 사과드립니다. 저는 진심으로 부인이 침묵하시기를 바랍니다.”

뤼팽은 다시 한 번 모두에게 고개를 숙여 보였다.

뤼팽은 지팡이를 든 다음 담배에 불을 붙였다. 마지막으로 보트를레에게 보호자 같은 말투로, “잘 있거나, 꼬마!”라고 말한 뒤 담배 연기를 훅 뱉어 내고는 유유히 사라졌다.

보트를레는 몇 분 동안 움직이지 못했다. 비르몽 부인은 어느 정도 마음이 차분해졌고, 아이를 간호하기 시작했다. 보트를레는 다시 한 번 부탁해 보려고 부인 쪽으로 걸어갔다. 두 사람의 눈이 마주쳤다. 보트를레는 아무 말도 하지 않았다. 부인은 어떤 일이 있어도, 말하지 않을 것이라는 걸 알았기 때문이다.

보트를레는 모든 것을 단념하고 그곳을 떠났다.

10시 반이었다. 보트를레는 천천히 정원의 오솔길을 걸어서 역으로 가는 길로 나섰다. 11시 50분에 열차가 있었다.

"이봐, 어때, 내 솜씨가?"

마씨방, 아니 뤼팽이 길가 숲에서 나왔다.

"멋진 솜씨지? 내가 위험한 줄타기의 명수라고 생각하지 않나? 자넨 대체 무슨 영문인지 모를 테지. 비명(碑銘) 문학 아카데미 회원 마씨방이 정말 존재할까 하고 생각하겠지? 물론 있지. 엄연히 존재해. 자네가 얌전하게 굴면 만나게 해 줄 수도 있어. 자, 자네 권총이네. 탄환이 들어 있나 확인해 보겠나? 확실히 장전되어 있지. 아직 다섯 발이 남아 있네. 한 발이라도 맞으면, 나는 저 세상으로 가는 거야. 자, 주머니에 넣게. …… 됐어. 조금 전의 행동은 지나쳤어. 젊은이의 실수겠지만. 듣기로 뤼팽에게 또 당했다며? 나는 이제 도망가지 않을 텐데……, 총을 쏠텐가? 그렇지 않는다면 내 차에 태워 주겠네……."

뤼팽은 손가락을 입에 대고 휘파람 소리를 냈다. 늙은 마씨방의 엄숙한 모습과 뤼팽의 장난스러운 몸짓이나 말투가 너무나 대조적이어서, 보트를레는 웃음을 참을 수 없었다.

"웃었다, 웃었어!"

뤼팽이 기쁜 듯이 소리쳤다.

"알겠나, 꼬마. 자네에게 부족한 것은 바로 그 웃음이야. 자네는 나이에 비해 너무 진지해. 자네는 느낌이 좋은 사람이야. 그러나 너무 웃지 않는 게 흠이지."

뤼팽이 보트를레를 정면으로 바라보았다.

"자네, 내 얘기를 들으면 틀림없이 눈물을 흘릴 거야. 어떻게 해서, 내가 자네 행동 범위를 알고 있는지 가르쳐 줄까? 마씨방이 보낸 편지도 그렇고 오늘 아침 베리느 저택에서 마씨방이 기다린다는 것을 내가 어떻게 알았는지 궁금하지 않나? 자네 친구, 자네가 머무르고 있는 집의 친구가 내게 말해 주었네. 자네는 그 어리석은 친구에게 얘기를 하고, 그럼 그는 곧바로 여자 친구에게 말하지. 그 여자 친구는 뤼팽에게 비밀이 없지, 아마. 봐! 눈에 눈물이 보이는군. 우정을 배신당한 눈물인가? 정말 자네는 귀여워. 안아 주고 싶을 정도야. 그 깜짝 놀란 듯한 눈을 보는 것도 가슴이 찡하지. 가이용에서 자네가 나와 상의했던 그날 저녁을 잊지 못할 걸세. …… 그래 맞아! 그 늙은 공증인도 물론 나였어. 자, 이제 웃어도 되지 않을까? 전혀 애교가 없는 친구로군."

가까이에서 엔진 소리가 들렸다. 뤼팽은 보트를레의 팔을 잡은 채 뚫어지게 그를 바라보았다.

"지금부터는 제발 얌전히 있게. 이젠 어떻게도 해볼 수 없다는 것을 알았을 텐데. 시간과 노력을 허비한들 무슨 소용이 있겠나? 세상에 도둑이라면 얼마든지 있어. 그들을 쫓아. 내게서는 손을 떼는 게 좋아. 그렇지 않으면, 결국 자넨 위험해져."

뤼팽이 보트를레의 몸을 가볍게 흔들었다.

"나도 어리석군. 자네가 나를 그대로 둘 리가 없는데……. 자네는 주저앉을 사람이 아니지. 아! 나는 왜 이렇게 마음이 약할까? 자네를 꽁꽁 묶어 재갈을 물리고, 어딘가로 데려가 당분간 가두어 둘 수도 있는데! 나 역시 나의 조상, 역대 프랑스 왕들이 준비해 둔 조용한 은신처에 틀어박혀, 조상이 나를 위해 남겨 놓은 보물을 즐길 수 있는데……. 아니, 틀렸어. 나는 끝까지 서투른 짓을 할 운명이야. 할 수 없지. 누구나 약점이 있기 마련이니까. 내 약점은 자네야. 그리고 아직 끝난 것이 아니야. 자네가 에귀유 크뢰즈의 실마리를 발견할 때까지는 시간이 좀 걸릴 거야. 그래! 이 뤼팽이 열흘이나 걸렸으니, 자네라면 10년쯤 걸리겠지. 우리 두 사람은 그 정도의 차이인 거야. 알겠나?"

뤼팽의 자동차가 도착했다. 대형 고급차였다. 뤼팽이 문을 열었다. 보트를레는 "앗!" 하고 소리를 질렀다. 리무진 안에 한 남자가 있었는데, 그는 뤼팽, 아니 마씨방이었다.

뤼팽이 말했다.

"걱정할 필요 없네. 잘 자고 있으니까. 만나게 해 주겠다고 약속했었지? 이젠 사정을 알 수 있겠나? 어젯밤 나는 두 사람이 성에서 만날 예정이라는 얘기를 들었지. 그리하여 아침 7시에 여기에서 기다렸지. 마씨방이 지나가는 것을 잡아…… 주사를 놓고…… 그것으로 끝난 거지. 잘 주무시오, 선생. 둑 위에라도 내려 주어야겠군. 춥지 않게 햇볕이 잘 드는 곳이 좋겠지. …… 됐어. 좋아, 아주 좋아. 자, 모자를 들고…… 불쌍한 거지에게 온정을…… 마씨방 노인, 뤼팽으로 변장하다!"

두 마씨방이 마주 보고 있는 광경은 정말 우스꽝스러웠다. 한쪽은 깊은 잠에 곯아떨어져 머리를 건들거리고 있었고, 또 한쪽은 긴장과 경의에 차 있으면서도 의젓했다.

"자, 전속력으로 출발이다. 운전기사, 시속 120킬로미터로 달리게. 이지도르, 차에 타게. 오늘 아카데미 총회가 있어. 마씨방은 오후 3시 반부터 강연을 하기로 되어 있거든. 강연은 예정대로 해야 해. 물 위 도시의 비문에 관한 내용이지. 모처럼 명예로운 프랑스 아카데미 회원이 되었군. 운전기사, 더 속력을 올려. 115킬로미터밖에 안 돼. 속도위반으로 잡히는 게 두렵나? 뤼팽이 같이 있는 것을 잊었나? 이지도르, 흔히들 인생이 단조롭다고 말하지만 인생은 멋진 것이야. 하지만 즐기는 방법을 모르면 안 돼. 나는 잘 알고 있지. 아까도 성에서 자네가 베리느 남작과 이야기하는 동안 창가에서 역사적 문헌의 페이지를 찢었지. 아주 기뻤어. 그리고 자네가 에귀유 크뢰즈에 관해 비르몽 부인에게 물었을 때도 그랬어. 부인이 과연 이야기할까? 말하겠지, 아니, 말하지 않을 거야. 글쎄 어느 쪽일까? 소름이 끼치더군. 만약 부인이 모두 이야기했다면 내가 쌓아 온 발판이 완전히 허물어져서 처음부터 다시 인생을 살아야 했어. 고용인은 시간을 맞추어 나타날 것인가? 보트를레가 내 정체를 밝혀낼까? 아니, 절대로! 저런 멍청이가 알 리 없지. 하지만…… 들켰잖아. 아니, 곁눈질을 하는군. 어, 권총을 꺼내는걸? 아! 이 쾌감! 이지도르, 자네는 너무 호기심이 많아. 자, 잠을 좀 자면 어때? 나는 졸립군. 잘 자게…….”

보트를레가 보고 있는데도 뤼팽은 벌써 잠들었다.

자동차는 나는 듯이 전속력으로 달려, 지평선이 가까이 왔다가 멀어지고 다시 가까이 왔다가 멀어졌다. 거리도 마을도 들도 숲도 없었다. 무한한 공간 속을 달리고 있을 뿐이었다.

보트를레는 강한 호기심에 이끌려, 옆자리의 남자를 물끄러미 보았다. 문득 이 가면을 벗겨, 이 남자의 진짜 얼굴을 보고 싶었다. 그리고 ‘두 사람이 이렇게 자동차 안에 같이 앉아 있는 것은 도대체 어떤 운명일까?’ 하는 생각도 들었다.

그러는 동안 아침부터의 흥분과 실망 뒤의 피로감으로 보트를레도 잠에 곯아떨어졌다.

눈을 떠 보니 뤼팽은 책을 읽고 있었다. 보트를레는 책 제목
을 보려고 몸을 굽혔다. 그것은 철학자 세네카의 〈루키리우스
에게 보내는 서간〉이었다.

카이사르에서 뤼팽까지

'…… 그래! 이 뤼팽이 열흘이나 걸렸으니, 자네라면 10년쯤 걸리겠지…….'

베리느 성을 떠날 때 뤼팽이 한 말은, 그 뒤 보트를레의 행동에 크나큰 영향을 미쳤다. 뤼팽은 정말 냉정하고, 자제심이 뛰어난 남자였다. 그렇지만 가끔은 연극배우처럼 낭만적인 면을 보이곤 했다. 그럴 때면 뤼팽의 입에서 번번이 진심이 튀어나왔다. 별로 중요하지 않을 것 같은 말이라도 보트를레에게는 중요했다.

진실한지 어떤지는 확신할 수 없어도, 보트를레는 뤼팽의 그 말을 무의식중에 내뱉은 진실이라고 판단했다. 다시 말해, 에귀유 크뢰즈의 진상을 밝히는 데에서 뤼팽이 자신과 능력을 비교한 것은, 두 사람 모두 같은 목적을 달성하는 수단을 가지고 있다는 의미였다. 상대에게 없는 단서가 뤼팽에게 있을 리는 없었다. 성공의 기회는 공평했다. 기회도 단서도 같았는데, 뤼팽은 10일로 충분했다. 이 수단, 단서, 기회는 도대체 무엇을 가리키는 것일까? 그것은 결국 1815년에 간행된 책의 내용에 관한 지식이었다. 뤼팽도 마씨방과 마찬가지로 우연히 책을 발견했을 것이다. 그리고 그 덕분에 마리 앙투아네트의 기도서 속에서 중요한 문서를 발견하게 된 것이었다. 따라서 책과 문서, 이 두 개만이 뤼팽의 근거였다. 그는 그것만으로 놀랍게도 비밀의 전모를 재구성한 것이었다. 외부의 도움도 받지 않고, 오로지 책을 연구하고 문서를 연구했을 뿐이다.

그런데 같은 지점에 서 있게 된다면……? 상대가 되지 않는 싸움을 해 본들 무슨 소용이 있을 것인가? 성과 없는 조사가 무슨 도움이 된단 말인가? 예를 들어 발밑에 파 놓은 함정은 피할 수 있다 해도, 결국 완벽하지 않은 성과밖에 올릴 수 없도록 이미 결정되어 있다면?

보트를레는 자신의 생각을 믿었다. 그리고 결심했다. 그 결심이 옳다는 것을 그는 직감적으로 느낄 수 있었다.

보트를레는 정중하게 인사하고 친구 집에서 나왔다. 친구를 원망한들 무슨 소용이 있겠는가. 비난하는 말은 애초부터 하지 않기로 결심한 터였다.

트렁크를 들고, 일부러 이리저리 돌아다니다 파리의 중심지에 있는 작은 호텔에 방을 정했다. 며칠 동안 호텔에서 밖으로 나가지 않았다. 식사 때는 하는 수 없이 식당으로 내려갔지만 그 뒤엔 문을 잠그고 방의 커튼마저도 닫은 채 깊은 생각에 잠겼다.

뤼팽은 열흘이라고 했다.

보트를레는 자기가 이제까지 한 일은 모두 잊고, 책과 문서만을 파고들었다. 뤼팽의 진정한 맞수로 인정받으려면 열흘 안에 모든 수수께끼를 풀어야 했다. 보트를레는 생각하고 또 생각했다. 무슨 일이 있어도 열흘이라는 기한을 넘기지 않을 작정이었다.

하지만……, 열흘이 지났다. 열하루, 열이틀도 지났다.

열사흘째, 드디어 보트를레의 머릿속에 한 가지 생각이 퍼뜩 떠올랐다. 그것은 이상한 식물처럼, 눈 깜짝할 사이 몰라볼 정도로 크게 자라났고, 거대한 뿌리도 생겨났다. 물론 이날 보트를레가 문제의 해결 방법을 모조리 발견한 것은 아니었다. 그러나 한 가지는 알아냈다. 뤼팽이 이용했던 방법, 그것을 알아낸 것이었다.

아주 단순했다. 뤼팽은 다음 문제를 출발점으로 하고 있었다.

그 책 속에 에귀유 크뢰즈의 비밀과 관련되어 있다고 쓰여 있는 여러 가지 역사적 사건 사이에는 어떤 상관관계가 있을까? 역사적인 사건이 아주 많았기 때문에 이 의문에 대답하는 것은 사실 어려웠다. 그러나 면밀히 검토한 결과, 보트를레는 이들 모든 사건에 공통되는 '기본'을 밝혀내는 데 성공했다. 모든 사건이 예외 없이 옛 네우스트리아 왕국, 다시 말해서 현재의 노르망디 지방에 해당하는 지역 안에서 일어나고 있었다.

이 불가사의한 이야기 속의 등장인물들은 모두 노르망디 사람이거나, 나중에 노르망디 사람이 되었거나, 또는 노르망디 지방에서 활약한 사람이라는 결론이 났던 것이다.

고금을 통틀어 이렇게 피가 끓고, 심장이 두근거리는 대행진은 없었을 것이다. 남작, 공작, 왕들이 사방팔방에서 출발하여, 세계의 한곳으로 모였다. 이 얼마나 장대한 광경인가?

보트를레는 닥치는 대로 역사책을 뒤적거렸다. 생 클레르쉬르 엡트 조약 후, 에귀유의 비밀을 알게 된 사람은 초대 노르망디 공작인 로롱, 일명 롤이었다.

에귀유(바늘)처럼 구멍 뚫은 군기를 가지고 있었던 사람은 노르망디 공작으로서 나중에 영국의 윌리엄 왕이 되었다.

비밀을 알고 있던 잔 다르크를 불에 태워 죽인 곳 역시 노르망디 루앙 지방이었다.

그리고 이 사건의 발단에서 목숨을 구하는 대신 에귀유의 비밀을 카이사르에게 밝힌 카레트 족의 수령은 코 지방의 수령이었다. 코 지방은 노르망디의 중심부에 있었다.

추리는 점점 구체적으로 변모했고, 그때마다 지역은 점차 좁혀졌다. 루앙, 센 유역, 코 지방, 확실히 모든 길은 이 지역으로 향하고 있었다. 그리고 이 비밀이 노르망디 공작과 그 자손인 영국 왕의 손을 벗어나 프랑스 왕실의 비밀이 된 시대에는, 두 명의 프랑스 왕이 관련되어 있었다. 한 명은 루앙을 공략하여 디에프 부근의 아르크 전투에서 승리한 앙리 4세였다. 또 한 명은 르아브르 항을 건설한 프랑수아 1세로, 이 왕은 "역대 프랑스 왕들은 국사의 경륜이나 각 도시의 운명을 제압할 비밀을 갖고 있었다."라는 의미심장한 말을 했었다. 루앙, 디에프, 르아브르……, 이 세 도시는 삼각형을 이루고 있었다. 그리고 그 가운데에 코 지방이 있었다.

17세기. 루이 14세는 정체를 알 수 없는 남자가 진상을 폭로한 책을 불태워 버렸다. 라르베리 대장이 불 속에서 책 한 권을 꺼냈고, 그 속에 담긴 비밀을 이용해 보석을 훔쳤고, 큰길에서 강도에게 살해당했다. 그런데 강도가 숨어서 기다렸던 현장은 어디였을까? 가이용이었다! 르아브르, 루앙, 디에프 각지에서 파리로 가는 길목에 있는 작은 도시.

1년 뒤, 루이 14세는 땅을 사서 에귀유 성을 지었다. 왕이 선택한 장소는? 프랑스 중부였다. 이렇게 해서 호기심 많은 사람들의 눈을 노르망디에서 딴 곳으로 옮겨 간 것이었다. 누구도 노르망디가 의심스럽다고 생각하지 못했다.

루앙…… 디에프…… 르아브르……. 코 지방을 둘러싼 삼각형……. 그곳이 문제의 장소였다. …… 한쪽은 바다, 다른 한쪽은 센 강, 또 한쪽은 두 줄기 강에 연결된 계곡이 루앙에서 디에프로 이어져 있었다.

보트를레의 머리에 문득 한 가지 생각이 떠올랐다.

센 강변의 절벽에서 영불 해협의 절벽에 이르는 고원 지대. 뤼팽이 활약한 사건의 무대는 언제나, 그야말로 언제나, 이 지역에 한정되어 있었다.

최근 10년 동안 뤼팽이 정기적으로 활동한 것은 모두 이 지방이었다. 에귀유 크뢰즈의 전설과 가장 밀접하게 결부되어 있는 이 지방의 중심에 뤼팽의 은신처가 있을 것 같은 예감이 들었다.

예를 들어, 카오른 남작 사건은? 루앙과 르아브르 사이에 있는 센 강변에서 일어났다. 티베르메닐 사건은? 고원 지대의 다른 한쪽 끝, 루앙과 디에프 사이가 무대였다. 그루세, 몽티니, 그라스빌의 강도 사건은? 코 지방의 중앙 부분에서 일어났다. 라 퐁텐 가 살인 사건의 범인, 피에르 옹프레이에게 습격받아 손발이 묶였을 때, 뤼팽은 어디를 가던 길이었던가? 루앙이었다. 뤼팽에게 잡힌 셜록 홈스는 어디서 배를 탔던가? 르아브르 가까이였다.

그리고 또, 현재 사건의 무대는 어디였나? 르아브르에서 디에프로 가는 길목의 앙브뤼메지가 아닌가.

루앙, 디에프, 르아브르……. 언제나 코 지방의 삼각형이 무대였다.

다시 말해, 몇 년 전에 아르센 뤼팽은 그 책을 손에 넣었고, 마리 앙투아네트가 문서를 감춘 장소를 알아냈다. 그리고 기도서의 존재를 밝혀낸 것이었다.

보트를레는 여행 준비를 했다. 드디어 수색을 시작해야 할 시간이 온 것이었다.

뤼팽도 여행을 했었다. 같은 희망으로 가슴을 설레며, 그 터무니없는 비밀, 절대 권력의 비밀을 찾아 출발했었다.

'뤼팽이 해냈다면 나도 해내지 못할 것은 없다!'

보트를레는 주먹을 불끈 쥐었다.

이윽고 보트를레는 출발했다.

그는 남들이 얼굴을 알아보지 못하게 변장을 했다. 막대기 끝에 보따리를 걸어 어깨에 멘 그의 모습은 기술을 익히기 위해 프랑스를 여행하는 수습 직인(職人)처럼 보였다.

곧바로 뒤크레르까지 걸어갔고, 거기서 그는 식사를 했다.

마을을 나와 센 강을 따라 걸었다. 때때로 옆길로 들어서도, 직관과, 직관을 지지하는 여러 가지 추리가 안내하는 대로, 계속해서 걸어갔다.

카오른 성에 도둑이 들었을 때, 미술품 컬렉션은 센 강에 떠 있는 배로 운반되었다.

앙브뤼메지의 예배당이 피해를 입었을 때도, 그 오래된 돌조각들은 센 강까지 운반되었다.

마치 선단을 이루는 배들이 루앙에서 르아브르까지 정기적으로 운항하며 이 지방의 미술품이나 보물을 싣고, 억만장자가 사는 신대륙으로 보내지는 것처럼.

"이제 다 왔다……. 이제 조금만 더!"

보트를레는 중얼거렸다. 새로운 사실에 부딪칠 때마다 커다란 충격을 받았고, 호흡을 가다듬었다.

처음 며칠 동안, 수색은 실패로 끝났지만 보트를레는 실망하지 않았다. 그는 자신을 이끌어 주는 추리의 힘을 굳게 믿었다. 그의 추리는 대담했다. 어쩌면 지나치게 앞섰는지도 모른다. 그러나 상관없었다! 목표로 삼는 상대, 그는 다름 아닌 아르센 뤼팽이었다. 그에게 어울리려면 이 정도는 아무래도 좋은 것이다. 아무튼 그의 가설은 뤼팽이라는 초인적인 존재에 필적할 만했다. 그를 상대하는 이상, 무언가 거대한 것, 극단적인 것, 초인적인 것을 찾아야 하지 않겠는가? 즈미에주, 라마이유레, 생 왕드리유, 코드벡, 탕카르빌, 뵈프, 여기는 모두 뤼팽과 관계있는 곳이었다. 뤼팽은 틀림없이 이런 지방에서 이름난 고딕 양식 종루며, 광대한 폐허의 장려함을 여러 번 보았을 것이다. 그런데 등대의 빛처럼 보트를레를 강하게 끌어당긴 것은 르아브르와 그 부근이었다.

"역대 프랑스 왕들은 국사의 경륜이나 각 도시의 운명을 제압할 비밀을 갖고 있었다."

이 난해한 말의 의미가 갑자기 보트를레의 뇌리에 번뜩 스쳤다. 이것이야말로 프랑수아 1세가 이곳에 도시를 세우려고 결심한 동기를 정확하게 말해 주는 것은 아닐까? 르아브르의 운명은 에귀유의 비밀 그 자체와 깊게 결부되어 있는 것이 아닐까?

'…… 노르망디의 옛 도시, 프랑스의 중심 도시였던 이 지역은 두 세력에 의해 그 지위를 확고히 할 수 있었다. 하나는 지금도 위용을 자랑하고 있는, 대양의 출구에 위치한 항구 도시로 그 이름이 전 세계에 널리 알려져 있다. 또 하나의 힘은, 어둠에 싸여 그 누구도 그 존재를 모른다. 눈에 보이지도 않고 손으로 만질 수도 없다. 에귀유의 비밀에 의해, 프랑스와 프랑스 왕실 역사의 한 측면이 이해되고 동시에 뤼팽이라는 인물도 이해된다. 왕가의 보물은 뤼팽의 늘 똑같은 활력과 능력의 원천이 되어 괴도의 보물은 끊임없이 보충되고, 늘어나고 있는 것이다.'

마을에서 마을로, 강에서 바다로, 보트를레는 계속 찾았다. 사냥개처럼 냄새를 맡고, 귀를 세우고, 그 어떤 것에서라도 깊은 의미를 발견하려고 노력했다. 이 언덕을 조사해야 하지 않을까? 이 숲은? 이 마을의 집은? 이 농부의 하찮은 말에 진상을 밝힐 수 있는 단어가 숨어 있는 것은 아닐까?

어느 날 아침, 보트를레는 강어귀에 자리 잡은 옛 도시 옹플뢰르에 가까운 여관에서 식사를 했다. 탁자 맞은편에는 얼굴이 붉은 마부가 식사를 하고 있었다. 긴 작업복을 입고, 채찍을 들고, 시장에서 시장으로 돌아다니는 마부. 노르망디 지방에서 흔히 볼 수 있는 모습이었다. 문득 보트를레는 그 남자가 계속 자기를 보고 있는 것을 눈치챘다. 마치 자신을 알아보았거나, 적어도 누군가와 비슷하다고 생각하는 것 같았다.

'그럴 리가 없는데? 나는 저 사람을 만난 적이 없어. 저 사람도 나를 만났을 리가 없는데……'

어찌 보면 그 남자는 보트를레에 대해 별로 신경 쓰는 것 같지 않았다. 커피와 코냑을 주문하고, 파이프 담배를 피우며 마실 것을 음미하는 남자. 보트를레는 식사를 마치고 일어났다. 밖으로 나가려고 할 때 손님들이 들어왔기 때문에, 잠시 그 마부가 앉아 있는 탁자 옆에 그대로 서 있어야만 했다. 그러자 그 남자가 낮은 목소리로 속삭였다.

"안녕, 보트를레."

보트를레는 속으로는 놀랐지만 태연한 얼굴로 남자의 옆에 앉았다.

"네, 제가 보트를레입니다. 당신은 누구시죠? 어떻게 저를 알아보셨나요?"

"신문에 나온 사진으로 봐서, 사실 긴가민가했네. 어쨌든 자네의 그…… 뭐랄까…… 변장한 모습이 아주 서툴군."

남자의 말투에서 외국인의 억양이 느껴졌다. 그 역시도 변장을 하고 있는 것 같았다.

"당신은 누구시죠?"

보트를레가 되풀이해서 물었다.

"도대체 누구십니까?"

외국인은 빙긋이 웃었다.

"나를 모르겠나?"

266

"처음 봅니다."

"나도 마찬가지야. 하지만 잘 생각해 보게. 내 얼굴도 가끔 신문에 나오거든. 자, 이젠 나를 알아보겠나?"

"아니요."

"허어, 참! 난······, 셜록 홈스일세."

"셜록 홈스라고요?"

이 만남은······ 중대한 의미가 있는 만남이었다. 보트를레는 곧 그것을 깨달았다. 정중하게 인사를 건넨 다음 보트를레가 홈스에게 물었다.

"당신이 여기에 오신 것도 역시 그 사람 때문이겠죠?"

"그렇지."

"그럼, 그렇다면······ 당신도 이 부근이 수상하다고 생각하고 계시나요?"

"물론 확신하고 있네."

홈스가 자기와 같은 생각을 한다는 것을 알고, 보트를레는 기뻤다. 그러나 한편으론 착잡하기도 했다. 만약 자신은 목적을 이루지 못했는데 이 영국인 탐정이 목적을 이뤄 버린다면? 상대에게 선수를 뺏길 수는 없지 않은가?

"증거를 발견하셨나요? 무슨 단서라도?"

"아직은 그다지 염려하지 않아도 되네."

셜록 홈스는 보트를레의 속마음을 꿰뚫고 있다는 듯 넌지시 미소 지었다.

"나는 자네 구역을 침범할 생각은 전혀 없어. 자네가 중시하는 듯한 문서와 책이 내겐 그다지 중요하지 않아."

"그러면 당신의 방법은?"

"내 방법은 전혀 다르지."

"들려주실 수 있습니까?"

"뭐, 좋아. 자네는 보관 사건, 다시 말해 샤르므라스 공작 사건을 기억하고 있나?"

"네."

"뤼팽의 유모 빅투아르에 관한 것도 잊지 않았겠지? 가짜 죄수 호송차에 태워서 도망시킨 여자."

"기억하고 있습니다."

"나는 빅투아르가 있는 곳을 알아냈네. 그 여자는 지금, 25번 국도에서 그다지 멀지 않은 한 농가에서 살고 있지. 루앙에서 릴르로 가는 길 옆이야. 빅투아르를 이용하면, 뤼팽이 있는 곳을 곧 알아낼 수 있을 거야."

"시간이 걸릴 텐데요."

"상관없네. 나는 다른 일은 모두 내던지고 왔지. 내게 중요한 건 이 일뿐이야. 뤼팽과 나 사이에는 전쟁이 시작된 거야. 목숨을 걸어도 좋아."

홈스의 말에는 굴욕을 당한 사람의 지독한 복수심, 적에 대한 격렬한 증오가 진득하게 배어 있었다.

"자네는 이만 가 보는 게 좋겠어."

홈스가 조그맣게 속삭였다.

"사람들이 보고 있어. 우리 둘 다 위험해질 수 있지. 그런데 이 말만은 명심하게. '뤼팽과 내가 만나는 날, 틀림없이 비극이 일어나고 말 거야!' …… 명심하게."

보트를레는 홈스와 헤어졌다.

보트를레는 안심했다. 저 영국인에게 선수를 뺏길 염려는 없다고 판단했다. 그리고 이 우연한 만남에서 그는 새로운 증거를 잡게 되었다.

르아브르에서 릴르로 가는 국도는 디에프를 지나고 있었다. 코 지방의 연안을 달리는 간선 도로, 영불 해협의 절벽을 조망할 수 있는 해안 도로! 그런데 뤼팽의 유모 빅투아르가 살고 있는 곳이 이 도로 근처라고 했다.

빅투아르가 그곳에 살고 있다는 것은, 뤼팽이 그곳에 있다는 것이었다. 두 사람은 언제나 행동을 같이했고, 빅투아르는 그림자처럼 뤼팽을 쫓아다니며 맹목적으로 헌신해 왔다.

"이제 다 온 거야……. 곧 발견할 수 있어."

269

보트를레가 지그시 어금니를 깨물었다.

'센 강 유역과 관계가 있는 것은 확실해. 25번 국도에 관한 것도 확실하다. 이 두 교통로는 프랑수아 1세가 건설한 항구 도시, 그 비밀과 관계있는 도시, 르아브르에서 하나가 된다. 이제 수색 범위는 좁혀졌어. 코 지방은 그렇게 넓지 않아. 수색할 필요가 있는 것은 이 지방의 서부뿐이야.'

보트를레는 수색을 시작했다.

'뤼팽이 발견한 것을 내가 발견하지 못할 리 없다.'

보트를레는 끊임없이 자신을 채찍질했다.

아직은 그보다 뤼팽이 훨씬 유리했다. 그는 아마도 이 지방을 잘 알고 있을 것이었다. 이 지방의 전설 따위에 관해서도 그는 훤할 것이었다. 이것은 그에게 굉장히 유리한 점이었다. 보트를레에게는 예비지식이란 것이 아무것도 없었다. 이 지방에 관해서도 전혀 몰랐다. 이 지방을 여행한 것도, 앙브뤼메지 사건 때가 처음이었다. 그때 역시 서둘러 지나갔을 뿐이었다.

그러나 그것이 어떻단 말인가!

'10년이 걸리더라도 이 수색은 멈출 수 없다. 뤼팽이 바로 이곳에 있다. 조금만 더 파고들면 볼 수 있다. 그 기운이 느껴진다. 저기 길모퉁이에, 저 숲 변두리에, 이 마을 어딘가에, 아님 그 어떤 곳에! 이제까지 나의 예상은 번번이 어긋났다. 하지만, 이번

만은······.'

보트를레의 집념은 점점 강해졌다.

하루에도 몇 번씩 보트를레는 종이쪽지를 꺼내어 살펴보았다. 그것은 이미 숫자를 모음으로 바꾼 사본이었다.

```
e . a . a . . e . e . a .
. a . a . . . e . e .    . e . o i . e . . e .
. o u . . e . o . . . e . . e . o . . e
D  DF  ☐  19  F  +  44  ◿  357  ◁
a i . u i . . e    . . e u . e
```

자주 잡초 위에 배를 깔고 엎드려, 몇 시간씩 골똘히 생각에 잠기곤 했다. 시간은 충분했다. 그는 결코 조급해 하지 않았다.

놀랄 만한 인내심으로 그는 센 강에서 바다로, 바다에서 센 강으로 거슬러 올라갔다. 그는 신중했다. 더는 아무것도 발견할 것이 없다고 판단할 때 비로소 다음 장소로 옮겼다.

몽티빌리에, 생 로망, 옥토빌, 고느빌, 크리크토 방면을 조사하고 탐색했다. 밤이 되면 농가의 문을 두드려 하룻밤 숙박을 부탁했다. 저녁 식사를 끝내고, 농부들은 담배를 피우면서 잡담을 나누었다. 그럴 때, 보트를레는 옛날이야기를 들려 달라고 부탁했다. 옛날이야기가 끝나면 그는 태연하게 이렇게 물었다.

"에귀유는요? 에귀유 크뢰즈에 관한 전설을 들은 적은 없나요?"

"그런 것은 잘 모르겠는걸."

"생각해 보세요. 옛날이야기 같은 것인데…… 바늘 이야기 같은…… 어쩌면 마법의 바늘 이야기일지도 몰라요."

안타깝게도 그것에 관해 사람들은 알고 있지 않았다. 전설도, 전해져 내려오는 그 무엇도 없었다. 그래도 아침이 되면 보트를레는 언제나 힘차게 여행을 떠났다.

어느 날, 보트를레는 바다가 내려다보이는 생 쥐앙이라는 아름다운 마을에 이르렀다. 절벽이 허물어져 내린 듯한 곳을 지나쳐 높은 곳을 향해 마냥 걸어갔다.

그러다 브륀느발의 작은 골짜기, 앙티페르 갑, 벨 플라즈 만 쪽으로 방향을 정했다. 즐겁고 가벼운 발걸음이었다. 물론 조금 피곤했다. 그러나 그것은 살아 있다는 기쁨이었다. 행복감에 젖어 뤼팽도, 에귀유 크뢰즈의 비밀도, 유모 빅투아르도, 홈스도 잊고, 주위의 경치와 파란 하늘, 햇빛을 받아 빛나는 에메랄드 빛 바다에 온통 마음을 빼앗겼다.

로마 시대 요새의 유적으로 보이는, 깎아지른 벼랑과 벽돌 벽의 잔해가 보트를레의 주의를 끌었다. 작은 성 같은 것도 보였다. 옛날 성채를 흉내 내어 지은 건물로, 균열이 많이 생긴 작은 탑과 고딕 양식의 긴 창문도 보였다.

그것들은 울퉁불퉁한 바위투성이 갑(岬) 위에 있었다. 갑이라고 해도 해안에 접한 절벽이었다. 성으로 통하는 좁은 문은 철문으로 막혀 있었고, 철조망도 둘러쳐져 있었다.

보트를레는 간신히 철조망을 타고 넘었다. 아치형 문에는 녹슬고 낡은 자물쇠가 걸려 있었다. 그 위에 다음과 같은 글씨가 쓰여 있었다.

프레포세 성

보트를레는 안으로 들어가지 않고 오른쪽으로 돌아서 작은 언덕을 내려가, 절벽 위의 좁은 길로 들어섰다. 길에는 나무 울타리가 쳐 있었다. 길 끝에는 작은 동굴이 있었다. 잘려진 바위 끝이었다. 바위 끝에서 바다까지는 아무것도 없었다.

동굴은 사람이 간신히 설 수 있을 정도의 높이였다. 암벽에는 많은 이름이 새겨져 있었다. 바위에는 거의 정사각형인 구멍이 천창처럼 육지 쪽으로 뚫려 있었는데, 그 정면에 40~50미터 떨어진 프레포세 성의 총안(銃眼)이 보였다. 보트를레는 짐을 바닥에 내려놓았다. 잠시 주위를 둘러보곤 역시 무거운 몸을 바닥에 앉혔다. 하루의 피로가 삽시간에 몰려왔다. 잠깐 동안이었지만 그는 그만 잠이 들고 말았다.

서늘한 바람에 보트를레는 눈을 떴다. 잠깐 동안 눈앞이 흐릿했다. 그는 머리를 흔들며 아직 멍한 상태인 사고 능력을 회복하려고 노력했다. 머리는 곧 맑아졌다.

그는 다리에 힘을 주어 일어섰다. 아니, 일어나려고 하다가, 그는 모든 동작을 멈추었다. 그의 시선 앞쪽 바닥에 점 하나가 찍힌 듯했다. 갑자기 그의 동공이 크게 확대되었다. 그의 몸이 바람에 휘청이는 잎새처럼 파르르 떨렸다. 두 손에 불끈 힘이 들어갔다. 머리카락이 쭈뼛 곤두서는 것이 느껴졌다.

"설마……, 설마……!"

보트를레의 목소리가 심하게 떨려 나왔다.

"꿈이야……, 환상이야……. 이런 일이, 어떻게 이런 일이!"

그는 신기루를 본 것이 틀림없다고 생각했다. 그러나 눈에 잡힌 현실은 끔찍할 만큼 생생했다. 갑자기 그의 몸이 바닥으로 무너져 내렸다. 온몸의 힘이 갑자기 어딘가로 빠져나가 버린 듯했다.

두 개의 큰 문자! 족히 30센티미터는 됨직한 글자가 발밑 화강암 위에 부조(浮彫)되어 있었다.

두 문자는 서투르게 새겨졌고, 몇 백 년이라는 세월에 닳고 닳아 표면이 변색되어 있었지만, 분명 D와 F였다.

D와 F!

기적이었다. D와 F! 바로 그 종이에 적혀 있는 글자였다! 그 문서에 알파벳으로 쓰여 있는 단 두 개의 글자!

일부러 종이를 꺼내 확인해 볼 필요도 없었다. 이것은 4행, 척도와 방향을 나타내는 행에 있는 문자 두 개였다. 그 두 문자를 보트를레는 익히 알고 있었다. 망막에 영원히 새겨져, 뇌수의 주름 사이에도 박혀 있는 문자였다.

보트를레는 일어나 밖으로 나갔다. 가파른 길을 서둘러 내려갔다. 옛 요새를 따라 올라가 철조망에 걸리기도 하면서 문을 넘었다. 가파르지 않은 언덕의 비탈에 이르자, 양치기가 있었다. 그가 양치기에게 물었다.

"저기 저 동굴, 저기…… 저 동굴은……?"

입술이 떨려 말도 제대로 나오지 않았다. 양치기는 깜짝 놀라 그를 빤히 올려다보았다. 보트를레는 침을 꿀꺽 삼킨 뒤 다시금 천천히 입술을 움직였다.

"저기…… 성채 오른쪽에 있는 동굴…… 이름이 있나요?"

"있고말고요! 에트르타 사람들은 누구나 '아가씨들'이라고 부르지요."

"뭐라고 하셨죠? …… 지금 뭐라고 말씀하셨는지요?"

"그 동굴을 우린 '아가씨들의 방'이라고 불러요."

보트를레는 몹시 기뻐 힘껏 함성을 지르고 싶었다. 이제 고생
은 끝난 건가?

아가씨들! 그 문서에서 알 수 있었던 낱말 두 개 가운데 하나
였다.

사나운 바람이 발밑으로 불어와 보트를레를 흔들었다. 바람
은 거세게 소용돌이치며 바다에서 육지로, 다시 사방에서 돌풍
처럼 불어닥쳤다. 엄청난 힘이었다. 이것은 진실의 힘이었다.
…… 진실, 진실을…… 밝혀냈다! 보트를레는 문서의 진짜 의
미가 보이는 듯했다.

'아가씨들의 방…… 에트르타……!'

"그래."

머릿속에 빛이 스며든 듯 모든 것이 명확해졌다.

"틀림없어. 어째서 더 빨리 눈치채지 못했던 것일까?"

보트를레는 양치기에게 진심으로 고마워했다.

"고맙습니다. …… 이제 됐어요. 됐어요!"

양치기는 휘파람을 길게 불어 개를 불렀다. 멀리 있던 개가
빠르게 뛰어왔고, 그의 앞에서 꼬리를 흔들었다. 양치기는 간다
는 말도 없이 서둘러 보트를레의 곁을 떠났다. 그의 개가 뒤를

졸졸 따랐다.

혼자 남겨지자, 보트를레는 다시 성 쪽으로 걸음을 옮기기 시작했다. 그러다 성채를 막 지나칠 즈음, 갑자기 깨달음 하나가 그의 몸을 후려쳤다. 그는 반사적으로 낮게 몸을 엎드렸다. 보트를레는 자신의 어리석음을 탓했다.

'미쳤어. 만약 그들이 보고 있다면? 나는 한 시간 전부터 이 부근만을 돌아다니고 있었는데…….'

보트를레는 엎드린 채 움직이지 않았다.

해가 넘어가고 있었다. 조금 있으면 사위가 어둠으로 변하리라.

보트를레는 뱀처럼 기어갔다. 풀숲에 닿자 손을 뻗어 그 사이를 헤쳤다. 머리를 내밀고 보니 아래는 심연이었다.

눈앞, 절벽과 거의 같은 높이로 바위 하나가 바닷속에서 불쑥 솟아 있었다. 족히 80미터가 넘어 보이는 거대한 바위! 해면에 닿을 듯 말듯 보이는 화강암 암반 위에 오벨리스크처럼 수직으로 서 있었으며, 꼭대기까지 점점 좁아지는 모양이었다. 바위는 절벽처럼 잿빛이 도는 회색이었다. 끝은 규석이 드러나 있어 마치 무늬처럼 보였다. 긴 세월 탓에, 석회암층과 사암층이 번갈아 쌓인 것이었다.

바위는 군데군데 균열된 틈이 있었고, 그 틈 사이에 흙이 있어 풀이 돋아나 있었다. 전체적인 모습은 강하고 튼튼했으며 위압적이었다. 거친 파도와 폭풍우에도 끄떡없을 난공불락의 자세! 이 바위보다 조금 높게 솟아 있는 절벽의 위용에도 바위는 조금도 압도되지 않은 채 당당하게 서 있었다!

보트를레의 손톱이 사냥감에 덤벼든 맹수의 손톱처럼 지면을 파고들었다. 그의 눈은 꺼칠꺼칠한 바위 표면을, 아니 바위 안까지도 꿰뚫어 보려는 듯이 이글이글 불타올랐다.

수평선은 석양의 마지막 광채로 새빨갛게 물들었다. 하늘에 길고 빨간 구름이 조용히 떠 있는, 멋진 풍경이었다. 환상적인 강어귀, 불타는 평원, 황금의 숲, 피의 호수 같은 몽환적인 광경이 붉게 펼쳐졌다.

이윽고 푸른 하늘이 어두워졌고, 샛별이 아름답게 빛나기 시작했다. 곧 다른 별들도 앞다퉈 빛을 뿜기 시작했다.

보트를레는 가만히 눈을 감고 두 손으로 얼굴을 감쌌다. 손끝으로 지그시 이마를 눌렀다.

…… 아! 격렬한 감동이 파도처럼 일었다. 마구 가슴이 뛰었다. 견딜 수 없는 감동이었다.

'저기, 저기에…… 에트르타의 바늘(에귀유)…… 바위틈에서 연기가 피어오르고 있다!'

마치 비밀한 굴뚝이 거기에 있기라도 한 것 같았다. 연기는

나선을 그리며 고요한 하늘로, 마치 용처럼 하늘로 올라가고 있
었다.

열려라, 참깨

에트르타의 에귀유 크뢰즈(구멍 뚫린 바늘)!

이것은 자연 현상으로 만들어진 것일까? 지각 변동, 또는 바다의 침식 작용이나 침투된 빗물 때문에 내부에 구멍이 뚫린 것일까? 아니면 켈트 족이나 갈리아 인이나 선사 시대 사람이 만든 초인적인 작품일까? 이에 대한 대답은 아마 영원히 알아내지 못할 것이었다. 그리고 그런 대답 따윈 아무래도 좋았다! 중요한 건 단 하나! '바늘(에귀유)에 구멍이 뚫려 있다(크뢰즈)'는 것이었다.

'아발의 문'이라고 불리는 아치형 바위는 절벽 끝에서 거대한 나뭇가지처럼 튀어나와, 바다 밑의 암초에 뿌리를 내리고 있었

다. 이 아치에서 40~50미터 떨어진 곳에 커다란 원뿔형 석회암이 솟아 있었다. 그런데 이 원뿔은 마치 허공에 걸린 뾰족모자처럼 보였다.

이것은 놀라운 발견이었다. 뤼팽에 이어 보트를레도 지금, 2천 년 전부터 전해져 내려오던 중대한 수수께끼를 풀 열쇠를 발견한 것이었다. 그 옛날 말 타고 유럽 대륙을 누비던 시대에는 이 수수께끼의 답이 그것을 알고 있는 사람에게는 더없이 중요했다. 이 주문을 외우면, 후퇴하는 부족 전원을 숨길 수 있는 거대한 은신처의 문이 열렸던 것이다. 이 불가사의한 열쇠가 있으면 더욱 안전한 피난 장소에 숨을 수도 있었다. 이것이야말로 권력과 지배권을 보증하는 마법의 주문이었다.

이 주문을 알고 있었기 때문에, 카이사르는 갈리아를 정복할수 있었다. 이 주문을 알았기 때문에 노르망디 사람들은 이 지방을 제압했고, 이 영토를 거점으로 영국을 정복했고, 시칠리아섬을 정복했고, 신대륙을 정복하게 된 것이었다!

이 비밀을 쥐고 있던 역대 영국 왕은 프랑스를 지배하고 굴복시키고 분열시켜, 파리에서 대관식을 올렸다.

이 비밀을 손에 넣은 프랑스 왕들은 힘을 키운 뒤 좁은 영토 밖으로 세력을 넓혀 강대한 국가를 건설했고, 영광과 권력을 누렸다. 하지만 이 비밀은 잊혔다. 죽음, 망명, 몰락의 운명은 그 결과였다.

기슭에서 15 ~ 16미터 떨어진 곳에 있는, 눈에 보이지 않는 바닷속 왕국! …… 노트르담 탑보다도 높이 솟았으며, 도시의 광장보다 큰 화강암 암반 위에 있는 비밀 요새! …… 그 위력은 강대했고, 그 안에 있으면 안전했다. 파리에서 센 강을 지나 바다로. 그곳에 새로운 항구 도시 르아브르가 있었다. 그리고 그곳에서 28킬로미터 떨어진 곳에, 에귀유 크뢰즈가 있었다. 난공불락의 요새, 절대 안전의 피난 장소!

에귀유 크뢰즈는 피난 장소이면서 동시에 훌륭한 보고였다. 여러 세기 동안 축적한 왕들의 보물, 프랑스가 보유한 모든 황금, 백성들에게서 착취하고 성직자들에게서 몰수한 재물, 전 유럽에서 모은 전리품, 그것들이 모두 이 왕가의 동굴에 쌓였다. 옛날 금화, 번쩍이는 은화, 스페인 · 베네치아 · 피렌체 · 영국의 금화, 보석, 다이아몬드, 온갖 장신구 등이 그곳에 잠들어 있었다.

이것을 발견한 자는 누구인가?

…… 뤼팽이 발견했다.

바늘처럼 생긴 바위에 구멍이 뚫려 있는 것은 의심할 나위 없는 사실이었다. 남은 문제는, 어떻게 거기로 가는가 하는 것이었다.

물론 바다로 가야 했다. 작은 배가 접근하기 쉬운 밀물 때, 분명 바위틈이 보일 것이었다.

저녁때까지 보트를레는 절벽 위에 누워 있었다. 피라미드 같은 바위의 검은 그림자를 물끄러미 지켜보며, 모든 지혜를 짜내려고 노력했다.

보트를레는 에트르타 쪽으로 걸어갔다. 가장 허름한 호텔을 정해 식사를 하였고, 방으로 들어가 문서를 펼쳤다.

이제 보트를레에게 암호문의 의미를 푸는 것은 아주 쉬운 일이었다. 에트르타라는 지명의 모음 3개가 1행에 있었다. 순서도 간격도 틀림없었다.

1행은 다음과 같았다.

   e . a . a . . étretat

에트르타 앞에 오는 말은 무엇일까? 틀림없이 마을에서 본 에귀유의 위치를 나타내는 말일 것이었다. 에귀유는 마을 왼쪽, 서쪽에 있었다. ······ 잠시 생각해 보니 이곳 해안에서는 서풍을 '아발(강 아래)의 바람'이라고 부르고, 또 그 아치형 바위가 '아발의 문'이라는 것이 떠올라 보트를레는 이렇게 썼다.

En aval d'étretat (에트르타 서쪽)

2행은 '아가씨들'이라는 단어가 있는 줄이었다. 이 말 앞에 'La chambre des(⋯⋯의 방)'라는 말을 만드는 모음이 계속 나와 것을 한눈에 알았으므로, 다음과 같이 적었다.

En aval d'étretat (에트르타 서쪽)
La chambre des Demoiselles (아가씨들의 방)

3행은 조금 어려웠기 때문에 여러 가지로 생각한 끝에, '아가씨들의 방'에서 그다지 떨어지지 않은 곳에 프레포세 성이 있는 것을 생각하여 다음과 같은 문장을 만들었다.

En aval d'étretat (에트르타의 서쪽)
La chambre des Demoiselles (아가씨들의 방)
Sous le fort de Fréfossé (프레포세 성 밑)
Aiguille creuse (구멍 뚫린 바늘)

이상이 중요한 지시 네 개, 기본적이고 전반적인 지시였다.

이 지시에 따라, 에트르타의 서쪽을 향해 가다가, '아가씨들의 방'으로 들어가, 프레포세 성 밑을 지나 에귀유에 이르는 것이었다.

하지만 어떻게? 넷째 줄에 있는 방향과 척도를 이용하면 되었다.

D $\overline{\text{DF}}$ ⬜ 19 F + 44 ◺ 357 ◹

이것은 분명히 아주 특수한 지시였으며, 비밀 통로의 입구와 에귀유에 다다르는 길을 알려주고 있었다.

보트를레는 문서의 내용으로 추측하여 다음과 같은 가설을 세웠다.

만약 육지와 에귀유처럼 생긴 뾰족한 바위를 직접 연결하는 통로가 있다면, 그 지하도는 '아가씨들의 방'에서 시작해서, 프레포세 성 밑을 지나, 또다시 백 미터 절벽을 수직으로 내려갈 것이었다. 그리고 해저의 암반을 뚫은 터널을 빠져나가 에귀유 크뢰즈에 이를 것이었다.

지하도 입구? 부조된 D와 F 두 글자가 그것을 나타내며, 입구는 어떤 교묘한 장치로 열릴 것이라고 보트를레는 추정했다.

다음 날 오전, 보트를레는 에트르타 마을을 무작정 싸돌아다녔다. 무언가 도움이 될 만한 정보를 얻으려고 만나는 사람마다 팔을 붙들고 늘어졌다.

오후가 되자 그는 절벽 위로 올라갔다. 그는 어부들이 입는 셔츠와 바지를 입고 수습 수부로 변장했다. 마치 열두어 살쯤 된 소년 같았다.

보트를레는 동굴로 들어갔다.

동굴 안, 두 글자 앞에 쪼그리고 앉았다. 도대체 어떤 비밀이 숨어 있을까? 두드리고 밀고 만지작거리고 돌려 보아도 아무 소용이 없었다.

보트를레는 실제로 글자가 움직일 것이라고는 생각하지 않았다. 그러나…… 그러나, 이 문자는 무엇인가 특별한 의미를 지니고 있는 게 분명했다. 하필이면 그 두 글자가 왜 여기에 있단 말인가? 마을에서 만난 사람들은 이것에 대해 아무것도 설명하지 못했다. 하긴, 에트르타에 관한 귀중한 저서 중의 하나를 저술했던 코세 신부도 이것의 수수께끼를 해독하려고 했으나 실패했다고 했다. 하지만 보트를레는 노르망디 출신의 고고학자가 알지 못했던 사실 — 이것과 똑같은 문자 두 개가 수수께끼의 문서 넷째 줄에 있다는 것 — 을 알고 있었다. 우연의 일치일까? 그럴 리가 없었다. 그렇다면……?

갑자기 머릿속을 스쳐가는 생각이 있었다. 정말이지 단순하고 명쾌한 생각이었다. 그래서 생각을 의심할 수 없었다. D와 F는, 문서의 가장 중요한 단어 가운데, 두 단어의 머리글자가 아니겠는가? 이 두 개는 — 에귀유라는 말과 함께 — 찾아가려는 길의 중요한 지점을 나타내고 있는 것임이 분명했다.

바로 'chambre des Demoiselles(아가씨들의 방)'과 'Fréfossé(프레포세 성)'이었다. 'Demoiselles'의 D와 'Fréfossé'의 F, 이 두 개의 관계는 우연의 일치로 보기에는 너무나도 관계가 기묘했다.

그렇다면 문제를 이렇게 풀 수 있었다.

DF라고 하는 조합은 '아가씨들의 방'과 '프레포세 성' 사이의 관계를 나타내고 있었다. 이 줄의 맨 처음에 나오는 독립된 문자 D는 Demoiselles, 즉 최초의 거점이 되는 동굴을 가리켰다. 또 줄 가운데 있는 독립된 문자 F는 Fréfossé, 즉 지하도 입구가 있다고 추정되는 장소를 가리키는 것이었다.

이 줄의 기호 가운데, 동굴을 찾은 사람에게 성 밑으로 들어가는 방법을 암시하고 있는 기호가 둘 있었다. 적어도 보트를레가 판단하기에 말이다. 왼쪽 아래 구석에 선이 있는 사각형과 19라는 숫자였다.

이 사각형의 형태가 보트를레의 주의를 끌었다. 최소한 시선이 닿는 곳 어딘가에 네모난 그 무엇이 있을 것 같았다.

그는 한참 동안 그것을 찾았다. 그리고 이제는 찾아도 소용없는 일이라고 단념하려 할 때, 바위에 뚫려 있는 작은 구멍 ― 이 방의 창문과 같은 구멍 ― 에 시선이 박혔다. 이 구멍은 정말 직사각형이었다. 울퉁불퉁하고 모양은 좋지 않았지만, 그래도 역시 직사각형임에는 변함이 없었다. 보트를레는 곧 땅 위에 새겨져 있는 D와 F를 두 발로 밟고 서 보았다. 이것이 두 문자 위에 그어져 있는 선의 의미일까?

보트를레는 선 채로 밖을 내다보았다. 시선이 육지 쪽으로 향했다. 가장 먼저 눈에 들어온 것은, 동굴과 육지를 연결하는 ― 양쪽이 바다인 ― 작은 길이었다. 다음으로 오솔길이 눈에 띄었다. 그리고…… 성이 있는 언덕 기슭. 성 쪽을 보려고 보트를레가 왼쪽으로 몸을 기울일 때, 그 순간 암호문의 직사각형 왼쪽 아래 구석에 있는 작은 표시 ― 콤마처럼 기울어진 선 ― 의 의미를 깨달을 수 있었다. 왼쪽 밑에 돌출된 규석 파편이 있었는데, 그 끝이 맹수 발톱처럼 굽어져 있는 것이 보였던 것이다. 마치 총의 조준점 같다고 할까. 이 조준점에 눈을 대니, 맞은편 언덕의 극히 일부분인 프레포세 성의 벽돌 벽이 시야에 들어왔다.

보트를레는 그 벽 쪽으로 뛰어갔다. 벽은 10미터 정도 이어졌고, 벽면은 풀과 나무로 덮여 있었다. 하나 그곳에서 그는 아무런 단서도 찾아내지 못했다.

도대체 19라는 숫자는 무엇일까?

보트를레는 동굴로 돌아와, 주머니에서 끈과 줄자를 꺼내어 끈 한쪽을 규석 끝에 묶고, 19미터 되는 부분에 작은 돌을 매달아 육지 쪽으로 던졌다. 작은 돌멩이는 오솔길 입구에 닿지 않았다.

"이런, 바보! 그 당시에 미터법이 있었을 리가 없지. 19라는 것은 19토와즈(1토와즈는 1.949미터)임이 틀림없어."

미터법으로 환산하여 보았다. 그리고 끈의 37미터 되는 곳에 매듭을 만들어 묶었다. '아가씨들의 방'에서 정확히 37미터가 되는 한 점을 손으로 더듬어 찾았다. 잠시 뒤, 보트를레는 그 접촉점을 발견할 수 있었다. 그곳은 벽돌 틈으로, 나뭇잎에 감춰져 있었다.

보트를레는 저도 모르게 환호성을 질렀다.

집게손가락 끝으로 누르고 있던 매듭이 벽돌 위에 부조된 작은 십자 표시의 중심에 닿은 것이었다. 문서에서 19라는 숫자 다음의 기호는 십자였다.

보트를레는 흥분을 억제하기 힘들었다. 떨리는 손으로 십자 표시를 잡고, 수레바퀴를 돌리듯이 밀며 돌렸다. 벽돌이 흔들리기 시작했다. 더 힘을 주어 돌렸다. 벽돌이 더 움직이지 않게 됐을 때, 이번에는 강하게 힘을 주어 밀었다. 벽돌이 밀려 들어가면서 빗장이 풀리는 듯한 소리가 들려왔다. 아아, 벽돌의 오른쪽 벽이 10미터 정도 회전했다. 드디어 지하도의 입구가 나타난 것이었다!

보트를레는 미친 사람처럼 벽돌이 끼어 있던 철문을 잡았고, 힘껏 잡아당겨 다시 닫았다. 놀라움과 기쁨, 그리고 적에게 발견될지도 모를 두려움 때문에 얼굴이 딱딱하게 굳었다.

'아르센 뤼팽! 난…… 당신의 비밀을 찾았어!'

보트를레의 눈꺼풀이 파르르 떨렸다.

보트를레의 조사는 사실상 끝났다. 적어도 혼자서, 할 수 있는 일은 모두 끝난 것이었다.

그날 밤, 보트를레는 파리의 경찰청장에게 긴 편지를 썼다.

그동안 자신이 조사한 것과 그에 따른 결과를 정직하게 보고했다. 에귀유 크뢰즈의 비밀이 밝혀졌음을 알렸고, 이 일을 끝맺기 위한 도움을 정중하게 요청했다.

보트를레는 회답이 오기를 기다리며 이틀 밤을 '아가씨들의 방'에서 지냈다. 밤의 소리는 공포스러워 그의 신경을 곤두서게 했다. 착각일지 몰라도 사람의 그림자가 어른거리는 것도 같았다. 자신이 동굴 속에 있는 것을 그들이 알고 있을까? '…… 누군가 온다…… 죽는다…….' 그런 생각을 하면서도 눈만은 온 힘을 다해, 의지의 힘으로 벽돌 벽을 뚫어져라 쳐다보고 있었다.

다행히도 첫날 밤엔 아무 일도 발생하지 않았다. 그런데 다음 날 밤, 별빛과 초승달 빛 사이로 문이 열리더니 어둠 속에서 사람 그림자가 나타났다. 둘, 셋, 넷, 다섯 명……! 남자 다섯이 부피가 큰 물건을 운반했다.

보트를레는 들키지 않게 조심하면서 르아브르 쪽으로 걸어 나갔다.

보트를레가 큰 농장을 따라 걷고 있는데, 길모퉁이에서 남자들이 나타났다. 당황한 보트를레는 얼른 둑 위로 올라갔고, 커다란 나무 뒤에 몸을 숨겼다. 모두…… 다섯 명이었다. 그들은 하나같이 손에 무엇인가를 들고 있었다. 2분 뒤, 자동차 엔진 소리가 들렸다. 다시 동굴로 돌아가야 할까? 그런데 그때 그의 상태는 최악이었다. 한 발자국도 더 옮기기 힘들 정도로 매우 지쳐 있었다. 보트를레는 동굴이 아닌 호텔로 가기로 결정했다. 호텔에 도착한 그는 침대에 눕자마자 쓰러져 죽은 듯이 잠을 잤다.

그가 눈을 떠 보니 이미 아침이었다. 기다렸다는 듯 호텔 종업원이 편지 한 통을 들고 왔다. 봉투를 뜯어보니 가니마르 경감의 명함이 들어 있었다.

"드디어 왔군!"

어려운 싸움을 끝낸 뒤였다. 그러므로 그는 원군의 필요성을 절실히 느끼고 있었다.

보트를레는 가니마르를 반갑게 맞이했다. 가니마르가 보트를레의 손을 마주 잡아 주었다.

"자네는 대단한 친구야, 보트를레."

"뭘요. 우연이었을 뿐이에요."

"아냐. 그에 관한 한 우연이란 결코 없네."

뤼팽의 적이라고 할 만한 사람들이 그에 관해 이야기할 때는 말투가 늘 신중한 말투로 변했다. 그들 사이에선 그의 이름을 말하지 않는 게 일종의 불문율이었다.

"이번에는 그를 잡을 수 있겠군."

"지금까지 스무 번도 넘게 그를 잡을 뻔했잖습니까."

보트를레가 웃으면서 말했다.

"그러나 이번은…… 결코 벗어날 수 없어."

"네, 이번만은 사정이 좀 다를 겁니다. 그의 은신처…… 다시 말해 뤼팽이 뤼팽일 수 있었던 이유를 비로소 알아냈으니까요. 하지만 머뭇거리다간 뤼팽이 도망칠지도 모릅니다. 다행이라면 뤼팽은 도망가도 에트르타의 에귀유는 도망칠 수 없다는 것이죠."

보트를레의 얼굴에 만족스런 웃음이 번졌다.

가니마르가 반문했다.

"어째서 그가 도망칠 거라고 생각하지?"

"지금 그가 에귀유에 있다는 증거 따윈 없습니다. 어젯밤 그의 부하들 여러 명이 그곳에서 나갔습니다. 아마 그들 속에 그가 있었을지도 모르죠."

"자네 말에도 일리가 있어. 하긴 지금 중요한 건 에귀유 크뢰즈야. 그 밖의 일은 운에 맡길 수밖에. 그런데 자네에게 할 이야기가 있네."

가니마르가 갑자기 정색하며 말했다. 목소리도 조금 전하고 달리 굉장히 은근해졌다.

"보트를레. 이런 말을 하면 어떻게 생각할지 모르겠네만 이번 사건, 그러니까 에귀유에 관해서는 자넨 그 누구에게도 발설해선 안 되네. 반드시 비밀을 지켜 줘야 해. 난 자네에게 이 점을 명확히 알려 주라는 명령을 받았네."

"누구의 명령이죠? 경찰청장?"

보트를레의 말투에는 빈정거림이 약간 섞여 있었다.

"더 위야."

"국무총리?"

"더."

"…… 설마?"

"보트를레, 나는 대통령 관저에서 나와 이리로 곧장 왔네. 이번 사건은 매우 중대한 국가 기밀로 분류되었어. 이 요새를 비밀로 하는 데는 여러 가지 이유가 있네. 특히 군사상의 이유가 크다네. 이곳은 보급 기지로서의 이용 가치도 아주 높을뿐더러 새로운 화약이나 신개발 포탄의 저장고, 즉 프랑스군의 비밀 병기창으로 활용될 수 있을 걸세."

"하지만 비밀이 새어 나가는 걸 막기가 쉽지 않을 텐데요? 옛날에야 오로지 왕밖에 모르는 비밀이었지만 지금은 다르잖아요. 우리뿐만 아니라 뤼팽 일당도 모두 알고 있는 사실인데요?"

"10년, 아니 5년만 비밀이 새어 나가지 않으면 돼. 이 5년이라는 세월의 가치는 엄청나지."

"그런데 저 요새를, 그러니까 미래의 병기창을 점령하려면 먼저 공격을 해야 하고, 뤼팽을 쫓아내야만 합니다. 그런 일을 극비리에 진행하기는 아무래도 어려울 텐데요."

"물론, 문제가 생길 거야. 하지만 아직은 문제를 걱정해선 안 돼. 어쨌든 시도는 해 봐야 하지 않겠나."

"좋아요. 일단 비밀을 지켜 드리죠. 그런데 경감님의 계획은요?"

"간단히 말하겠네. 첫째, 자네가 보트를레인 것을 감출 거야. 상대가 뤼팽이라는 것도 발표하지 않을 걸세. 자네는 지금까지처럼 에트르타의 소년으로, 그곳을 지나다가 어느 지하도에서 사람이 나오는 것을 목격했다고 말하면 돼. 자네는 절벽 위에서 아래까지 계단이 있다고 생각하나?"

"네, 그런 계단이 몇 개 있습니다. 해수욕장으로 잘 알려진 베누빌에도 '신부의 계단'이 있으니까요. 그 밖에도 어부들이 이용하는 지하도가 서너 군데 있습니다."

"나는 부하와 같이 자네의 안내를 받으며 에귀유로 갈 거야. 어쨌든 공격 목표는 에귀유이지. 만약 그가 없다면 함정을 만들어 둬야겠지. 언젠가 그는 함정에 걸려들 거야. 만약 그가 있다면……."

"만약 있다고 해도, 에귀유 뒤쪽으로, 즉 바다 쪽으로 도망칠 겁니다."

"그 경우에는 다른 부하들이 그를 체포할 걸세."

"경감님은 썰물 때를 노릴 생각이신가요? 그렇게 되면 그를 추적하는 모습을 여러 사람이 보게 될 텐데요. 썰물 때 그 부근에서는 조개나 새우를 잡는 어부와 해녀가 아주 많이 있거든요."

"그 때문에 나는 밀물 때 공격할 걸세."

"그러면 그는 작은 배를 이용해 쉽게 달아나 버릴 겁니다."

"우리도 배를 열 몇 척 배치할 거야. 그를 절대로 놓치지 않을 거야."

가니마르가 자신 있게 대답했다.

"그가 경비망을 물고기처럼 빠져나갈 수도 있잖습니까?"

"그것도 생각했네. 그 이전에 그는 아주 짜디짠 바닷물 맛을 보게 될 거야."

"그 말은 대포라도 쏘겠다는 의미인가요?"

"그래. 르아브르에 수뢰정이 정박하고 있네. 내가 전화만 하면 지정한 시간에 에귀유 가까이 나타날 거야."

"뤼팽의 우쭐거리는 얼굴을 더는 볼 수 없겠군요. 수뢰정이라! 가니마르 경감님, 모든 준비가 완벽하게 갖추어졌군요. 이제 행동하는 일만 남았는데, 공격은 언제 하죠?"

"내일."

"밤에요?"

"낮의 밀물 때, 10시 정각."

"좋습니다."

힘차게 대꾸했지만 보트를레는 마음속으로 몹시 불안했다. 밤새도록 보트를레는 한숨도 못 잤다. 그는 이것저것 걱정이 많았다. 가니마르는 장담했지만 뤼팽이 그리 호락호락하게 당할 인물인가?

가니마르는 보트를레를 남겨 두고, 에트르타에서 10킬로미터쯤 떨어진 이포르로 갔다. 신중을 기하기 위해 그는 그곳에서 부하들과 만나기로 약속한 것이었다. 그곳에서 경감은 해안을 측량한다는 명목으로 낚싯배 12척을 구했다.

9시 45분, 경감은 체격이 좋은 부하 12명을 이끌고 절벽으로 향했다. 절벽으로 오르는 입구에서 그는 보트를레와 만났다.

10시 정각. 그들은 벽돌 벽 앞에 당도했다.

"이봐, 왜 그래? 보트를레, 얼굴이 몹시 창백해 보이는군. 걱정하지 마. 모두 잘될 테니까."

가니마르가 보트를레를 안심시켰다. 그러나 그의 표정 역시 너무 긴장한 나머지 딱딱하게 굳어 있었다.

"그렇게 말씀하시는 경감님도 얼굴이 질려 있는 것 같은데요."

가니마르가 보트를레에게 럼주를 내밀었다. 그 전에 자신이 한 모금 마시는 것을 잊지 않았다.

"자, 마시게."

"아닙니다. 전 필요 없어요."

"겁이 나는 것은 아니야. 그래도 왠지 모르게……. 제기랄! 아주 흥분되는군. 그를 체포한다고 생각하면 이상하게도 온몸이 저려. 뱃속까지 저려 온다고. 이런 내 기분 알겠나?"

"글쎄요."

"자네는 여기서 기다릴 텐가?"

"싫습니다."

"좋아, 같이 가세. …… 자, 문을 열게. 물론 들킬 염려는 없겠지?"

벽으로 걸어간 보트를레는 벽돌을 눌렀다. 문이 열렸고, 지하도 입구가 나타났다. 칸델라에 불을 붙여 살펴보니, 지하도의 천장은 둥글었고, 천장도 바닥도 온통 벽돌이었다.

천천히 앞으로 나아갔다. 계단이 나타났다. 보트를레가 눈으로 세어 보니, 정확히 45단이었다. 계단도 벽돌이었는데, 오랜 세월 사람이 밟아 가운데가 움푹 들어가 있었다.

"제길!"

앞서 가던 가니마르 경감이 무엇인가에 부딪치기라도 했는지 갑자기 걸음을 멈추었다.

"왜 그러십니까?"

"문이 있어."

"그렇군요!"

그것을 본 보트를레가 말했다.

"사람의 힘으로는 부서질 것 같지 않군요. 아주 단단해 보이는데요."

"이제 틀렸어. 아예 자물쇠도 없구먼."

난감한 표정으로 가니마르가 중얼거렸다.

"아니요. 자물쇠가 없기 때문에 오히려 문을 열 수 있을 것 같습니다."

"어떻게 말인가?"

"문이라는 것은 열기 위해 있는 것입니다. 그러니까 이 문에 자물쇠가 없다는 것은 이것을 여는 비밀 장치가 따로 있다는 의미겠죠."

"하지만 우리는 그 비밀을 몰라."

"제가 찾아내지요."

"어떻게?"

"그 문서를 이용하는 겁니다. 넷째 줄은, 에귀유로 가는 길에서 만나는 여러 가지 문제를 해결하게 하려는 목적으로 씌어 있습니다. 그 해결 방법은 아주 간단할 수밖에 없어요. 왜냐하면, 혼란스럽게 하기 위해 쓴 것이 아니고, 안내하기 위해 쓴 것이기 때문입니다."

"아주 간단하다고? 나는 그렇게 생각하지 않아."

문서를 펴면서 가니마르가 소리쳤다.

"44라는 숫자, 왼쪽에 점이 있는 삼각형, 이것만으로는 아무것도 알 수 없다고!"

"그렇지 않아요. 문을 잘 보세요. 네 귀퉁이를 삼각형 철판으로 보강하고, 굵은 못으로 박아 놓았지요? 왼쪽 밑 철판 구석에 박혀 있는 못을 움직여 보세요. 틀림없이 문이 움직일 겁니다."

"유감스럽게도 자네 예상은 빗나갔어."

못을 움직여 본 가니마르가 말했다.

"그러면 44라는 숫자는……?"

보트를레가 낮은 목소리로 중얼거렸다.

"그렇군. …… 계단은 모두 45단……. 암호문의 숫자와 하나 차이! 우연의 일치는 아냐. 아니……, 이 사건에서는 우연의 일치란 애초부터 없었어……. 아! …… 가니마르 경감님, 한 단만 위로 올라가 보십시오. …… 네, 좋습니다. 그대로 44단에서 움직이지 마세요. 다시 한 번 못을 움직이면 빗장이 벗겨질 것입니다."

과연 무거운 문이 천천히 열렸다. 안은 아주 넓은 동굴이었다.

"이곳은 프레포세 성 바로 밑일 겁니다."

보트를레가 자신 있게 말했다.

"이제 흙이 있는 곳을 지나왔기 때문에 벽돌은 없습니다. 이곳은 석회암층입니다."

지하실 끝에 있는 틈으로 들어오는 빛이 주위를 희미하게 비추고 있었다. 가까이 가 보니 그것은 벽이 튀어나온 곳에 생긴 절벽의 갈라진 틈으로, 마치 감시대처럼 되어 있었다.

정면에서 50미터쯤 되는 곳에, 파도 위에 솟아 있는 에귀유의 기괴한 바위가 보였다. 바로 가까이 오른쪽에는 '아발의 문'의 아치가 있었고, 왼쪽에는 넓은 강어귀가 그리는 아름다운 곡선 끝에 아득하게 절벽을 찌르는 또 하나의 아치가 더욱 당당하게 모습을 드러내고 있었다. 이것은 마그나 포르타, 다시 말해서 대문이었다. 배가 돛대를 세우고 돛을 올린 채 그 밑을 충분히 지나갈 수 있는 크기였다.

"경감님의 함대는 보이지 않는데요?"

보트를레가 말했다.

"그래, 보이지 않지."

가니마르가 대답했다.

"아발의 문에 가려져 에트르타와 이포르의 해안은 보이지 않아. 그렇지만 보게, 저기 저 앞바다에 수평선과 닿을 듯 말 듯 검은 선이 보이잖나?"

"네, 그러면 저것이?"

"저것이 우리의 군함, 수뢰정 25호이지. 저것만 있으면 뤼팽은 달아날 수 없어."

바위틈 옆에 난간이 있었다. 모두 그곳이 계단 입구라는 것을 알 수 있었다. 천천히 그 계단을 내려갔다. 암벽 군데군데에 작은 창이 뚫려 있었고, 그곳으로 에귀유가 보였다. 아래쪽으로 내려감에 따라, 그 모습은 점점 거대해졌다. 수면 가까이 오자 창이 없어져 주위는 어둑하게 변했다.

보트를레는 소리를 내어 돌계단의 수를 세었다. 358단 만에 넓은 복도로 나왔다. 여기에도 철판과 못으로 보강한 철문이 있었다.

"이것도 마찬가지예요."

보트를레가 말했다.

"뭐가 말인가?"

"암호문에 357이라는 숫자와 오른쪽에 점이 있는 삼각형이 있습니다. 조금 전과 마찬가지로 하면 됩니다."

두 번째 문도 처음의 문과 마찬가지 방법으로 열었다.

길고 긴 터널이 나타났다. 군데군데 둥근 천장에 매달린 칸델라가 주위를 밝히고 있었다. 벽에서 스며 나온 물기가 바닥으로 떨어지고 있어서 바닥에 나무판자를 깔았다. 걷기가 훨씬 수월해졌다.

"여기는 바다 밑 터널입니다."

보트를레가 말했다.

"가니마르 경감님, 갈까요?"

"모든 게 중세의 기술로 만들어진 게 분명한데 조명은 현대적이군. 가스등이야."

가니마르가 앞으로 걸어 나갔다. 터널은 더 넓은 동굴로 통했고, 곧 계단으로 올라가는 입구가 보였다.

"드디어 에귀유로 올라간다. 이제부터가 진짜야!"

가니마르는 흥분한 것 같았다.

이때, 부하 한 명이 소리쳤다.

"경감님, 다른 계단이 있습니다. 보세요, 왼쪽에!"

그런데 오른쪽에도 세 번째 계단이 있었다.

"제기랄!"

경감이 중얼거렸다.

"어렵게 되었는걸. 우리가 이쪽으로 가면, 그들은 저쪽으로 도망치겠군."

"두 팀으로 갈라져요."

보트를레가 제안했다.

"아니, 안 돼. 그렇게 하면 우리 힘이 약해져. …… 그보다 누군가가 정찰하러 가는 게 좋겠어."

"제가 갈까요?"

"좋아, 자네에게 부탁하지. 나는 부하들과 함께 여기서 기다리겠네. 절벽 안에는 지금 지나온 길 외에도 통로가 몇 개 더 있을지도 몰라. 에귀유 안에도 통로가 있을 거야. 그러나 절벽과 에귀유의 연결 통로는 이 터널밖에 없어. 그 때문에 나가려면

이 동굴을 지나야 해. 나는 자네가 돌아올 때까지 여기서 기다리고 있겠네. 그럼 보트를레, 조심하게. 조금이라도 수상하면 그냥 돌아와야 해."

"알았습니다."

보트를레는 계단으로 올라가기 시작했다. 30단째에 문이 있었고, 그는 그쪽으로 들어갔다. 이번 문은 보통 나무 문이었다. 손잡이를 돌려 보니 잠겨 있지 않았다.

안으로 들어가 보니, 아주 넓은 방이 나왔다. 너무 넓은 탓인지 천장이 아주 낮아 보였다. 램프 빛이 실내를 밝게 비치고 있었고, 튼튼한 기둥이 천장을 떠받치고 있었다. 기둥과 기둥 사이는 무척 넓었다. 어쩌면 이 방의 면적은 에귀유와 거의 같을 것이었다. 그곳에는 많은 상자가 흩어져 있었고 여러 가지 물건이 가득 들어 있었다. 의자, 궤짝, 찬장 등의 가구, 마치 헌 가구상 지하실에나 있을 법한 잡다한 물건들이었다. 왼쪽과 오른쪽에도 계단 출구가 있었다. 아마도 아래 동굴에서 이어진 계단일 것이었다. 그래서 보트를레는 아래로 내려가, 가니마르 경감에게 알릴 수도 있었다. 그런데 눈앞에 다른 계단이 있었으므로, 호기심에 이끌려 혼자서 조사를 계속하기로 마음먹었다.

30단. 문이 있었고 방이 있었다. 앞의 방처럼 넓지 않다고 보트를레는 생각했다. 그리고 계단으로 올라갔다.

이번에도 30단. 문이 있었고, 더 작은 방…….

보트를레는 에귀유의 내부 구조를 알 것 같았다. 방 여러 개가 차례차례 쌓여 있는 듯한 형상. 위로 갈수록 크기만 작아지는 것이었다. 어느 방이나 창고로 쓰이는 것 같았다.

4층까지 올라가자 램프가 없었다. 희미한 햇빛이 바위틈으로 스며들었고, 10미터 아래쯤엔 바다가 있었다.

이때 문득 보트를레는 자신이 가니마르 일행과 상당히 떨어져 있다는 사실을 새삼 인식했다. 그러고는 은근히 불안해지기 시작했다. 다시 되돌아갈까? 그러나 별다른 위험이 닥친 것도 아니었고, 주위가 너무나 조용했기 때문에 뤼팽과 일당이 이미 에귀유를 버리고 도망친 것이 아닐까 하는 생각이 들었다.

'그래. 다음 층까지만 올라가고 그만두어야겠어.'

30단 올라간 곳에 또 문이 있었다. 문은 가벼워 보였고, 이전 문과는 달라 보였다. 보트를레는 문을 열었다. 아무도 없었다. 그러나 이 방의 용도는 다른 곳과는 달랐다. 벽에는 태피스트리가 걸렸고, 바닥에는 융단이 깔렸으며, 아주 훌륭한 찬장 두 개가 서로 마주 보고 있었다. 금은으로 된 식기도 많이 있었다. 좁고 깊은 바위틈에 만들어진 작은 창문에는 유리가 끼워져 있었다. 방 가운데 탁자가 있었고 레이스로 만든 탁자보가 씌워져 있었으며, 과자와 과일을 담은 다리가 있는 접시, 샴페인 병, 활짝 핀 꽃도 있었다.

탁자에는 세 사람 몫의 나이프와 포크가 있었다.

보트를레는 가까이 다가갔다. 냅킨 위에 식사할 사람의 이름이 쓰인 카드가 있었다.

먼저, 아르센 뤼팽. 맞은편 자리에는 아르센 뤼팽 부인. 그리고 마지막 카드에는······ 보트를레는 깜짝 놀라고 말았다. 카드에는 이렇게 쓰여 있었다.

이지도르 보트를레

프랑스 왕실의 보물

스르륵 커튼이 열리더니 누군가가 모습을 드러냈다.

"조금 늦었군, 보트를레. 점심 식사는 12시 예정이었는
데……. 왜 그래? 나를 모르겠나? 내가 그렇게 변했나?"

뤼팽을 만날 때마다 보트를레는 놀라야 했다. 지금 역시 사건
의 막바지인지라 어떤 형태로든 그로 인해 놀랄 일이 생길 것
이라고 예상을 했다. 그렇지만 이번만은 정말 뜻밖이었다. 이번
만남은 놀라움이 아니라 차라리 격렬한 공포였다.

지금 눈앞에 있는 남자, 아무리 생각해도 그를 뤼팽이라고 단
정하기란 쉽지 않은 일이었다. 그는 다름 아닌 에귀유 성의 주
인 발메라였다. 아르센 뤼팽과 싸우기 위해 보트를레가 도움을

청했던 상대, 클로장에서 함께 행동했던 사람, 성에서 뤼팽의
공범을 찔렀던 — 아니, 찌르는 척했던 것인가? — 사람, 그리고
레이몽드를 구출해 주었던 남자, 발메라!

"당신…… 당신이었습니까?"

보트를레의 목소리가 떨려 나왔다.

"그리 놀랄 것 없네. 나의 진면목을 본 사람은 극히 드물어.
영국인 목사나 마씨방으로 변장한 나를 보았다고 해서 내 진짜
모습을 보았다고 생각하는 건 완전한 착각이야. 나와 같은 직업
을 가진 사람은 이 세상을 살아나가기 위해 그에 알맞은 재주를
가지고 있어야 한다네. 필요하다면, 뤼팽은 프로테스탄트 목사
나 비명 문학 아카데미 회원으로도 언제든 변신해야 하네. 그것
이 가능하지 못하다면 뤼팽을 포기해야겠지."

"그런데……, 만약 당신이 뤼팽이라면…… 레이몽드
는……?"

"보트를레, 자네가 생각한 그대로야."

뤼팽이 커튼을 젖히며 신호를 보냈다.

"아르센 뤼팽 부인을 소개하지."

"아, 생 베랑 양!"

보트를레는 눈앞의 현실에 반신반의하면서도 믿을 수밖에
없는 입장이었다.

"아니, 아르센 뤼팽 부인이네."

뤼팽이 그의 말을 곧바로 수정했다.

"아니면, 루이 발메라 부인이라고 불러도 좋겠지. 아무튼 정식으로 결혼한 내 아내일세. 그것도 모두 자네 덕분이야, 보트를레."

뤼팽은 보트를레에게 손을 내밀었다.

"진심으로 나는 자네에게 감사하고 있네. 자네 마음을 짐작하지 못하는 바 아니지만 너무 나를 원망하지는 말게나."

뤼팽은 보트를레가 원망할 거라고 말했지만, 그는 원망하는 마음 따윈 조금도 없었다. 굴욕감도 씁쓸한 기분조차도 들지 않았다. 일방적인 우위! 그랬다. 아르센 뤼팽은 그하고의 대결에서 처음부터 우위였고, 그것은 지금도 계속되고 있는 것이었다. 하나 보트를레가 약한 상대였기 때문은 아니었다. 보트를레는 강하고 영리했다. 다만 뤼팽이 그보다 더욱 강하고 영리했던 것이다. 보트를레는 조금도 불명예스럽다고 생각하지 않았다. 당연한 결과였다.

보트를레는 뤼팽이 내민 손을 잡았다.

"부인, 이리로 앉아요."

기다렸다는 듯 고용인이 나타나 요리가 담긴 접시를 식탁에 내려놓기 시작했다.

"공교롭게도 주방장이 휴가 중이라네. 보트를레, 찬 요리로 만족해야겠어."

보트를레는 식욕이 당기지 않았다. 그래도 뤼팽의 태도에 흥미를 느꼈기 때문에 의자에 다소곳하게 앉았다. 뤼팽은 알고 있을까? 자신에게 위험이 닥쳤다는 것을……. 가니마르와 그의 부하가 가까이 와 있다는 걸 그는 전혀 모르고 있을까?

"그래, 모두 자네 덕분이지. 물론 레이몽드와 나는 처음부터 서로 사랑의 감정을 느꼈어. 그래, 보트를레……. 레이몽드를 납치하고 감금한 것은 모두 연극이었지. 뤼팽은 레이몽드에게 접근하기는 어려워도 발메라는 그리 어렵지 않아. 자네는 물론 추적을 늦추지 않았지. 드디어 에귀유 성의 존재도 알아냈고 말이야. 난 자네의 집념을 역이용하려고 마음먹었지."

"집념이 아니라 어리석음이겠죠."

"아냐, 그렇지 않아. 너무 자네를 비하하지 말게나."

"아무튼 당신은 나를 앞세워 목적을 달성한 셈이군요."

"그래, 그랬던 거야. 발메라가 뤼팽이라고 어느 누가 생각할 수 있었겠나. 어쨌든 발메라는 보트를레의 친구였고, 뤼팽의 손에서 뤼팽이 짝사랑하는 여자를 구해 주었으니까. 아! 정말 즐거웠어. 멋진 추억이야! …… 클로장으로 원정 갔던 일, 성에서 꽃다발과 레이몽드에게 보낸 내 사랑의 편지가 발견되었던 것,

그리고 내 결혼식 때 발메라가 뤼팽에게서 몸을 지키기 위해 행했던 방어책들, 축하 파티, 자네가 내 가슴에 쓰러졌던 일, 모두 즐거운 추억으로 남을 걸세."

잠시 침묵이 흘렀다. 그 사이 보트를레는 레이몽드를 살폈다. 레이몽드는 아무 말 없이 뤼팽을 지켜보고 있었다. 그녀의 눈에는 뤼팽을 향한 애정과 정열이 가득했다. 불안이나 불만, 슬픔 따위 전혀 찾아볼 수 없었다. 레이몽드의 시선을 접한 뤼팽은 상냥한 미소로 화답했다.

"보트를레, 이 조그만 집을 어떻게 생각하나? 그럴듯하지 않은가? 물론 생활하는 데 약간의 불편함은 있지. 그러나 이곳에 만족해 하는 사람도 꽤 있더군. 그것도 아주 많아. …… 저길 보게. 그 옛날, 에귀유의 주인이었던 사람들 명단일세."

벽에는 위에서부터 아래로 다음과 같은 이름이 새겨져 있었다. 카이사르, 샤를마뉴, 롤, 윌리엄 왕, 영국 왕 리처드, 루이 11세, 프랑수아 1세, 앙리 4세, 루이 14세, 그리고 아르센 뤼팽.

"앞으로 여기에 이름을 남길 사람이 또 있을까? 유감이지만 더는 이름이 남겨지지 않을 걸세. 카이사르에서 뤼팽까지. 머지않아 이름도 없는 관광객이 이 기묘한 성을 구경하러 오겠지. 그래도 뤼팽이 없었다면 이 모든 건 영원한 어둠으로 남았을 거야. 보트를레, 맨 처음 이 성에 들어왔을 때 내가 얼마나 기뻤는지 아나? 잃어버린 비밀을 되찾은 기쁨, 그리고 그 비밀의 유일한 지배자가 된 나! 난 유일한 상속자가 된 것이야. 수많은 왕의 뒤를 이어 에귀유의 주인이 된 것이지."

그때 레이몽드가 불안한 얼굴로 뤼팽의 손을 잡았다. 그 때문에 뤼팽의 말이 끊겼다.

"소리가 들려요. 계단 아래에서 소리가 나요. 들리죠?"

"파도 소리요."

"아뇨. 그렇지 않아요. 파도 소리라면 저도 알아요. 다른 소리예요."

"그럼, 뭘까?"

뤼팽이 어린아이처럼 빙긋 웃었다.

"내가 점심에 초대한 사람은 보트를레 한 사람뿐인데?"

뤼팽이 고용인에게 물었다.

"샬로레, 손님이 오신 뒤에 계단 문을 확인했겠지?"

"네, 빗장을 걸어 두었습니다."

뤼팽이 만족한 듯 부드럽게 웃었다.

"레이몽드, 얼굴이 너무 창백해요. 떨 것 없어요. 마음을 놓아요. 당신 옆에는 내가 있잖소. 그리고…… 당신에게 부탁이 있는데……."

뤼팽이 아주 조그마한 소리로 레이몽드와 고용인에게 무슨 말인가를 건넸다. 그 즉시 두 사람은 커튼 저편으로 사라졌다.

아래층에서 들려오는 소리가 점점 뚜렷해졌다. 그 소리는 일정한 간격을 두고 되풀이되고 있었다. 그러나 뤼팽은 여전히 차분했다. 그는 아무 소리도 들리지 않는다는 듯이 행동했다.

"내가 이곳에 처음 왔을 때, 에귀유 성은 황폐한 폐골이었어. 정말 지독했네. 루이 16세를 마지막으로, 프랑스 대혁명 이후 아무도 이곳의 비밀을 몰랐다는 것을 확신할 수 있었지. 터널은 허물어졌고, 계단은 금방이라도 무너져 내릴 듯했어. 바닷물이 안까지 흘러 들어올 지경이었으니까. 나는 보수 공사를 벌였지. 그래서 지금의 모습을 갖추게 된 거야."

보트를레가 끼어들었다.

"당신이 이곳에 왔을 때, 안에 아무것도 없었나요?"

"텅 비어 있었어. 왕들은 나와는 달리 에귀유를 창고로 사용하지 않은 것 같아."

"그럼, 피난 장소로 이곳을 이용했던 것이군요."

"아마 그랬던 것 같아. 외국 군대에 공격당했을 때, 내란이 일어났을 때 말이야. 그러나 진짜 용도는…… 어떻게 말하면 될까? 그래, 이곳은 프랑스 왕실의 보물 창고였어."

소리는 더욱 커지고 뚜렷해졌다. 가니마르 경감이 첫 번째 문을 부쉈고 두 번째 문을 부수는 것이 분명했다. 그러다가 소리가 잠시 멎었다. 하지만 소리는 또다시 들려왔다. 좀 더 가까워졌다. 세 번째 문이었다. 이제 문은 두 개 남아 있었다.

보트를레는 창문으로 밖을 내다보았다. 많은 어선이 에귀유 주위를 에워싸고 있었다. 그다지 멀지 않은 곳에 검은 물고기처럼 수뢰정이 떠 있었다.

"시끄러워. 이야기도 할 수 없을 정도로 시끄럽군. 보트를레, 우리 위로 올라갈까? 에귀유를 구경하는 것도 그리 나쁘지 않을 거야."

두 사람은 자리에서 일어나 다시 한 층 위로 올라갔다. 문이 있었고, 안으로 들어간 뒤 뤼팽은 문을 잠갔다.

"보시다시피 이곳은 화랑이야."

벽에 걸려 있는 유화들은 하나같이 세계적으로 유명한 것들이었다. 라파엘로의 '신의 양을 안은 성모', 안드레아 델 사르토의 '루크레치아 델 페데의 초상', 티치아노의 '살로메', 보티첼리의 '성모와 천사' 외에도 틴토레토, 카르파초, 렘브란트, 벨라스케스가 그린 명작들이 수두룩했다.

"훌륭한 모사품이군요!"

보트를레는 진심으로 감탄했다. 그러나 뤼팽의 반응은 의외였다. 그는 매우 기분 나쁘다는 듯이 보트를레를 쳐다보았다.

"뭐라고? 모사품이라고? 자넨 내 취미를 너무 하찮게 여기는 경향이 있군. 모사품은 마드리드, 피렌체, 베네치아, 뮌헨, 암스테르담에 있네."

"그렇다면 이것은……?"

"모두 진품이야. 오랫동안 수집한 것들이지. 대신 미술관에는 훌륭한 모사품을 걸어 두었네."

"그렇지만 언젠가는……."

"그래. 언젠가는 가짜라는 것이 밝혀지겠지. 그때를 위해 난 모사품의 뒷면에 내 서명을 해 두었네. 사람들은 알게 되겠지. 아르센 뤼팽만이 진정한 수집가라는 것을. 나는 나폴레옹이 이탈리아에서 했던 일을 했을 뿐이야. 보게, 보트를레. 이것이 제브르 백작 저택에 있었던 루벤스의 그림이라네."

그때 또다시 소리가 들려왔다.

"정말 시끄럽군. 더 위로 올라가야 할 것 같은데……. 물론 자네도 함께 가 주겠지?"

"물론이죠."

또 계단이 있었고, 문이 있었다.

"태피스트리 방이라네."

뤼팽이 설명했다.

태피스트리는 벽에 걸려 있지 않았고 둥글게 만 채 끈으로 묶어져 있었다. 거기에는 각기 꼬리표가 붙어 있었다.

그 밖에도 오래된 물건을 싼 듯한 꾸러미가 여기저기에 아주 많았다. 뤼팽은 그것들을 펴서 보여 주었다. 훌륭한 비단, 벨벳, 실크, 사제 옷, 금실과 은실로 짠 의복 등……. 그런데 곧 두 사람은 더 위로 올라가야 했다. 보트를레는 시계 방과 서적 방을 볼 수 있었다. 화려하게 장정된 책은 물론 희귀본도 보았다. 유명한 도서관에서 훔쳐 온 세계에 단 한 권밖에 없는 책도 있었다. 레이스 방, 골동품 방도 있었다.

한 층씩 올라감에 따라 방은 점점 좁아졌다. 그리고 그때마다 소리는 점점 멀어져 갔다. 가니마르가 불리해진 것일까?

"마지막 방이야. 이 방은 보물 방이라네."

뤼팽이 말했다.

이 방은 지금까지와는 전혀 다른 방이었다. 바닥은 원형이었지만 천장이 높았고 전체적으로 원뿔형이었다. 여기가 맨 위층인 것 같았다. 에귀유 바위의 끝까지 15미터에서 20미터쯤 될까?

절벽 쪽으로는 창이 없었지만, 바다 쪽으로는 커다란 창 두 개가 있었다. 그곳으로 밝은 햇살이 비쳐 들어오고 있었다. 바닥은 나무였고, 동심원 모양이 그려져 있었다. 벽 앞에는 장식장이 있었고, 벽에는 그림이 걸려 있었다.

"내 컬렉션 중 최고만을 모아 둔 방이지."

뤼팽이 말했다.

"이전까지 자네가 본 것들은 모두 팔 물건들이었네. 그렇기 때문에 들어왔다 나갔다 하지. 그것이 내 사업이니까. 그렇지만 이곳에 있는 건 모두 신성한 것들이야. 선택의 여지가 없는 최고의 물건, 일품 중의 일품, 값으로 환산할 수도 없는 것들이라네. 보트를레, 이 보석들을 보게. 칼데아의 부적, 이집트의 목걸이, 켈트의 팔찌, 아라비아의 금 목걸이…… 이 조각들을 보게, 보트를레. 그리스의 비너스, 코린트의 아폴로……, 타나그라의 인형이라네. 진짜는 모두 여기에 있어. 이곳에 있는 것을 제외하고 전 세계에 있는 타나그라 인형은 모두 가짜일세. 보트를레, 자네는 기억하고 있겠지. 남 프랑스 교회를 황폐하게 만든 토마 일당 말이야. 사실은 그도 내 부하였어. 이것이 앙바작 교회의 성골함이지. 진짜란 말일세. 루브르 박물관의 가짜 소동은 기억하나? 사이타파르네스의 왕관이 가짜이며, 현대의 공예가가 디자인한 것으로 밝혀진 사건 말일세. 보게, 여기에 있는 것이 진짜 왕관일세. 여기에 있는 것들은 모두 보물 중의 보물이야. 이것도 보겠나? 불후의 명작, 레오나르도 다빈치의 '모나리자'일세. 잘 봐 두게. 가장 여자다운 아름다움을 갖춘 여자의 초상이니까."

보트를레는 침묵을 지켰다. 아르센 뤼팽은 절대 허풍을 떠벌릴 사람이 아니었다. 그는 비록 도적이었지만 그 어떤 사람보다 약속을 잘 지키는 사람이었다. 그렇기에 사람들은 그를 지지하고 숭배하는 것이었다.

아래층에서 쿵쿵거리는 소리가 들려왔다. 두 사람과 가니마르 사이에는 겨우 문 두세 개가 있을 뿐이었다.

보트를레가 그에게 물었다.

"그런데…… 보물은?"

"아, 자네도 그것에 흥미가 있었던 모양이군! 인류가 남긴 최고의 예술 작품보다 보물을 더 보고 싶단 말인가? 하긴 여기에 오는 구경꾼들 모두 그런 마음이겠지. 좋아, 보여 주지!"

뤼팽이 바닥의 둥근 판을 움직여 상자 뚜껑처럼 생긴 것을 손으로 들어 올렸다. 그 아래에는 바위를 도려낸 동그란 통 같은 것이 있었다. 그 속은 텅 비어 있었다. 조금 떨어진 곳에서 뤼팽은 같은 동작을 반복했다. 또 통이 있었다. 이것도 비어 있었다. 뤼팽은 연달아 세 번 같은 동작을 반복했다. 다른 통 세 개 역시 모두 비어 있었다.

"어떤가?"

뤼팽이 웃으면서 물었다.

"실망했나? 루이 11세, 앙리 4세, 리슐류의 시대까지 이 5개의 통은 가득 차 있었을 걸세. 틀림없이 말이야. 그러나 루이 14

세가 되면 이야기가 달라지지. 그 화려한 베르사유 궁전을 세웠고, 또 전쟁도 일으켰지. 나라 재정이 파탄 날 수밖에! 루이 15세도 마찬가지야. 그는 애첩 퐁파두르 부인과 뒤바리 부인에게 마구 돈을 뿌렸어. 엄청난 낭비였지. 그래서 여기엔 아무것도 없는 거야.”

뤼팽은 한숨을 내쉬고 계속했다.

“그러나 아직 실망하지는 말게, 보트를레. 아직 마지막이 남았어. 굉장한 여섯 번째 보물! 이것에는 나를 포함하여 그 누구도 손을 대지 않았더군. 그야말로 마지막 순간을 위해 저장한, 말하자면 비상시를 위해 준비해 둔 것이니까.”

뤼팽이 몸을 굽혔다. 그리고 뚜껑을 열었다. 통 안에는 철 상자가 들어 있었다. 뤼팽은 주머니에서 복잡하게 생긴 열쇠를 꺼내 곧바로 철 상자를 열었다.

눈이 부셨다. 철 상자 속에는 형형색색의 광채로 빛나는 보석이 가득 들어 있었다. 투명하게 빛나는 파란 사파이어와 타오르는 듯한 빨간 루비, 초록색 에메랄드와 황금색 토파즈 등등.

“보트를레, 왕들은 금화도 은화도 프랑스 화폐도 외국 화폐도 모두 써 버렸네. 그러나 다행히도 보석 상자에는 손을 대지 않았어. 세공을 잘 보게. 과거의 모든 것이 이 안에 있네. 시대와 나라는 달라도 모두 최고 작품들이었고, 또 여왕들의 것이었어.

왕비들이 결혼할 때 지참한 보석도 있네. 스코틀랜드의 마거리트 여왕, 사부아의 샬럿, 영국의 메리 여왕, 메디치가의 카트린느, 그리고 오스트리아의 엘레오노르, 엘리자베스, 마리아 테레지아, 마리 앙투아네트……. 이 진주를 보게. 이 다이아몬드는 정말이지 엄청난 크기가 아닌가? 프랑스 왕관의 136캐럿 다이아몬드도 이렇게 아름답지는 않을 걸세."

뤼팽이 자세를 고쳐 잡았다.

"보트를레, 자네에게 부탁이 있네. 전 세계에 이렇게 전해 주었으면 하네. '뤼팽은 왕가의 금고에 있던 보석을 단 하나도 갖고 있지 않았다!'라고. 내 명예를 걸고 맹세하네. 보물에 손댈 권리가 나에겐 없어. 보물은 프랑스의 재산이니까."

가니마르 경감이 더욱 서두르는 것 같았다. 울리는 소리로 미루어 보아 마지막에서 두 번째 문, '골동품 방'의 문을 부수는 것 같았다.

"보물 상자는 열어 놓은 채로 그냥 두세. 그리고 텅 빈 다섯 개 상자도 같이 말일세."

뤼팽은 마지막 인사를 하듯 방 안을 빙 둘러보았다.

"이런 훌륭한 '친구'들과 헤어진다는 건 참으로 슬픈 일이야. 가슴이 찢어지는 것 같군. 사랑하는 보물들을 보고 있을 때 나는 무척 행복했다네. 그런데 두 번 다시 이 손으로 만질 수도, 이 눈으로 볼 수도 없게 되겠군."

뤼팽의 눈가에 얼핏 이슬이 비쳤다.

창가로 다가간 뤼팽이 수평선을 손가락으로 가리켰다.

"그보다 더 괴로운 것은, 이 경치와 이별하는 것이라네. 얼마나 아름다운가? 끝없이 펼쳐진 바다…… 하늘…… 좌우로 연결된 에트르타의 절벽, 절벽에 연결된 문 세 개……. 세 문 모두 이 성의 주인을 위한 개선문이었지. 그리고 성주는 바로 나였네. 모험왕! 에귀유 크뢰즈의 왕! 기괴하고 초자연적인 왕국! 카이사르에서 뤼팽까지…… 참으로 묘한 운명이지!"

갑자기 뤼팽이 웃음을 터뜨렸다.

"옛날이야기에 나오는 왕 같군. 그보다 나는 이브토의 왕(착하고 태평스러운 왕의 대명사)이라고 해 주었으면 좋겠는데. 아니, 그렇지 않아. 세계의 왕이겠지! 이 에귀유에서 나는 세계를 지배하고 있었으니까. 독수리가 발톱으로 먹이를 채듯이, 세계를 손안에 움켜쥐고 있었지. 보트를레, 그 사이타파르네스의 왕관을 들어 보게. …… 전화라네. 오른쪽이 파리 직통 전화, 왼쪽은 런던 직통 전화일세. 런던을 중계지로 해서, 나는 미국, 아시아, 오스트레일리아로 연락할 수 있었어. 각 나라에 지점이 있고, 대리점이 있고, 판매나 정보 수집 담당자가 있지. 비합법 무역 회사라고나 할까. 보트를레, 나는 내 권력에 현기증이 날 때가 더러 있었네. 나의 세력과 권능에 취했기 때문이었지……."

아래층의 문이 부서졌다. 가니마르 경감과 부하들이 안으로 뛰어들었는지 보트를레를 찾는 소리가 들려왔다. 뤼팽이 낮은 목소리로 말을 이었다.

"하지만 어느 날 갑자기 모든 것이 끝났지. 한 젊은 여자 때문이야. 그래, 정말 깨끗한 영혼을 가진 아가씨 덕분에 모든 것이 끝났어. 나는 내 손으로 이 거대한 조직을 파괴해 버렸네. 지금 생각해 보면 모든 것이 바보 같고 허무해. 내게 지금 중요한 건 한 여자의 아름다운 금발과 슬픈 눈동자, 그리고 깨끗한 영혼뿐이라네."

계단을 올라오는 발소리가 거칠었다. 격렬한 일격으로 마지막 문을 때려 부수는 소리가 났다. 뤼팽은 갑자기 보트를레의 손을 꼭 잡았다.

"알겠나, 보트를레. 어째서 내가 자네를 그냥 내버려 두었는지? 자네를 해치려고 마음먹었다면 기회는 수없이 많았네. 그러나 나는 그렇게 하지 않았어. 자네가 여기까지 올 수 있었던 까닭을 조금이라도 생각해 본 적이 있나? 부하들에게 할 일을 조금씩 분담해 주었지. 그날 밤 절벽 위에 있을 때 자네는 그들을 보았을 걸세. …… 에귀유 크뢰즈는 모험 그 자체라네. 에귀유를 소유하는 한 나는 언제까지나 모험가일세. 그러나 에귀유가 내 것이 아니게 되면, 과거와의 인연은 완전히 끊어지고 새로운 미래가 시작되는 거지. 평화롭고 행복한 미래, 레이몽드의 맑은 눈동자가 나를 빤히 쳐다보아도 다시는 얼굴을 붉히지 않아도 될 나의 미래!"

뤼팽이 문 쪽을 노려보았다.

"이봐, 조용히 해! 가니마르, 내 얘기는 아직 끝나지 않았어!"

문을 두드리는 소리가 더욱 커졌다. 마치 큰 서까래로 문을 부수는 것 같았다. 보트를레는 뤼팽과 마주 선 채, 마른침을 삼키며 사태를 지켜볼 뿐이었다. 뤼팽이 어떤 작전으로 나올 것인지 그로서는 무척이나 궁금했다. 아무튼 어떤 계략이 있을 게 틀림없었다. 가니마르에게서 완벽하게 도망칠 그만의 방법이! 그런데 레이몽드는 지금 어디에 있는 것이지?

"아르센 뤼팽은 이제 성실하게 살 걸세. 도둑질 같은 건 하지 않아. 보통 사람들처럼 사는 거지. …… 가니마르! 조용히 해! 멍청한 녀석! 지금 나는 역사에 남을 연설을 하고 있는 중이라고! 후세 사람들에게 전하기 위해 보트를레도 열심히 듣고 있는 중이고!"

이렇게 말하더니 뤼팽이 갑자기 웃음을 터뜨렸다.

"시간이 아깝군. 하긴 가니마르 따위가 내 역사적인 연설의 가치를 알 리가 없겠지."

뤼팽이 붉은 초크를 집어 들었다. 뤼팽은 초크로 벽에다 글자를 적었다.

아르센 뤼팽은 에귀유 크뢰즈의 보물을 모두 프랑스에 기증한다. 단 이 보물은 루브르 박물관에 '아르센 뤼팽 방'을 만들어 진열해야 한다.

"만족하네. 나는 프랑스에 진 빚을 이것으로 모두 청산한 셈이야."

경관들이 번갈아 가면서 문을 두드렸다. 문의 판자가 한 장 뚫렸다. 그곳으로 손 하나가 들어와 열쇠 구멍에 꽂혀 있던 열쇠를 잡으려고 했다.

"제길! 이번에는 가니마르도 목적을 이루었군."

뤼팽이 재빠르게 열쇠 구멍에서 열쇠를 뽑았다.

"경관, 그 문은 튼튼하네. 그렇게 서두르지 않아도 돼. 보트를레, 이젠 헤어져야겠군. 여러 가지로 고마웠네. 나를 더 곤란하게 할 수도 있었는데……. 자넨 남의 마음을 헤아릴 줄 아는 사람이야."

뤼팽은 '동방 박사'들을 그린 판 델 와이텐(1399~1464, 플랑드르의 화가)의 세 폭짜리 그림 쪽으로 걸어갔다. 오른쪽 패널을 접자 조그마한 문이 나타났다. 그가 손잡이를 움켜쥐었다.

"성공을 비네, 가니마르! 모두에게 안부 전해 주게!"

그때 총소리가 났다. 뤼팽이 한 발 뒤로 물러났다.

"이런! 심장을 노렸군! 가니마르, 자네도 조금 솜씨가 늘었는 걸. '동방 박사'의 심장에 명중했어."

"항복해라, 뤼팽!"

가니마르가 뜯어진 판자 구멍으로 권총을 내민 채 눈을 빛냈다.

"내 말대로 해, 뤼팽!"

"하지만 자물쇠가 말을 알아들을까?"

"움직이면 쏜다!"

"그따위 총으로 날 어떻게 할 수 있으리라고 생각하는가, 가니마르!"

가니마르는 구멍을 통해 총을 발사할 수 있었으나, 이미 한쪽으로 몸을 움직인 뤼팽을 겨눌 수는 없었다. 하지만 뤼팽이 놓인 상황도 결코 낙관할 수 있는 건 아니었다. 아무튼 탈출구는 가니마르가 총을 겨누는 쪽이었다. 그가 달아나려면, 경감의 권총 앞에 몸을 내놓을 수밖에 없는 것이었다. 가니마르의 권총에는 아직 탄환이 다섯 발 남아 있었다.

"어허, 참. 너무 시간을 끌었나?"

경관들의 손이 더욱 바빠졌다. 문이 더욱 빨리 부서졌다. 그러자 가니마르의 손이 자유롭게 움직일 수 있게 되었다. 뤼팽과의 거리는 겨우 3미터! 뤼팽은 금색으로 칠한 장식 선반 그늘에 재빨리 몸을 숨겼다.

"보트를레, 뭐해! 가지고 있는 총으로 뤼팽을 쏴."

사실 보트를레는 방관자이고 싶었다. 그런데 가니마르의 요구는 보트를레를 제정신으로 돌아오게 만들었다. 보트를레는 총을 치켜들었다.

'내가 가니마르 편을 들면 뤼팽은 마지막이다.'

보트를레와 뤼팽의 시선이 마주쳤다. 뤼팽의 눈은 냉정했지만 호기심이 짙게 배어 있었다. 그는 자신에게 닥친 위험 따위 별로 걱정하지 않고, 오로지 보트를레의 갈등에만 관심이 있는 사람 같았다. 그때 문이 반쪽으로 갈라졌다.

"꼼짝 마라, 뤼팽!"

그 순간, 무엇인가가 빠르게 진행되었다. 그야말로 눈 깜짝할 사이였다. 조금 뒤에야 깨닫게 된 일이지만 보트를레는 순식간에 억센 힘으로 끌어당겨졌다. 그러니까 뤼팽이 보트를레의 몸을 방패로 이용한 것이었다.

"가니마르, 쫓아와 봐라!"

뤼팽이 뛰기 시작했다. 한 손으로는 보트를레를 끌어안았고,

한 손으로는 문을 열었다. 바로 눈앞에 가파른 계단이 있었지만 뤼팽은 거리낌이 없었다.

이 모든 건 그야말로 눈 깜짝할 사이에 일어난 일이었다.

"자, 육군은 무찔렀고, 이젠 프랑스 해군이 상대인가? 워털루 전투 다음에 트라팔가르 해전이란 말이로군. 볼 만한 가치는 있을 걸세, 보트를레. 아, 정말 유쾌하군!"

한참 뒤에 뤼팽이 혼잣말하듯이 말했다.

"지금쯤, 가니마르는 무엇을 하고 있을까? 터널 입구를 막기 위해, 다른 계단을 뛰어 내려가고 있을까? 아니, 그도 그 정도로 멍텅구리는 아닐 게야. 부하들 몇 명 정도는 아래쪽에 대기시켜 놓았겠지. 어, 위에서 외치는 소리가 들리는군. 이봐, 들려? 그들이 위에서 고함을 치고 있군. 그래, 창을 열고, 해군을 부르고 있어. 보게, 배들이 우왕좌왕하고 있어. 신호를 주고받는군. 드디어 수뢰정이 움직이고 있어. 바쁘군, 모두들. 수뢰정! 난 너를 알고 있다! 르아브르에서 왔겠지. 보트를레, 드디어 적의 함대가 출동했네. 곧 이리로 올 걸세. 드디어 재미있어지는군!"

아래쪽에서 사람 목소리가 들려왔다. 그때 그들은 해면과 같은 높이까지 내려갔는데, 그곳은 넓은 동굴이었다. 어둠 속에서 칸델라 불빛 두 개가 왔다 갔다 하고 있었다. 그림자가 나타나는가 싶더니 누군가 모습을 드러냈다. 여자였다. 여자가 뤼팽목에 매달렸다.

"걱정했어요. 왜 이렇게 늦었어요. 어머, 혼자 오신 게 아니군요."

뤼팽은 여자를 안심시켰다.

"보시다시피 보트를레요. 자, 시간이 없으니 어서 출발합시다. 샬로레, 거기 있나? 배는?"

"준비되어 있습니다."

샬로레가 대답했다.

"그럼 출발 신호를 보내!"

곧 어딘가에서 부르릉거리는 모터 소리가 났다.

"놀랐나? 모터보트라네. 아래쪽에 있지. 보아하니 보트가 어떻게 이 아래에까지 들어왔는지 궁금하다는 표정이로군. 그래, 맞아. 밀물 때 이 동굴 안으로 들어왔어. 그러니 이곳은 사람 눈에 띄지 않는 안전한 정박지인 셈이지."

"하지만 출구가 없군요. 나갈 수가 없잖아요."

"아니 가능해. 곧 보여 주지."

뤼팽은 먼저 레이몽드를 보트에 태웠다. 그러고는 보트를레에게 다가와 보트에 오를 것을 권유했다. 보트를레는 머뭇거렸다.

"두렵나?"

"뭐가요?"

"수뢰정에 격침되는 것 말일세."

"아니요."

"그렇다면, 자네의 관념이 문제로군. 가니마르 편을 드는 것이 정의 · 사회 · 도덕이고, 자네 의무라고 생각하는 것이겠지. 뤼팽은 오욕 · 파렴치 · 불명예 쪽이겠고?"

"솔직히…… 그래요."

"미안하지만, 자네는 선택의 여지가 없네. 당분간 우리 세 사람은 죽은 것으로 해 둘 거야. 내가 성실한 사람으로 다시 태어날 때까지 자넨 가만히 있어야 해. 나중에 자유의 몸이 되면, 자네가 무엇을 말하건 자네 자유일세. 하지만 지금은 아냐."

뤼팽이 보트를레의 팔을 움켜잡았다. 보트를레는 아무리 저항해도 소용없다는 걸 깨달았다. 게다가 어째서 꼭 저항해야 하는가? 이 남자에게 자기 마음이 끌리고 있는데, 그러한 마음에 몸을 맡긴들 무엇이 나쁘겠는가? 그래서 보트를레는 뤼팽에게 이렇게 말하고 싶었다.

'당신에게는 더 위험한 적이 있어요. 홈스가 당신이 있는 곳을 추적하고 있어요.'

"자, 가세."

배의 모습은, 한마디로 아주 기묘했다.

"샬로레, 출발!"

신호와 함께 배가 움직였다. 보트를레는 기분이 좋지 않았다. 지면이, 지구가, 발밑에서 사라지는 것 같은 기분이었다. 허공으로 던져진 듯한 기분이랄까.

"물속으로 가라앉는 걸세. 걱정하지 않아도 돼. 위에 있는 동굴에서 훨씬 아래에 있는 작은 동굴로 옮겨 가는 것일 뿐이니까. 밑에 있는 동굴은 반쯤 바다에 닿아 있지. 썰물 때 그리로 들어갈 수 있어. 조개를 잡는 사람들은 모두 알고 있는 사실이지. 우린 동굴 출구를 통과하는 거야. 통로가 좁아서 이 잠수정이 겨우 빠져나갈 정도지."

"동굴에 드나드는 어부들은 왜 그런 사실을 몰랐죠? 천장에 구멍이 있고, 또 다른 동굴이 있으며, 그곳이 에귀유의 정상까지 통한다는 사실을 말입니다. 계단 따윈 쉽게 발견되었을 텐데요."

"그렇지 않아, 보트를레. 썰물 때는 동굴 천장이 바위와 색깔이 똑같은 뚜껑으로 덮여 있어. 물이 차면 바닷물이 이 뚜껑을 밀어 올리지. 썰물 때는 뚜껑이 다시 꽉 닫히도록 장치가 되어 있고. 그러니까 밀물 때만 자유롭게 다닐 수 있는 거야. …… 어때? 잘 만들어졌지. 내 발명품이라네. 카이사르도 루이 14세도, 나 이전에는 누구도 이런 것을 만들지 않았지. 그 시대에는 잠

332

수정이 없었으니까 만들 필요도 없었겠지. 그러나 나는 계단 밑을 헐어 냈고, 자동 개폐식 천장을 설계했지. 이것 역시 내가 프랑스 국민에게 바치는 선물이라네. 레이몽드, 램프를 꺼요. 이제 불은 필요하지 않으니까."

그의 말대로 동굴을 나오자 푸르스름한 빛이 주위를 밝게 비추었다. 작은 현창 두 개와 갑판 위로 나 있는 잠망경을 통해 바깥을 볼 수 있었다.

이때, 세 사람의 머리 위로 배 그림자가 지나갔다.

"곧 공격이 시작될 거야. 적의 함대는 에귀유를 포위하고 있어. 그러나 아무리 비어 있는 동굴이라 할지라도 저들은 안으로 들어가지 못할 거야."

뤼팽은 송화기를 집어 들었다.

"샬로레, 수심을 유지해라! …… 어디로 가느냐고? 내가 말하지 않았나? 뤼팽 항구! 전속력으로! 물이 빠지기 전에 상륙해야 해. 오늘은 아내도 함께 가는 거니까, 특별히 조심하게."

잠수정은 해저의 암반에 닿을 듯 말 듯하며 항해를 계속했다. 해조들이 검은 나무처럼 위로 뻗어 있었는데, 조류에 살랑살랑 흔들리며 물에 젖은 머리카락처럼 펼쳐졌다. 또다시 머리 위로 긴 그림자가 지나갔다.

"수뢰정이야. 드디어 포격이 시작되겠군. 듀게이 트루앙 선장은 어떻게 할까? 에귀유를 포탄으로 날려 버릴 생각일까? 보트를레, 뒤게이 트루앙과 가니마르가 만나는 장면을 못 보는 것이 정말 유감이겠군. 육해군의 합동 작전이라…….”

잠수정은 매우 빠른 속도로 나아갔다. 해저의 바위가 모래로 바뀌었다가 다시 에트르타의 오른쪽 끝, 아몽의 문이 있는 곳의 바위로 바뀌었다. 잠수정에 놀란 고기 떼가 달아났다. 그 가운데 한 마리는 대담하게도 현창으로 다가와 큰 눈으로 사람들을 쳐다보았다.

“좋아. 제대로 가는군. 보트를레, 이 작은 배에 대한 소감이 어떤가? 나쁘지 않지? 자네는 ‘하트의 7’ 사건을 기억하나? 라 콩브 엔지니어의 비참한 최후, 그리고 그를 살해한 범인들을 처벌한 뒤, 그가 만든 새 잠수정의 설계도를 내가 나라에 기증한 것 말일세. 물론 잠수정은 내가 프랑스에 선물한 것일세. 사실은 그 설계도에서 잠수 모터보트의 설계도를 챙겨 두었지. 그래서 지금 이렇게 자네는 내 배에 타는 영광을 누리게 된 거고.”

뤼팽이 샬로레에게 말했다.

“부상! 이제 위험은 없다!”

배가 해면으로 급상승하기 시작했다. 잠망경이 물 위로 올라갔다. 해안에서 천오륙백 미터 떨어져 항해하는 중이었으므로, 적에게 발견될 걱정은 전혀 없었다.

잠수정은 패캉을 지나 노르망디의 해안을 차례로 지나쳤다. 생 피에르, 프디트 다르, 브레토, 생 발레리, 부르, 키베르빌…… 뤼팽은 여전히 우스갯소리를 늘어놓고 있었다. 보트를레는 뤼팽을 보며 그의 말에 귀를 기울였다. 그의 시원시원한 말투, 쾌활함, 장난스러움, 인생을 즐기는 태도에 보트를레는 완전히 매료되고 말았다.

보트를레는 레이몽드도 관찰했다. 레이몽드는 아무 말도 하지 않고, 오로지 사랑하는 남편에게 바싹 붙어 앉아 있었다. 남편의 손을 잡고, 끊임없이 그의 얼굴을 바라보고 있었다. 보트를레는 보았다. 레이몽드의 손가락이 떨리고, 눈에 어린 슬픔이 깊어지는 것을. 그것은 뤼팽의 농담에 대한 무언의 반응이었다. 그것으로 보아 뤼팽의 짓궂은 인생관에 레이몽드는 공감하지 않는 것이 분명했다.

"그만 웃어요. 이럴 때 웃는 건 운명을 비웃는 것이에요. 사람의 운명이란 어찌될지 아무도 모르잖아요."

디에프 앞바다에서는 고기잡이배에 들키지 않도록 잠항해야만 했다. 20분 뒤, 배는 해안 쪽으로 행로를 잡았다. 이윽고 배는 바위와 바위 사이의 틈을 이용해 만든 해저의 작은 항에 당도했다. 그리고 거기서 조용히 수면으로 떠올랐다.

"여기가 뤼팽 항구일세."

디에프에서 20킬로미터, 트레포에서 12킬로미터 떨어진 곳이었다. 항구 양쪽이 무너진 절벽에서 굴러떨어진 바위로 막혀 있어서 인적이 있을 수가 없는 그런 장소였다. 좁고 경사진 해변은 가는 모래로 덮여 있었다.

"상륙이다, 보트를레……. 레이몽드, 손을 잡아요. 샬로레, 자네는 에귀유로 돌아가서 가니마르와 뒤게이 트루앙 사이에 무슨 일이 벌어졌는지 정찰하게. 저녁때까지 보고하러 오고."

보트를레는 뤼팽 항구를 둘러보았다. 이렇게 밀폐된 곳에서 어떻게 빠져나갈 수 있을까? 그는 절벽 밑에 있는 쇠다리를 발견했다.

"보트를레, 자네가 역사와 지리에 밝다면 여기가 어딘지 알 것이네. 이곳은 비빌 마을에 가까운 파르퐁발 협곡이라는 곳이야. 1세기도 훨씬 넘은 1803년 8월 23일, 조르주 카두달(1771~1804, 프랑스 왕당 반란의 지도자)과 일당 6명이 제일 집정관 보나파르트를 납치할 목적으로 프랑스에 상륙했지. 그리고 지금부터 우리가 가야 할 길을 따라 절벽 정상으로 올라갔어. 그 뒤, 절벽이 허물어져서 길이 막혀 버렸지. 그런데 발메라, 아니 아르센 뤼팽으로 알려진 남자가 자비를 들여 이를 고쳤지. 카두달 일당이 상륙한 뒤, 첫날 밤을 보낸 누빌레트의 농장도 사들였어. 그 농장에서 발메라는 모든 사업에서 손을 떼고, 모든 물욕을 버리고, 어머니와 아내와 함께, 정직한 시골 신사로서 살아가게 될 거야. 괴도 신사는 이제 죽었어. 이젠 농부 신사가 되는 것일세!"

사다리를 올라갈수록 길이 더 좁아지면서 경사가 급해졌다. 이름뿐인 계단이어서 난간을 잡고 빗물로 파인 오목한 부분을 밟으며 앞으로 나아가야 했다. 뤼팽의 설명에 따르면, 이 난간을 만들기 전에는 군데군데 말뚝에 연결된 긴 로프가 있었다고 했다. 옛날에는 그 로프가 해안으로 내려갈 수 있는 유일한 방법이었다고 했다. 30분쯤 더 올라가자 언덕이 나왔다. 가까이에 연안 세관원이 비를 피하기 위해 사용하는 오두막이 있었다. 마침 오솔길 모퉁이에 한 세관원이 있었다.

"별일 없었나, 고메르?"

뤼팽이 물었다.

"아무 일도 없었습니다."

"수상한 사람도 없었고?"

"저……."

"뭔가?"

"집사람이…… 누빌레트에서 여성복을 만들고 있었는데……."

"…… 그래서? 세자린이 무슨 말을 했지?"

337

"오늘 아침, 마을을 서성거리는 뱃사람을 보았다고 합니다."

"인상이 어떤 뱃사람이었나?"

"그게 아무래도 이상해요. 영국인 같았답니다."

"세자린에게 감시하라고 일러두었겠지?"

"네. 잘 감시하라고 말했습니다."

"좋아. 두세 시간 정도 있으면 샬로레가 돌아올 테니, 그때까지 여기를 잘 부탁하네. 무슨 일이 있거든 농장으로 연락하게."

일행은 농장을 향해 걷기 시작했다. 걸으면서 뤼팽이 혼잣말을 하듯이 중얼거렸다.

"걱정되는군. 아무래도 홈스 같은데…… 그자라면 화가 단단히 났을 테니 반드시 무슨 일을 저지를 거야. 다시 돌아가는 게 좋을 것도 같은데…… 확실히 예감이 안 좋아……."

완만한 구릉이 끝없이 이어졌다. 왼쪽으로 누빌레트 농장에 이르는 아름다운 가로수 길이 있었고, 농장 건물도 보였다. 저것이 뤼팽이 준비한 은둔 장소이며, 레이몽드에게 약속한 안식처인 걸까?

뤼팽이 보트를레의 팔을 잡았다. 그러고는 앞에 걸어가는 레이몽드를 가리키며 말했다.

"레이몽드를 보게. 걸을 때마다 몸이 조금씩 좌우로 흔들리지. 나에게는 아내의 모든 것이 아름답네. 잠자는 모습, 침묵하는 모습, 목소리의 울림, 모든 것이 내게 사랑의 감정을 불러일으킨다네. 아내를 볼 때마다 나는 전율을 느껴. 나는 지금 아내의 발자국을 밟으며 걷고 있네. 이것만으로도 나는 진정으로 내가 살아 있음을 느낀다네. 이봐, 보트를레. 내 아내는 과거에 내가 뤼팽이었다는 사실을 잊어 줄까? 그녀가 미워하는 나의 과거를 그녀의 기억 속에서 지워 버릴 수 있을까? 그것이 가능할까?"

보트를레로서는 대답하기 힘든 질문이었다. 그래서 머뭇거렸다.

"잊고말고! 잊을 거야. 나는 그녀를 위해 모든 걸 희생했어. 에귀유 크뢰즈라는 난공불락의 성도, 그 엄청난 보물도, 나의 모든 세력도, 나의 그 도도한 자존심마저도…… 희생했다고. 나는 이제 아무것도 아닐세. 아니 아무것도 되고 싶지 않네. 성실한 남자, 성실한 남편만이 유일한 내 모습이 될 것일세. 내 아내는 성실한 사람만을 사랑해. 그러니 그렇게 할 수밖에. 그런데 성실한 사람이 된다는 건 어떤 것일까? 결코 불명예스러운 일은 아닐 거야. 그렇지?"

뤼팽의 목소리는 진지하고 무게가 있었으며, 짓궂은 투가 조금도 없었다. 그는 목소리에 열정을 담아 진심으로 얘기하고 있었다.

"보트를레. 내가 이 세상에서 맛본 그 어떤 강렬한 기쁨이라 할지라도 그녀가 내게 만족하고 있을 때의 그 눈길, 나를 바라보는 그 눈길보다 더한 기쁨이란 없네. 그때 나는 내 자신이 참으로 약한 존재라는 걸 느끼게 되지. 그러면 울고 싶어져."

울고 싶다고? 보트를레는 뤼팽을 보았다. 설마 했는데 뤼팽의 눈에 투명한 액체가 고이고 있었다.

농장 입구에 도착했다. 낡은 문이었다. 문 안으로 들어가려던 뤼팽이 문득 발걸음을 멈추었다.

"어째서 이토록 불안할까? 왠지 모르게 가슴이 짓눌리는 느낌이야. 에귀유 크뢰즈의 모험은 아직 끝나지 않았단 말인가? 운명은 내가 선택한 결말을 받아들이지 않겠다는 것인가?"

그때 레이몽드가 뤼팽에게 말했다.

"세자린이에요. 그녀가 뛰어오고 있어요."

과연 세관원의 아내가 숨이 턱에 닿게 헐레벌떡 농장에서 달려오고 있었다.

"무슨 일인가? 빨리 말을 해 봐."

숨이 차 괴로운 듯 세자린이 잠시 말을 더듬거렸다.

"남자가…… 어떤 남자가 객실에……."

"오늘 아침에 본 그 영국인인가?"

"네. 하지만 다른 모습으로 변장하고 있어요."

"자네를 보았나?"

"아닙니다. 주인어른의 어머님인 발메라 부인을 만났어요. 남자는 주인어른의 친구분이라면서 루이 발메라 씨를 찾는다고 말했습니다. 그러자 마님께서 아들이 여행 중인데 몇 년이 걸릴지도 모른다고 대답하셨습니다."

"그래, 남자는 돌아갔나?"

"아닙니다. 아직 안에 있어요."

그때 주위의 공기를 찢으며 한 여자의 목소리가 허공으로 퍼져 나왔다. 여자의 비명 소리였다.

"어머님이에요!"

레이몽드가 깜짝 놀라 소리쳤다.

"보트를레, 부탁이니 레이몽드 좀 지켜 주게."

이렇게 말하고, 뤼팽이 농장 주위의 둑을 따라 달리기 시작했다.

"여보!"

거의 동시에 레이몽드가 뤼팽의 뒤를 쫓아 달려가기 시작했다.

"레이몽드 양! 아니, 발메라 부인!"

보트를레가 소리쳐 불렀으나 아무 소용도 없었다.

뤼팽은 모퉁이를 돌아 들판을 가로질렀다. 그리고 나무 울타리를 뛰어넘었다. 레이몽드도 뤼팽과 별로 떨어지지 않은 상태로 뒤를 쫓았다. 보트를레는 나무 그늘에 숨어 있었는데, 농장에서 나무 울타리로 이어지는 길에 나타난 세 남자를 보았다. 키가 후리후리한 남자가 맨 앞에 서 있었고, 다른 두 남자가 한 여자를 양쪽에서 붙들고 있었다. 여자가 몸부림치며 연신 비명을 질러 댔다.

세 남자는 홈스 일행이었다. 여자는 나이가 지긋한 부인이었는데 뤼팽의 어머니인 것이 분명했다.

뤼팽과 홈스가 서로를 노려보았다. 두 사람은 한동안 꼼짝도 하지 않았다.

뤼팽이 차갑게 소리쳤다.

"부하에게 그 부인을 놓아 주라고 해라!"

"싫다!"

어느 쪽이나 싸움이 벌어지기를 바라는 것 같지 않았다. 서로가 서로를 두려워하는 것이리라. 물론 싸움이 붙는다면 양쪽은 이기기 위해 가진 힘을 아끼지 않을 것이었다. 또다시 둘 사이에 침묵이 흘렀다. 그들 사이에선 쓸모없는 말도 도발적인 비웃음도 이미 찾아볼 수 없었다. 침묵, 그것은 죽음과도 같은 침묵이었다.

한순간 뤼팽이 겉옷 주머니로 손을 집어넣었다. 영국인은 미리 알아차리고 붙들고 있던 여자의 이마에 총구를 바짝 들이댔다.

"조금이라도 움직이면 이 여자는 죽는다, 뤼팽!"

홈스의 두 부하가 동시에 뤼팽을 겨누었다. 뤼팽은 들끓는 듯한 노여움을 꾹 눌러 참으며 침착하게 말을 뱉었다.

"홈스, 그 부인을 풀어 주어라!"

그러나 영국인은 코웃음을 쳤다.

"이제 장난과 농담은 그만하시지. 너는 발메라도 뤼팽도 아니다. 그런 것들은 모두 훔친 이름이지. 샤르므스라는 이름도 마찬가지야. 모두가 다른 사람에게서 훔친 이름일 뿐이지. 게다가 어머니로 불리는 이 빅투아르도 사실은 너를 길러 주고 키운 유모일 뿐이야. 유모라니! 역시 너의 오랜 공범자에 불과한 이름이지."

홈스의 말에 가장 큰 충격을 받은 사람은 레이몽드였다. 레이몽드는 자신도 모르게 몸을 휘청거렸고, 그 순간 홈스는 뤼팽에게 고정하고 있던 시선을 레이몽드에게로 옮겼다. 홈스로서는 그것이 실수였다. 뤼팽은 그 틈을 놓치지 않았다. 그의 총구에서 불이 뿜어졌다.

"악!"

홈스가 외마디 소리를 질렀다. 그의 한쪽 팔이 총탄에 맞아 축 늘어졌다.

344

"쏴라, 쏴!"

그러나 뤼팽이 더 빨랐다. 눈 깜짝할 사이, 오른쪽에 있던 홈 스의 부하가 가슴을 가격당해 쓰러졌다. 또 한 명의 부하는 턱 을 맞고 울타리 쪽으로 넘어졌다.

"정신차려요, 빅투아르! 그 녀석들을 묶어요! 자, 이번에는 둘이 승부를 겨루자. 영국 녀석!"

그때, 요란한 총소리가 허공을 울렸다. 총소리와 거의 동시에 한 여자의 처절한 비명 소리가 공기를 흔들었다. 총에 맞은 사 람은 빅투아르가 아닌 레이몽드였다. 홈스가 뤼팽을 향해 총구 를 겨누었을 때 레이몽드가 뤼팽의 앞을 가로막고 섰던 것이다.

레이몽드가 휘청거리며 뤼팽을 바라보았다. 그녀의 눈은 애 틋한 빛을 띠고 있었다. 뤼팽은 이루 말할 수 없는 슬픔에 젖은 눈으로 레이몽드를 마주 쳐다보았다.

"레이몽드……!"

레이몽드의 몸이 서서히 기울어졌다. 그녀의 몸은 힘없이 뤼 팽의 발 옆으로 무너졌다.

"레이몽드! 레이몽드!"

뤼팽은 쓰러진 레이몽드를 와락 끌어안았다.

"…… 죽었어? 죽은 거야?"

뤼팽이 중얼거리듯 말했다.

한순간 모두 숨을 죽였다. 홈스 역시 자신의 행위에 대해 어찌할 줄을 몰라 했다. 잔뜩 겁을 먹은 빅투아르가 더듬더듬 말했다.

"도, 도련님…… 도련님!"

보트를레가 다가가서 레이몽드를 살폈다. 뤼팽은 아무래도 이해할 수 없다는 듯 같은 말을 반복하여 내뱉었다.

"죽었어……. 죽었어……."

뤼팽의 얼굴이 갑자기 험악하게 일그러졌다. 그의 눈동자에 붉은 핏발이 곤두섰다.

"이 비겁한 녀석!"

뤼팽이 증오에 찬 목소리로 외쳤다. 그러고는 홈스에게 달려들어 그의 목을 조르기 시작했다. 홈스는 반항하지 않았다.

"도련님…… 제발, 도련님……!"

빅투아르가 울부짖으며 뤼팽을 말렸다.

뤼팽이 홈스의 목을 조르던 손을 풀었다. 그러고는 땅에 엎드려 흐느껴 울기 시작했다.

이 얼마나 가엾은 광경이란 말인가!

보트를레는 결코 이 비극적인 상황을 잊지 못할 것이었다.

보트를레는 잘 알고 있었다.

뤼팽이 얼마나 레이몽드를 사랑했는지, 그가 그녀의 얼굴이

미소 짓도록 하기 위해 얼마나 많은 노력했는지, 그리고 자신의 모든 것을 왜 포기하려고 했는지를.

이윽고 밤의 장막이 서서히 그들을 에워싸기 시작했다. 세 영국인은 꽁꽁 묶여 재갈이 물렸다. 멀리서 농장 사람들의 노랫소리가 들려왔다. 들일을 끝내고 돌아오는 농장 사람들이었다.

뤼팽이 일어나 시선을 멀리 던졌다. 단조로운 노랫소리가 그의 귀에 가득 찼다. 레이몽드와 함께 평화롭게 살려고 했던 고요한 농장. 그러나 레이몽드는 새하얀 얼굴로 깊은 잠에 빠져 있었다. 그녀의 잠은 아마 영원히 계속될 것이었다.

농부들이 가까이 왔다. 뤼팽이 허리를 굽혀 레이몽드를 안아 들었다. 어쩐지 훨씬 가벼워진 듯한 그녀였다.

"갑시다……, 빅투아르."

"네, 도련님."

"잘 있게, 보트를레."

뤼팽의 발걸음은 한없이 무거워 보였다. 늙은 하녀는 말없이 뤼팽의 뒤를 좇았다. 뤼팽은 바다 쪽으로 향하고 있었다. 곧 뤼팽의 모습이 어둠으로 가려졌다.

그는 어둠이었다. 한없이 깊은, 완전한 어둠…….

기암성

◆ **작품 소개**

　모리스 르블랑의 장편 추리 소설

르블랑은 1904년 '아르센 뤼팽의 체포'라는 작품을 썼다. 이것이 좋은 반응을 불러일으켜 똑같은 등장인물이 나오는 작품을 여러 권 쓰게 되었고, 세기의 괴도 '뤼팽'을 탄생시키게 되었다. 아르센 뤼팽 시리즈는 셜록 홈스 시리즈와 어깨를 나란히 할 만큼 프랑스를 비롯한 전 세계에서 큰 인기를 모았고, 지금도 세계 여러 나라에서 영화, 책, 만화 등 다양한 매체로 제작되고 있다. 1909년 발표된 〈기암성〉은 뤼팽 시리즈의 다른 작품들과 여러 면에서 현저한 차이를 보인다. 스토리가 다층적으로 전개되고 복선이 좀 더 정교해졌으며, 주제·소재·시공간적 배경이 놀랄 만큼 확대되었다. 또한 여러 작품에서처럼 셜록 홈스가 뤼팽의 맞수로 등장하지만, 소년 탐정이 새로운 영웅으로 등장해 더 뛰어난 활약을 보여 준다. 르블랑은 프랑스 역사상의 전설에서 취재한 소재로 이 작품을 썼다. 이 소재는 옛 성을 좋아하는 그의 취향과 어우러져, 옛 성을 무대로 철가면부터 마리 앙투아네트에까지 이르는 비밀을 파헤치는 과정으로 펼쳐진다. 한편 르블랑은 코넌 도일의 소설 주인공인 셜록 홈스를 자신의 작품에 등장시켜 홈스 팬들에게 거센 항의를 받기도 했다.

◆ 줄거리

어느 날, 제브르 백작의 앙브뤼메지 저택에서 살인 사건이 일어난다. 제브르 백작의 조카 생 베랑이 침입자 중 한 명에게 총상을 입히지만, 부상한 침입자는 감쪽같이 사라져 버린다. 사건 해결 과정에서 17세 천재 소년 보트를레가 등장하고 뛰어난 추리로 세간의 이목을 끈다. 보트를레는 뤼팽이 이 사건과 관련되어 있으며, 뤼팽이 제브르 백작의 루벤스 그림들과 오래된 예배당의 조각품들을 모조품으로 바꿔치기했다는 사실을 밝혀낸다. 사건을 더 파헤치지 말라는 뤼팽의 경고를 무시하고 계속 수사를 벌이던 중 생 베랑과 보트를레의 아버지가 납치되고, 보트를레는 뤼팽이 떨어뜨린 암호문의 일부 '에귀유 크뢰즈'를 해독해 에귀유 성에서 두 사람을 구해 낸다. 하지만 이 또한 뤼팽의 속임수였음을 알게 된 보트를레는 끈질기게 추적해, 프랑스 왕가의 비밀과 얽힌 진짜 '에귀유 크뢰즈'을 찾아내고 뤼팽과 재회한다. 그리고 뤼팽이 에귀유 성에서 두 사람을 구할 때 자신을 도와주고, 생 베랑과 결혼까지 한 '루이 발메라'라는 사실에 놀란다. 뤼팽은 생 베랑과 행복하게 살기 위해 괴도로서의 생활을 모두 청산하려던 참이었는데, 체포를 피해 도망가던 중 생 베랑이 자신을 구하기 위해 홈스의 총에 대신 맞고 죽는 모습을 보게 된다.

◆ **등장인물 소개**

이지도르 보트를레_ 장송 드 사이이 고등학교 3학년 학생이다. 장밋빛 뺨과 맑은 눈을 한 앳된 모습이지만, 차분하고 인내심이 강한 성격의 소유자이다. 천재적인 추리력과 관찰력으로 아무도 풀지 못한 '에귀유 크뢰즈(구멍 뚫린 바늘)'의 비밀을 풀고, 뤼팽의 은신처를 찾아내는 데 성공한다.

아르센 뤼팽_ 신출귀몰하고 변장술이 뛰어난 세기의 멋쟁이 도둑이다. 인정 많고 정의를 사랑하며 교양 있고 유머 감각이 뛰어난 그는 수수께끼에 둘러싸인 인물이다. 생 베랑에게 총상을 입었으나 그녀에게 간호를 받으면서 그녀를 사랑하게 되고, 멋진 계략으로 생 베랑과 결혼까지 한다. 생 베랑이 원하는 고결한 삶을 살기 위해 괴도로서의 삶을 청산하려고 결심하기에 이른다.

레이몽드 드 생 베랑_ 아름답고 씩씩하고 교양 있는 아가씨이다. 숙부인 제브르 백작의 집에 침입한 뤼팽을 총으로 쏘지만, 죽어 가는 뤼팽을 외면하지 못해 피신시키고 간호를 해 준다. 그러다 뤼팽과 사랑에 빠지고 결혼까지 하게 된다. 뤼팽이 도둑질에서 손을 뗄 결심을 하도록 만들었을 뿐 아니라, 사랑하는 뤼팽을 위해 자신의 목숨까지 희생한 여자이다.

가니마르_ 프랑스 파리 경찰청 소속 경감으로, 뤼팽과 숙적인 노련한 수사관이다. 뤼팽에게 납치되는 수모를 겪기도 하지만 뤼팽을 잡는 것을 포기하지 않는다. 이지도르 보트를레의 도움으로 '에귀유 크리즈'의 비밀을 알게 되자, 뤼팽을 체포하기 위해 수뢰정까지 준비시킨 뒤 부하들을 데리고 출동한다.

셜록 홈스_ 영국의 사립 탐정으로, 제브르 백작에게 사건을 의뢰받아 프랑스로 오게 된다. 그러나 오는 길에 뤼팽 일당에게 납치되어 연락이 끊긴다. 뤼팽이 풀어 주자, 뤼팽의 유모 빅투아르를 추적해 뤼팽의 은신처를 밝혀내는 데 성공한다.

◆ **들어가기**

영국에 아서 코넌 도일이 있다면 프랑스에는 모리스 르블랑 (1864~1941)이 있다. 코넌 도일은 영국의 명탐정 셜록 홈스를 창조했고, 르블랑은 괴도(怪盜) 아르센 뤼팽이라는 명탐정을 창조하였다. 한 사람은 범인을 쫓는 탐정이었지만 다른 사람은 탐정한테 쫓기는 범인이었다. 도일과 르블랑 두 사람은 각각 영국과 프랑스를 대표하는 추리 소설가로 전 세계적으로 이름을 크게 떨쳤다.

그런데 흥미롭게도 도일과 르블랑은 유럽 문단에서 크게 이름을 떨친 추리 소설가라는 사실 말고도 또 다른 공통점이 있다. 두 사람 모두 자전거를 무척 즐긴 것으로도 유명하다. 그러므로 두 작가에게 자전거 여행이 작품 세계에 영향을 끼쳤으리라는 것은 쉽게 짐작할 수 있다. 코넌 도일이 〈자전거 타는 외로운 사람〉이라는 작품에서 자전거에 대한 관심을 표현했듯이, 르블랑은 〈그녀〉라는 작품에서 자전거를 다루었다. 여기서 '그녀'란 다름 아닌 자전거를 친근하게 일컫는 대명사다. 르블랑은 이 작품에서 자못 영탄적으로 '언젠가 우리 모두의 사유재산이 자전거 한 대로 집약될 때가 오리라! 모든 기쁨과 건강, 열정, 젊음의 원천인 자전거…… 이 영원한 인간의 친구에게로 말이다!'라고 말한다.

◆ **작품의 배경과 내용**

한국에서 번역된 프랑스 작품 중에는 원작의 제목과 다른 것이 의외로 많다. 가령 알렉상드르 뒤마의 소설 《몬테크리스토 백작》을 《암굴왕》으로, 역시 뒤마의 소설 《브라줄로 자작》을 《철가면》으로 부르고, 빅토르 위고의 《레미제라블》을 《장 발장》으로 부르는 것은 이러한 경우의 좋은 예가 된다. 그렇다면 왜 이렇게 원작의 제목을 두고 주인공이나 그의 별명으로 제목을 삼을까?

이 소설들은 하나같이 일제 강점기에 처음 번역되어 나왔다는 사실에서 그 답을 찾을 수 있다. 이 무렵 한국에는 프랑스어에 정통한 전문 번역가가 별로 없었기 때문에 일본 번역가가 번역해 놓은 것을 다시 한국어로 중역하기 일쑤였다. 그래서 위에서 예로 든 작품의 제목은 하나같이 일본 번역가들이 제목을 삼은 것이다.

이 점에서는 《기암성(奇巖城)》(1909)이라는 제목도 예외가
아니다. 이 소설의 제목은 프랑스의 탐정소설가 모리스 르블랑
의 작품 《텅 빈 바늘》을 그렇게 옮긴 것이다. 한국에서 추리 문
학에 깊은 관심을 기울인 김내성은 일찍이 1940년대 초엽 《조
광》 잡지에 이 작품을 《괴암성(怪巖城)》이라는 제목으로 연재하
다가 단행본으로 출간할 때는 《보굴왕(寶屈王)》이라는 제목을
붙였다.

김내성은 《보굴왕》의 서문에서 프랑스의 탐정소설에 대해
이렇게 말한다. '불란서 탐정 문단을 찬연히 빛내는 위대한 작
가가 네 사람 있으니, 그 두 사람은 고전 작가에 속하는 에밀 가
보리오와 포르튀네 보아고베요, 남은 두 사람은 현대에 속하는
모리스 르블랑과 가스통 르루다.' 이렇게 네 작가를 소개하고
난 뒤 김내성은 '그러나 그중에서도 대중 탐정소설로서 세계의
독서자로부터 열광적인 환영을 받은 사람은 신사 괴도 아르센
뤼팽을 창조한 모리스 르블랑이 아니면 안 될 것이다.'라고 잘
라 말한다.

김내성은 계속하여 뤼팽이 탐정이면서도 다른 작가들이 창
안해 낸 명탐정들과는 어떻게 다른지 명쾌하게 설명한다. '에드
거 앨런 포가 뤼팽을, 도일이 홈스를, 가보리오가 르콕을 하나
의 영웅적 명탐정으로서 등장시킨 것과는 정반대로 르블랑은

괴도 뤼팽을 주인공으로 하여 종래의 탐정소설의 역효과를 거두어 불란서의 독자층을 충분히 만족시킬 만한 거인을 창조한 것이다.'

프랑스와 유럽뿐만 아니라 전 세계에 실존주의 철학과 문학을 널리 알리는 데 견인차 역할을 한 장폴 사르트르는 《말》에서 '나는 아르센 뤼팽을 숭배한다. 그의 헤라클레이토스 같은 완력, 교활한 용기, 프랑스적 지성이 나를 매혹시킨다.'라고 말한 적이 있다.

아르센 뤼팽의 정체는 한 마디로 설명할 수 없다. 바로 이 점에서 그는 앞에서 언급한 다른 명탐정들과는 적잖이 차이가 난다. 뤼팽은 신사이자 협객이요, 강도이자 경찰관이며, 귀족이자 탐정이다. 그가 정확히 어떤 인물인지 정확히 알고 있는 사람은 거의 없다. 뤼팽은 "나의 진실한 얼굴은 나도 모른다."라는 말로 자신을 더욱 신비화시켰다. 그의 정체를 알고 있는 사람은 아마 그의 유모 빅트아르 한 사람뿐일 것이다.

◆ **뤼팽은 탐정인가 도둑인가**

1905년 모리스 르블랑이 아르센 뤼팽을 처음 창조한 것은 추리 소설 역사에서 그야말로 획기적인 사건이었다. 지금까지 전통적인 추리 소설에서는 탐정이 범인을 추적했지만 뤼팽 시리즈는 이러한 공식을 완전히 깨뜨렸다. 뤼팽은 오히려 범인의 입장에서 독자들에게 사건의 진상을 말할 뿐만 아니라 한 번도 붙잡히는 법이 없다. 그는 범인과 탐정의 1인 2역으로 프랑스를 종횡무진 누비고 다니며 신출귀몰한다.

뤼팽한테는 거의 언제나 '괴도'라는 수식어가 그림자처럼 따라다닌다. '괴도'란 두말할 나위 없이 괴짜 도둑이나 괴상한 도둑이라는 뜻이다. 뤼팽은 도둑이면서 탐정이기 때문에 그러한 별명이 붙은 것이다. 그는 영국의 로빈 후드나 중국의 송강과 그 일당, 그리고 한국의 장길산이나 홍길동처럼 의적에 가깝다. 일본의 아오야마 고쇼(青山剛昌)의 인기 연재만화 《명탐정 코난》에 등장하는 주인공에게도 '괴도 키드'라는 이름이 붙어 있다. 여기서도 키드는 도둑이자 마술사로 등장한다.

세계적으로 유명한 괴도 아르센 뤼팽은 1874년 프랑스 블르와에서 아버지 테오프라스트 뤼팽과 어머니 앙리 에트당드 레지 사이에서 태어난 것으로 되어 있다. 여섯 살 때 마리 앙트와네트의 보물 목걸이를 훔치면서 그의 모험은 시작된다. 그런데 여기서 한 가지 흥미로운 것은 뤼팽이 프랑스의 민족적 영웅이라는 점이다. 예로부터 프랑스는 영국과 늘 불편한 관계에 있거나 적대 관계에 있었다. 프랑스 사람들은 영국의 명탐정 셜록 홈스에 맞설 프랑스의 명탐정의 출현을 열렬히 기다리고 있었다.

이러한 염원에서 탄생한 허구적 인물이 다름 아닌 아르센 뤼팽이다. 르블랑이 창조한 뤼팽은 프랑스 국민들의 애국심을 자극하였고, 결국 그는 프랑스에서 가장 사랑받는 인물이 되었다. 프랑스인들은 뤼팽의 의적이나 탐정으로서의 활약보다는 영국의 명탐정 셜록 홈스와의 대결에 훨씬 더 관심을 보였다. 그래서 뤼팽은 홈스와 자주 대결을 펼쳤고, 그때마다 두 사람은 일진일퇴를 거듭하였다. 《기암성》에서 뤼팽의 연인인 레이몽드가 셜록 홈스가 쏜 총에 맞아 죽는 장면이 나온다. 이 작품이 발간되었을 무렵 홈스는 프랑스 전 국민한테서 배신자로 온갖 미움을 받았다.

◆ **뤼팽 시리즈 중의 백미 《기암성》**

르블랑이 아르센 뤼팽을 주인공으로 삼아 쓴 작품은 무척 많다. 장편 소설 16편, 단편 소설과 중편소설 37편, 그리고 희곡 4편 등 무려 60편에 가깝다. 그중에서도 《기암성》은 독자들로부터 가장 사랑을 많이 받는 작품이다. 이야기는 제목에 걸맞게 노르망디 지방의 에트르타 절벽에 있는 고성(古城)에서 시작한다. 어느 날 노르망디의 이 유서 깊은 고성에 도둑이 든다. 제브르 백작의 비서는 죽은 채로 발견되고, 백작의 딸이 두려움에 떠는 사이에 조카딸인 레이몽드는 도둑을 총으로 쏘아 맞힌다.

그러나 상처를 입은 도둑은 멀리 보이는 수도원 근처에서 바람처럼 어디론가 사라진다. 예심 판사와 경찰들까지 그 일대를 샅샅이 수색하지만 부상당한 범죄자의 행방은 오리무중이다. 사건은 또 다시 미궁에 빠진다. 우연히 기자를 따라 살인 사건이 일어난 저택에 들어온 고등학생 탐정 이지도르 보트를레가 명석한 관찰력과 판단력으로 범인의 정체가 뤼팽임을 밝혀내고, 벽에 걸려 있는 루벤스의 그림도 그가 바꿔치기 한 가짜임을 알아차린다.

명석한 두뇌의 소유자인 이 청년은 일약 영웅으로 떠오른다. 그러나 뤼팽 측의 협박 또한 만만치 않다. 이지도르는 마침내 뤼팽의 은신처를 찾아내고 그가 사망한 사실을 확인한다. 그러나 모든 사람을 비웃기라도 하듯이 뤼팽은 다시 한 번 살아나 이지도르에게 수수께끼를 풀게 하고 그를 기암성으로 이끌어 낸다.

◆ **작품의 중심 주제**

르블랑이 《기암성》에서 말하는 주제는 사랑의 의미다. 서양 속담에 '사랑은 모든 것을 정복한다.'라는 말이 있듯이 뤼팽은 자신에게 총을 쏴 부상을 입힌 백작의 조카 레이몽드를 사랑하게 된다. 더구나 뤼팽은 점차 진실한 사랑의 의미를 깨닫고 그녀를 위하여 헌신적으로 모든 것을 바친다. 명탐정이나 평범한 사람들 못지않게 이렇게 따스한 인간미를 보여 준다는 점에서도 뤼팽은 셜록 홈스 같은 다른 명탐정과는 적잖이 다르다. 다른 명탐정들이 차가운 머리에만 무게를 싣는다면 뤼팽은 차가운 머리 못지않게 따뜻한 가슴에도 무게를 싣는다.

◆ **작가 소개**

모리스 르블랑은 1864년 프랑스 루앙에서 부유한 선장의 아들로 태어났다. 스물일곱 살에 신문기자가 되어 신문에 단편 소설을 발표하고 장편 소설을 연재하면서 문단에 데뷔하였다. 귀스타브 플로베르, 기 드 모파상, 에밀 졸라, 공쿠르 형제 같은 당대의 유명한 문인들과 친분을 맺으며 소설을 쓰기 시작했지만 그가 세계적인 명성을 얻게 된 것은 영국의 추리 소설가 아서 코넌 도일의 셜록 홈스에 견줄 만한 아르센 뤼팽이라는 명탐정을 창조하면서부터였다. 아르센 뤼팽은 1905년 《주세투》 잡지에 《아르센 뤼팽의 체포》라는 추리 소설로 대중에게 처음 선보인 뒤 폭발적인 인기를 끌었다.

르블랑은 괴도 뤼팽을 주인공으로 하는 소설을 25년에 걸쳐 무려 60여 편에 이르는 장편 소설과 수많은 단편 소설을 집필하였다. 그 공로로 프랑스의 '국민작가'로 인정받은 르블랑은 프랑스 최고의 영예인 레종 도뇌르 훈장을 받았으며, 일흔여섯 살이 되던 1941년 페르피냥에서 사망하였다. 그의 대표작으로는 《기암성》 말고도 《아르센 뤼팽 대 셜록 홈스》, 《813》, 《수정 마개》, 《뤼팽의 고백》 등이 있다.